Alain Claude Sulzer

Privatstunden

Roman

EX LIBRIS

Margrith Wirth

Edition Epoca

1. Auflage, August 2007
© Copyright by Edition Epoca AG Zürich
Alle Rechte vorbehalten

Satz: Barbara Herrmann, Freiburg i. Brsg.
Umschlag: Gregg Skerman, Zürich
Druck und Bindung: fgb · freiburger graphische betriebe
ISBN: 978-3-905513-43-1

La conversation est la communication de nos faiblesses.
(Voltaire)

Prolog

Das Hotel, in dem ich saß, hatte zweifellos bessere Tage gesehen, der Reiz, der von ihm ausging, war ihm deshalb nicht abhanden gekommen, im Gegenteil. Wie immer standen Blumen auf den Tischen der hellgestrichenen Lounge, um die Tische herum waren Sessel gruppiert, das Parkett war frisch gebohnert, die Rezeption war ebenso unauffällig wie die zurückhaltend gekleideten Angestellten; sie trugen keine Uniformen, sahen aber aus, als wären sie alle vom selben eleganten Modehaus eingekleidet worden. Mochte das Backsteingebäude auch einer untergegangenen Welt angehören, das Personal und die zahlreichen Gäste waren höchst gegenwärtig. Das Roosevelt, vermutlich in den vierziger Jahren erbaut, liegt etwa auf halbem Weg zwischen Westlake Station und Convention Hall, ungefähr gleich weit vom Paramount Theatre wie vom Pike Place Market entfernt, und ist fast ebenso bekannt wie dieser. Ich saß in der Hotelhalle und wartete auf Leo Heger. Ich nahm an, daß er pünktlich eintreffen würde, und sollte mich nicht täuschen.

Heger hatte vorgeschlagen, das Gespräch in seiner Praxis zu führen. Obwohl ich es von ihm sowenig wie von jedem anderen Einheimischen erwartete, hatte ich insgeheim gehofft, er würde mich zu sich nach Hause bitten. Wie ich wußte, besaß er ein Haus am Lake Washington, in unmittelbarer Nähe der nach Bellevue führenden Hängebrücke, die so flach auf dem Wasser liegt, daß die Lichter der entgegenkommenden Autos bei Nacht wie leuchtende Luftblasen aus dem See emporzusteigen scheinen. Aber so zugänglich und offen er sich sonst gab, erhielt ich keine Gelegenheit, ihn in seiner privaten Umgebung zu sehen. Ich hatte schließlich das Roosevelt als Treffpunkt vorgeschlagen, und Heger hatte sofort eingewilligt.

Um mir eine Vorstellung davon zu machen, wo er lebte, aber ohne zu wissen, in welchem Haus, hatte ich mich am Nachmittag von einem Taxi an den See und die Lakeside Avenue entlang fahren lassen. Hier grenzen die Grundstücke der einen Straßenseite direkt an eines jener zahlreichen Gewässer, die der Stadt, bei aller Ausdehnung, einen täuschend übersichtlichen Charakter verleihen.

Obwohl Heger mir ausdrücklich erlaubt hatte, ein Aufnahmegerät zu benutzen, beschränkte ich mich auf Papier und Kugelschreiber. Ich hatte der snobistischen Versuchung widerstanden, mich mit einem jener teuren Notizbücher auszustaffieren, die angeblich bereits von van Gogh und Hemingway benutzt worden sein sollen (und inzwischen in jedem Kaufhaus der Welt erhältlich sind); ich begnügte mich mit einem Kugelschreiber und einem billigen Schreibblock, den ich in einem Drugstore gekauft hatte, und verhielt mich damit kein bißchen weniger snobistisch. Ich bin Journalist, nicht Schriftsteller – meine weit zurückliegenden Versuche auf dem Gebiete der Schriftstellerei blieben erfolglose Ausflüge, von denen keiner je ans Ziel führte. Um zufriedenstellend zu arbeiten, bin ich auf teures Schreibzeug nicht angewiesen; ich ziehe kariertes Papier liniertem vor und messe den Hilfsmitteln, mit denen ich meine Arbeit verrichte, keine Bedeutung bei (jedenfalls solange der Laptop funktioniert).

Wenngleich es Februar und daher recht kühl und feucht war, trug Heger, wie die meisten Einheimischen, weder Mantel noch Schal. Als er um Punkt sechs Uhr – er *war* also pünktlich – die Hotelhalle betrat, regnete es, soviel ich sehen konnte, gerade nicht. Er trug keinen Anzug, Hose und Jackett waren aber aufeinander abgestimmt; er trug ein weißes Hemd und eine auffällige, grellbunte Krawatte, mit Motiven bedruckt, die, gelinde gesagt, weder untereinander noch mit der übrigen Kleidung harmonierten. Daß die Diskrepanz zwischen Krawatte und Anzug beabsichtigt war, schien mir offenkundig zu sein. Es war, als wollte Heger der schier unerschütterlichen Seriosität seiner blendenden Erscheinung etwas entgegensetzen, etwas, was es den anderen erleichterte, auf gleicher Stufe mit ihm zu verkehren, obwohl sich die meisten, mit denen er täglich zusammentraf, in der ungünstigen Lage befanden, ihm, seinen Assistentinnen und einer hochgerüsteten Dentaltechnik hilflos ausgeliefert zu sein, auf deren Höhe sie nie waren.

Anders als Heger hatte ich mich warm angezogen. Seit meiner Ankunft in Seattle fror ich; im Nordwesten war es natürlich empfindlich kühler als in L.A., von wo aus ich seit zwei Jahren verschiedene europäische Agenturen mit jenem vorhersehbaren Klatsch aus der Traumfabrik versorgte, den erstaunlich viele Leser erwarten, auf den außer mir aber niemand angewiesen ist. Es wird wohl immer Leute geben, die sich eher für das Schwarze unter den Fingernägeln als für die Arbeit derer interessieren, die den Abdruck ihrer Hände im feuchten Zement des Hollywood Boulevard hinterlassen haben.

Kurz vor unserem Treffen hatte ich noch einmal den weit über die Stadt und den Staat hinaus bekannten Fisch- und Gemüsemarkt besucht; das Angebot an Lebensmitteln, das in den weitläufigen, auf mehrere Stockwerke verteilten Hallen des alten Pike Place Market feilgeboten wird, hatte meinen Appetit geweckt.

Heger durchquerte die Lounge und wich dabei gewandt den Anwesenden aus. Das wirkte so, als habe er es eilig, die Begrüßung und damit alles Förmliche rasch hinter sich zu bringen. Er hatte sich seit unserer letzten Begegnung nicht verändert. Ich stand auf, um ihn zu begrüßen, und vergaß augenblicklich meinen Hunger. Einige Monate waren vergangen, seit ich ihn zum letztenmal gesehen hatte. Warum hätte er sich verändert haben sollen? In der Zwischenzeit hatten wir zweimal telefoniert.

Daß ich Hegers Praxis an der Boren Avenue 901 aufgesucht hatte, war kein Zufall gewesen. Ihre besondere Lage war allerdings der Grund, warum wir uns nun im Roosevelt verabredet hatten. Die Praxis befand sich in einem Ende der achtziger Jahre erbauten Hochhaus, in dem sich in der Mehrzahl Ärzte niedergelassen hatten. Hegers Praxisräumlichkeiten nahmen über die Hälfte des 19. Stockwerks ein. Anlaß meines

Besuchs waren nicht plötzlich einsetzende Zahnschmerzen gewesen.

Ich war überzeugt, daß nicht nur Hegers gewiß unbestrittene Fähigkeiten und sein Aussehen die Patienten und Patientinnen anzogen; nicht weniger entscheidend für seinen Erfolg war die geradezu atemberaubende Aussicht über die Hochhäuser und die mäandernden Wasser des Puget Sound, auf den Hafen und die Fähren, die nach Bremerton und Bainbridge Island fahren, ganz zu schweigen vom Blick auf den schneebedeckten Mount Rainier, der an klaren Tagen ebenso wuchtig wie unwirklich am Horizont erscheint, als klebte er am Himmel, und an wolkenverhangenen Tagen verschwindet, als hätte man ihn wegradiert. Obwohl die Entfernung ungleich größer ist, dürfte die Beziehung der Einwohner Seattles zu ihrem Vulkan kaum weniger innig sein als die der Einwohner eines alpenländischen Dorfs zu ihrem Hausberg.

Sowohl im Wartezimmer als auch in den verschiedenen Behandlungsräumen lenkten die einzigartigen Ausblicke in und über die Stadt die Patienten vermutlich in weitaus höherem Maß von den bei einem Zahnarzt zu erwartenden Unannehmlichkeiten ab als die sanfte Musik, mit der sie natürlich auch berieselt wurden; allenfalls die jungen Assistentinnen, von denen Heger ein unerschöpfliches Kontingent zu beschäftigen schien, konnten damit konkurrieren. Alles in allem war die Praxis genauso einnehmend wie ihr Inhaber und dessen Angestellte, und auch die Ausstattung ließ nichts zu wünschen übrig; die Bilder – Originale von Malern, deren Namen ich nicht kannte –

waren von ebenso exemplarischer Unaufdringlichkeit wie die zeitlos eleganten Möbel, die mit Sicherheit nicht in einem der einheimischen Geschäfte eingekauft worden waren.

Sosehr mich diese Umgebung fesselte, so sicher wußte ich, daß sie mich bei meinem Treffen mit Heger nur unnötig ablenken würde. Deshalb war mir Hegers Vorschlag, sich in einem Hotel zu verabreden, sofern mir seine Praxisräume nicht zusagten, gelegen gekommen. Mir war wichtig, mich ganz auf das, was er mir erzählen wollte, konzentrieren zu können; anders würde mir vermutlich auch diesmal nichts gelingen, was über den zusammengeklaubten Schimmer hinausging, mit dem ich in Hollywood mein tägliches Brot verdiente.

Während sich Heger geschickt zwischen den Herumstehenden bewegte, fiel mir auf, daß sich, abgesehen vom Empfangschef, von Heger und mir, ausschließlich Frauen in der Hotellounge befanden. Die meisten waren jünger als Heger und ich, und wenn nicht jünger, so hatten sie ihrem Aussehen durch kosmetische oder chirurgische Eingriffe mehr oder weniger unauffällig, mehr oder weniger geschickt nachgeholfen. Die meisten waren dezent gekleidet, wobei Hosen und Anzüge farblich zur Unschärfe zwischen Grau und Schwarz neigten; allein den Blusen und Accessoires war etwas Farbigkeit gestattet. Sie saßen in den tiefen Sesseln oder standen herum, hatten Drinks bestellt und bestellten weitere Drinks und unterhielten sich so zurückhaltend und leise, daß man kein Wort verstand; nur gelegentlich durchbrach ein kurzes, helles Lachen –

es kam immer aus derselben Ecke – die unsichtbaren Schranken der Reserviertheit, und es kam sogar vor, daß eine Frau ihren Blick über den Rand ihres Glases so lange durch den Raum schweifen ließ, bis er irgendwo hängenbleiben mußte. Meist traf dieser Blick – er konnte aus unterschiedlichen Richtungen kommen – Heger. Ob es sich um Hotelgäste oder Angestellte umliegender Büros handelte, die ihren Feierabend begossen, war nicht zu erkennen, vermutlich waren Vertreterinnen beider Kategorien anwesend. Es war ein ganz gewöhnlicher Freitagabend. In weniger als drei Stunden würde Downtown einer Geisterstadt gleichen, mit dem Unterschied, daß hier die Geister der Klima- und Abzugsanlagen, obwohl sie unsichtbar waren, einen unvorstellbaren Lärm machten.

Kurz bevor ich Heger die Hand gab, entstand eine kaum sichtbare Bewegung, als eine unglaublich dicke Frau unbestimmbaren Alters aus dem Aufzug trat. Unwillkürlich sank die Lautstärke der Gespräche hörbar um einige Dezibel. Die Frau trug eine sehr dunkle Sonnenbrille, und ihr dichtes Haar legte den Verdacht nahe, daß es nicht natürlich war. Was über ihrem Arm hing und von mir zunächst als kleiner weißer Pelz wahrgenommen wurde, entpuppte sich als Hund mit weit heraushängender, feuerroter Zunge, der wild um sich schnappte, sobald sich ihm jemand näherte. Doch damit nicht genug. Zu meinem Erstaunen löste sich aus ihrem langen, breiten Schatten ein Mann mit Pferdeschwanz und asiatischen Gesichtszügen, der sie an Gewicht und Größe noch übertraf. Jetzt fragten sich wohl alle Anwesenden, wie der Aufzug der

Schwerkraft dieser Massen und deren Ausdehnung standgehalten hatte. Trotz ihres enormen Gewichts, das durch den winzigen Hund im Arm der Frau noch betont wurde, verließen beide das Hotel erstaunlich behende, nachdem sie den Schlüssel an der Rezeption abgegeben hatten. Außer mir hatten sich alle recht erfolgreich bemüht, sie nicht anzustarren, auch Heger, dem ihr Auftritt, der nahtlos in einen Abgang überleitete, nicht entgangen war.

Er streckte mir die Hand entgegen und lächelte, aber irgendwie – so schien es mir – sah er durch mich hindurch. Mit einer Kopfbewegung bat er mich, wieder Platz zu nehmen. Er befriedigte meine unverblümte Neugierde, indem er mir erklärte, die Frau, die eben das Hotel verlassen habe, sei eine der bemerkenswertesten Sängerinnen Nordamerikas oder sei es zumindest gewesen, bevor sie ihren Zenit überschritten hatte. In Europa sei Jane Adler vermutlich nur deshalb selten aufgetreten, weil sie für transatlantische Verhältnisse zu dick sei. Selbst in Bayreuth hätten es fette Sängerinnen schwer, seit auch dünne schreien könnten. Gerade bestieg sie mit Hund und Ehegatten das wartende Taxi. »Jane hat gestern abend hier in der Stadt gesungen. Ich habe sie gehört. Es war schrecklich.« Jane? Auch sie gehörte zu seinen Patientinnen. »Der Mund einer Sängerin ist ein Vermögen wert, solange die Stimmbänder funktionieren. Das kommt auch ihrem Zahnarzt zugute.«

Von meinem Platz aus konnte ich beobachten, was draußen vorging. Mir kam der Gedanke, daß meine Konzentration durch das, was jenseits der Glasfront auf der Straße geschah, genauso beeinträchtigt werden konnte wie die Aussicht aus Hegers Praxis, die ich mir bewußt versagt hatte. Es wäre besser, mit dem Rücken zum Fenster zu sitzen, dachte ich mir. Es wäre besser, in einem völlig neutralen Raum zu sitzen, in einem Flughafengebäude oder einem Hotelzimmer. Ich unterdrückte den Gedanken. Auf meinen Knien lag der Schreibblock. Den Kugelschreiber hielt ich in der Hand. Heger bestellte eisgekühlten Wodka mit Zitrone, aber natürlich nicht irgendeinen Wodka. Er habe einen anstrengenden Tag hinter sich. Als ich mich dafür entschuldigen wollte, seine kostbare Zeit in Anspruch zu nehmen, winkte er ab. Nicht so anstrengend, daß es ihm kein Vergnügen sei, sich mit mir zu unterhalten. »Meine Fragen zu beantworten«, verbesserte ich ihn höflich, er nickte. »Geht es hier nicht auch um mich?« fragte er. Er ahnte nicht, wie viele Fragen ich hatte.

Nachdem wir – auf englisch – einige Artigkeiten über unser beiderseitiges Befinden, den Flug, die milden Temperaturen in Kalifornien und den sprichwörtlichen Regen von Seattle ausgetauscht hatten, wechselte Heger überraschend vom Englischen zum Deutschen. Inzwischen hatte er seinen Moskowskaya erhalten, ich ein zweites Glas Sauvignon blanc. Zwischen uns stand eine Glasschale mit Salzgebäck. Die Stimmen der Frauen bildeten inzwischen nur mehr einen summenden Geräuschteppich. Er störte nicht im geringsten.

Sowohl am Telefon als auch bei unserer ersten Begegnung vor einem Jahr hatte Heger ausschließlich englisch mit mir gesprochen. Weder im Englischen noch im Deutschen, das er jetzt sprach, verriet sein Akzent, so unüberhörbar er war, die sprachlichen Wurzeln.

Sein Deutsch hatte weder angelsächsische noch slawische Anklänge. Wenn es, von ferne, überhaupt an etwas erinnerte, dann an einen Dialekt, den ich erst nach einer Weile identifizierte. Einzelne Wörter blieben mir unverständlich, bis ich bemerkte, daß es sich um Begriffe oder Wendungen handelte, die ihren Ursprung im Schweizerdeutschen hatten, von dem er gewisse Worte übernommen und in jene Hochsprache transponiert hatte, die er noch immer erstaunlich gut beherrschte. Aus dem Zusammenhang gelöst, mochte das komisch klingen, aus Hegers Mund war es liebenswert.

Er war, wie er mir am Telefon erzählt hatte, zweimal verheiratet gewesen, beide Frauen waren Amerikanerinnen, er hatte Kinder, zwei Töchter. Die englische Sprache, die er sich im täglichen Umgang mit ihnen, seinen Kommilitonen an der Universität, den Patienten und Freunden – in einem Umfeld, das mir völlig unbekannt war –, angeeignet hatte, war ein Werkzeug geworden, dessen er sich mit der Sicherheit eines routinierten, vermutlich sogar begeisterten Handwerkers bediente. Heger, der aussah, als wisse er genau, was zu tun sei, wenn eine Frau ihm gefiel oder ein Problem zu lösen war, hatte ausreichend Gelegenheit gehabt, sein Englisch in allen Lebenslagen auszubilden, auf den Prüfstand zu stellen und zu verfeinern, als Ehemann und Vater, als Liebhaber und in seinem

Beruf, in guten und in schlechten Zeiten. Der Akzent, der wie mit einer feinen Nadel in seine Sprechweise eingraviert war, erfüllte die unmaßgebliche Rolle eines kaum noch leserlichen Markenzeichens. Sein Deutsch allerdings verwies ihn in eine Zeit zurück, in der das Leben noch vor ihm gelegen und Unsicherheit und mangelndes Selbstvertrauen überwogen hatten. Nach kurzer Zeit verstand ich ihn besser. Er verwendete gelegentlich englische Ausdrücke, sprach aber weiterhin deutsch.

Später brachte ich Ordnung in sein planloses Erzählen, das immer auch auf meine sich überstürzenden Fragen reagierte, mit denen ich seinen Redefluß nicht selten unterbrach. Wenn ich heute lese, was ich mir damals notierte, sind mir Diktion und Duktus seiner Rede fast so gegenwärtig, als hätte ich sie auf Band aufgenommen. Ich höre sie wie das gleichmäßige Eintauchen zweier Ruder, die sich mühelos gegen das Tosen eines Wasserfalls behaupten.

1

Mit eingefallenen Schultern saß er ihr im Besucherzimmer gegenüber und starrte auf die Tischplatte. Er trug einen der beiden Anzüge, die sie abwechselnd zur Reinigung brachte. Vor ihm lagen drei Tafeln weißer Schokolade, die er in ihrer Anwesenheit nicht anbrechen würde. Er mochte Schokolade, seitdem er nicht mehr rauchte. Dunkle Schokolade, die er früher so gern gegessen hatte, aß er nicht mehr, seit er hier war. Es hatte lange gedauert, bis Martha Dubach den Umschwung seiner Gelüste, seine neuen Abneigungen und Vorlieben, richtig interpretiert hatte. Bis zu ihrem nächsten Besuch in drei Tagen würde er die weiße Schokolade aufgegessen haben. Martha besuchte ihn zweimal wöchentlich.

Der Zustand ihres Vaters war unverändert, Martha Dubach hatte sich noch immer nicht daran gewöhnt. Eine Heilung zu erwarten hatte sie fast aufgegeben, die Hoffnung darauf nicht. Sollte er irgend etwas von seiner Tochter erwarten, dann war es weiße Schokolade. Er sprach nicht darüber, aber sie war sicher.

Tische und Stühle waren wahllos im Raum verteilt, zwei Stühle waren umgekippt. Ihr war, sie hätten schon bei ihrem letzten Besuch an derselben Stelle gelegen. Während alle Stühle gleich waren, ähnelte kein Tisch dem anderen, es sah aus, als habe man beim Trödler blindlings eine ganze Warenladung bestellt. Martha versuchte sich auf ihren Vater zu konzentrieren, indem sie die anderen Patienten ignorierte. Aber je mehr sie sich auf ihren Vater konzentrierte, desto größer wurde ihre Abneigung gegen seinen Zustand; über seinen Zustand konnte auch die Anwesenheit der anderen nicht hinwegtäuschen.

Die Beziehungen der Patienten untereinander waren offenbar ebenso undurchschaubar und vom Zufall bestimmt wie die Auswahl der Tische und die Anordnung der Stühle. Jene, die sich bei Marthas letztem Besuch noch gestritten hatten, ja tätlich geworden waren, saßen heute stumm nebeneinander, als wären sie sich nie zuvor begegnet. Außer dem Ort, an dem sie lebten – etliche schon seit vielen Jahren –, hatten sie anscheinend nichts gemeinsam.

Ohne je zu einem befriedigenden Ergebnis zu gelangen, versuchte Martha die Tische zu zählen, manchmal die Patienten. Zu wissen, daß sie etwas tat, was die anderen mit Sicherheit nicht taten, gab ihr für Augenblicke das ungute Gefühl, ihnen überlegen zu sein, aber dieses Gefühl hielt nicht lange an, denn die Patienten kamen und gingen, standen plötzlich auf und blieben abrupt stehen, flüsterten und schrien, und manchmal verstummten alle gleichzeitig wie Vögel unmittelbar vor einem Gewitter. Dann war lange nichts als ihr Atem zu hören, es genügte jedoch, daß einer rülpste, damit die anderen zu lachen oder zu wimmern oder zu schreien begannen; der Tumult, der dann einsetzte, kam ihr erträglicher vor als die Stille.

Wenn den Patienten etwas gemeinsam war, dann die Hemmungslosigkeit, ihr Innerstes zu zeigen, ein

Verhalten, das sich jenseits der Klinikmauern nur wenige Menschen gestatteten. Aber sie waren keine Tiere, sie blieben nicht stehen, um sich von Martha zählen oder einschätzen zu lassen. Martha war ihnen gleichgültig. Martha war keine von ihnen. Sie hatten Zeit abzuwarten, daß sie dazu würde, wenn sie keinen anderen Ausweg sah.

Die Stühle wurden hin und her geschoben und weggetragen und wieder zurückgebracht, es war ein ständiges Hin und Her von der Mitte des Raums zu den Fenstern, ein Knarren und Quietschen, das oft so laut war, daß manche der Insassen sich die Ohren zuhielten und sie noch immer zuhielten, wenn der Lärm, außer in ihrem Inneren, längst abgeklungen war. Lange bevor sie die Tische, Stühle oder anwesenden Patienten – Schwestern ließen sich um diese Zeit nur selten blicken – zu Ende gezählt hatte, wurde Martha abgelenkt, niemals durch eine Bemerkung ihres Vaters, denn dieser redete nicht; es waren die anderen, welche die Aufmerksamkeit auf sich zogen. So wurde Martha, die sich wie ein Ruhestörer vorkam, selbst gestört, und je unwohler sie sich in ihrer Haut fühlte, desto überzeugter war sie, daß die anderen hier heimisch waren, darunter ihr Vater, ein Unbekannter unter vielen.

Es war vier Uhr. Seit einer Stunde war sie da. Unbemerkt von ihr würde irgendwann die Dämmerung einsetzen. Spätestens in einer Stunde wollte sie zu Hause sein. Länger als eine Stunde blieb sie selten, länger als eine Stunde hielt sie es kaum aus, ihrem Vater in diesem Raum gegenüberzusitzen, wo der

Geruch nach menschlichen Ausdünstungen überwog und jeder Versuch, die Fenster zu öffnen, an der Verriegelung scheiterte. Manchmal brachte sie Blumen. Anfangs hatte sie geglaubt, Blütenduft könnte die penetranten Gerüche überdecken, aber er hatte sie nur noch verstärkt. Seitdem stellte sie die Blumen in Vaters Zimmer, ein kleines Zimmer, das er mit zwei anderen Männern bewohnte, deren Namen Martha sich nicht merken konnte und die in ihren Träumen manchmal Vaters Brüder waren, ihre Onkel, die es in Wirklichkeit nicht gab; sein einziger Bruder war schon lange tot. Nach jedem Besuch durchstöberte sie ihre Erinnerung nach der Lage des Fensters in seinem Zimmer, das Zimmer wirkte zugemauert. Drei Betten in einer Reihe, drei Nachttische, drei Stühle, ein Tisch, Holbeins Hase, mit Reißnägeln befestigt, an denen sich niemand ernstlich verletzen konnte. Manchmal wurde im Zimmer geraucht, manchmal gegessen, da und dort lagen Krümel, zur Hauptsache diente das Zimmer dem Schlaf.

Die große runde Uhr, die über der Tür hing, war so wenig zu übersehen wie die Männer und Frauen, die – auf und ab gehend oder still in einer Ecke sitzend – das Schicksal ihres Vaters teilten, auch wenn ihre Krankheiten andere Symptome aufwiesen und unter anderen Voraussetzungen ausgebrochen waren als seine. Auch sie verbrachten ihre Tage im Niemandsland, nur daß nicht alle so ruhig waren wie er. Wozu die große Uhr, nach der sich niemand richtete? Ihre Umgebung betrachteten sie desto argwöhnischer, je unruhiger sie wurden. Begann einer zu schreien, stimmte ein anderer ein; gleichermaßen begierig nach Aufmerksamkeit und Mißachtung, horchten sie in sich hinein oder nach draußen. Martha war unfähig, Mitgefühl zu empfinden; ihre einzige ehrliche Empfindung war Ekel vor ihrem Anblick, Ekel vor dem Gestank, der von ihnen ausging, und Ekel vor den Lauten und Geräuschen, die sie erzeugten. Sie konnte den Anwesenden nicht in die Augen sehen, ohne Angst zu empfinden, ein Gefühl, das sich nicht unterdrücken ließ.

Vor ihrem Vater fürchtete sie sich nicht. In seinen Augen war weder Furcht noch Abwehr zu lesen, am ehesten las sie darin das Fehlen solcher Empfindungen. Während sie ihn besuchte, war außer seinem Körper kaum etwas von ihm da, und der schien es nicht erwarten zu können, seine Funktionen so bald wie möglich einzustellen. Ihre seltenen Gespräche mit dem Arzt, der für ihren Vater zuständig war, gaben keinen Anlaß zu der Illusion, daß sein Zustand außerhalb der Besuchszeiten zufriedenstellender sein könnte. Die Pflegerinnen behaupteten, er sei immer so und so wie immer, und sicher hatten sie recht, denn niemand kannte sein Befinden besser als sie, sie sahen ihn täglich. Nachts, sagten sie, schlafe er fest, dank der Tabletten, die man ihm gab und zu deren Einnahme er nicht gezwungen werden mußte. Nachts war seine Trägheit nichts weiter als ein natürlicher Zustand. Aber tags? Was blieb ihnen übrig, als mit den Achseln zu zucken?

Auch wenn sie sich inzwischen an die rätselhafte Erstarrung ihres Vaters beinahe gewöhnt hatte, fiel es ihr immer noch schwer, jene Unterhaltungen mit ihm zu führen, in denen sie als einzige sprach. Auf ihre Fragen erhielt sie keine Antworten, er nickte nicht einmal. Sie sprach über Dinge, die für ihn offenbar keine Bedeutung mehr hatten, über ihre zwei Kinder, über ihren Ehemann, über alltägliche Vorkommnisse; sein Interesse daran war wohl nie sehr stark gewesen. Sie ertappte sich dabei, diese Dinge, wenn sie ihn besuchte, selbst nicht mehr ernst zu nehmen. Waren ihre Sorgen berechtigt? Bevor sie ihn besuchte, legte sie sich manchmal zurecht, was sie ihm diesmal erzählen könnte. Wenn sie ihm dann aber gegenüberstand, hatten sich die Dinge in Luft aufgelöst. Es war ja egal, was sie sagte; war es auch egal, was ihn erreichte? Martha fuhr nicht Auto. Wenn sie ihren Vater besuchte, mußte sie den Bus nehmen; sowohl auf der Hinfahrt als auch auf der Rückfahrt hatte sie Zeit, sich Gedanken zu machen.

Immer schwieriger wurde es, sich zu erinnern, wie er gewesen war, als er gesprochen hatte, als ihre Mutter noch lebte, vor zwei Jahren, vor zwanzig Jahren, als Martha, die inzwischen vierunddreißig war, ein Mädchen gewesen war. Bis zum Tod seiner Frau hatte er seine Schwermut, sollte er tatsächlich schon damals darunter gelitten haben, hinter einer gut abgedichteten Fassade verborgen, einer Fassade, die zweifellos mit Hilfe ihrer Mutter errichtet und unterhalten worden war. Nie war ein entsprechendes Wort über ihre Lippen gekommen, oder hatte Martha verräterische Sätze überhört?

Hatte er aufgeschrieben, was auszusprechen ihm nicht gelungen war? Kurz nach der Beerdigung seiner

Frau hatte der Vater Papiere im Garten verbrannt. Daß Martha unerwartet hinzutrat, als er dort stand und ins Feuer blickte, hatte ihn nicht aus der Fassung gebracht. Bedauern oder Erschrecken sprachen nicht aus seinem Blick, als er aufsah und dann über sie hinweg auf das Haus blickte, das er – was sie damals nicht ahnen konnte – bald verlassen sollte. Außer einigen angesengten, von der Hitze verwehten Papierschnipseln hatte niemand je zu Gesicht bekommen, was es gewesen war, was er geschrieben hatte.

Die unsichtbaren Mauern, hinter denen er sich vielleicht schon jahrelang verschanzt hatte, waren mit ihrer Architektin geräuschlos in sich zusammengebrochen. Als er mit steinerner Miene vor dem Feuer stand, in das er seine nutzlosen Papiere geworfen hatte, war er seiner Tochter zum erstenmal als jenes Wesen begegnet, das wenige Wochen später ganz von ihm Besitz ergreifen sollte. Der Mann, der sich vor der Welt versteckte, in der er sich bis dahin scheinbar selbstverständlich, wenngleich nicht sonderlich gewandt, bewegt hatte, zeigte weder Trauer noch Zorn, kein Bedauern, keine Angst, nur Leere des Ausdrucks.

Es gelang ihr nicht, seine Aufmerksamkeit auch nur für einen Augenblick zu fesseln. Sie war es plötzlich leid, sich darum zu bemühen. Immer wieder, bei jedem Besuch von neuem und jedesmal ohne Erfolg. Sie wollte gehen. Sie stand auf. Sie wollte sich verabschieden. Er ignorierte jede ihrer Bewegungen. Er schien von alledem nichts wahrzunehmen. Sie sagte, sie müsse gehen, aber er reagierte nicht. Sie hätte ihn schlagen können, er hätte sich nicht gewehrt. Nur ihre

Augen schien er flüchtig wahrzunehmen, das bildete sie sich vielleicht nur ein. Seine Pupillen waren stark geweitet. In seinen Augen war kaum Leben.

Es war Herbst, ihr Vater würde voraussichtlich auch den Winter hier verbringen (und all die folgenden Jahre). Sollte man sie je darum bitten, ihn zu Hause aufzunehmen, würde sie zusagen, ohne zuvor mit ihrem Mann gesprochen zu haben; es gab in ihrem Haus außer einer kleinen Mansarde kein Zimmer, in dem er hätte wohnen können, und dennoch würde sie einwilligen. Es wäre jemand im Haus, ein Schatten, der kaum Arbeit und keine Geräusche machte, wenn man von der Klospülung absah. Doch sein Einzug stand nicht zur Diskussion. Seine Umarmung war die eines Fremden, und seine Hände fühlten sich kalt an. Sie küßte ihn auf beide Wangen, er starrte an ihr vorbei.

Er hatte die Klinik seit anderthalb Jahren nicht mehr verlassen; sein Zustand verschlechterte sich so schleichend, daß Veränderungen kaum auffielen. Martha wandte sich zum Gehen, sie hatte nicht vor, sich noch einmal umzudrehen. Doch als sie in der Tür stand, spürte sie plötzlich seinen Atem im Nacken. Sie drehte sich um und hätte fast aufgeschrien. Dicht hinter ihr stand nicht ihr Vater. Eine zahnlose Frau streckte die Hand nach ihr aus. Es fehlte wenig, und sie hätte Martha berührt. Aber Martha wich einen Schritt zurück. Es war schon unangenehm genug, an diesem Ort zufällig mit jemandem zusammenzustoßen, doch um wieviel unangenehmer war es, wenn einer der Insassen sich absichtlich näherte! Sie riß sich vom Anblick der Patientin los, kehrte ihr den Rücken zu und lief durch den Flur. Sie stieß die schwere Eingangstür auf und gelangte ins Freie. Es war schwül, und es hatte zu nieseln begonnen. Über den Himmel zuckten die ersten Blitze vor dem Hintergrund eines gewaltigen Regenbogens. In der feuchten Luft atmete sie durch, befreit fühlte sie sich nicht. Jetzt dachte sie an ihre Kinder, an ihren Mann. Als gäbe es nichts anderes. Ihre Nähe würde ihr die Gewißheit geben, die sie brauchte. Es war nicht das, was sie vom Leben erwartete. Ihre Stimmung war vom Besuch ihres Vaters geprägt. Eine schlechte Stimmung. Sie ging zur Haltestelle, sie lief beinahe; im Gehen – während die Feuchtigkeit ihren Sommermantel durchdrang – beruhigte sie sich allmählich. Sie wartete eine Viertelstunde auf den Autobus, der sie fast bis zur Haustür brachte. Die Fahrt dauerte annähernd zwanzig Minuten, vorbei an Vorgärten, Gärten und Villen, bevor man unmerklich die Grenze der Stadt passierte, an deren Rand sie wohnte. Das Zentrum, das von manchen inzwischen City genannt wurde, war nicht weit weg, doch weit genug, um ihr fremd zu bleiben. Einkaufsmöglichkeiten gab es auch hier. Früher hätte sie Frauen, wie sie eine geworden war, belächelt, genau so hatte sie nicht werden wollen, genau so war sie geworden. Plötzlich hörte es auf zu regnen, und als sie aus dem Bus stieg, hatte sich auch das Gewitter verzogen, ohne sich richtig entladen zu haben. Sie erinnerte sich an die Blitze, der Donner aber hatte ihr Bewußtsein nicht berührt.

2

Leo horchte, aber da war nichts. Die Quelle des Geräuschs, das er ebensowenig überhört hatte wie alle anderen Geräusche, die an sein Ohr drangen, blieb rätselhaft. Ob der Laut von draußen kam oder aus dem Inneren des Hauses, ob er von einem trockenen Dachbalken herrührte oder von Schritten im Stockwerk unter ihm, war unklar. Auch wenn es geklungen hatte, als stünde jemand hinter seiner Zimmertür, erhob er sich nicht, um nachzusehen. Er blieb liegen, obwohl er nicht einschlafen konnte, er trat die Decke über die Knie bis zum Fußende hinunter; die fünfzehnte Septembernacht war schwül wie die vorangegangene. Obwohl das Fenster offen stand, fühlte er sich wie ein Gefangener, nichtsnutzig, undankbar, verloren, halb erstickt von der drückenden Hitze, die sich hinter den dünnen Wänden staute.

Sich seiner neuen Umgebung anzupassen würde noch einige Zeit in Anspruch nehmen, er aber hatte es eilig, und je eiliger er es hatte, desto ungeduldiger wurde er. Irgendeine Richtung zu finden, die er einschlagen konnte, schien ihm im Augenblick wichtiger als der Blick zurück, und dennoch war es unmöglich, das, was er verlassen hatte, zu vergessen, besonders nachts ließen ihn die Erinnerungen – fast immer dieselben – nicht los. Sein Bruder. Laura. Seine Mutter. Seine Freunde. Die wenigen, die er in seine Pläne eingeweiht hatte. Manchmal war es noch schlimmer, wenn er träumte. Er streckte die Hand nach dem Wecker aus. Er stellte ihn unters Bett. Das laute Tikken war selbst dann noch zu hören. Der Versuch, an Frauen zu denken, brachte auch keine Erlösung.

Die nahe Kirchturmuhr schlug halb zwölf. Alles lag in einem Umkreis weniger Kilometer, Schule, Rathaus, Coop, Kirche. Während er hellwach im Bett lag, dachte er mit Bedauern an das geräumige, mit Stuck und Bildern ausgestattete Zimmer an der Reznicekgasse in Wien, das er schon wenige Tage nach seiner Einreise wieder verlassen hatte, ein geräumiges Zimmer, riesig im Vergleich zu der Unterkunft, die man ihm hier zugewiesen hatte. Drei Tage nach seiner Ausreise, die von den Grenzbeamten mißtrauisch, aber kommentarlos beobachtet worden war, hatten die Leute von der Flüchtlingsorganisation ihn dazu gedrängt, Österreich zu verlassen und in die Schweiz zu fahren, wo er sicherer sei. Er wußte nicht, was sicher war, der Westen war ihm so gut wie unbekannt. Aber er vertraute seinen Helfern. Ein kinderloses Ehepaar, Herr und Frau Giezendanner, hatte sich bereit erklärt, ihn aufzunehmen, auf unbestimmte Zeit und kostenlos. Sie verlangten keine Gegenleistung, aber man hatte ihm geraten, seine Bereitschaft kundzutun, in Haus und Garten mit anzupacken. Man hatte ihm verschiedene Adressen mitgegeben, an die er sich wenden konnte, wenn sich Fragen oder Probleme ergaben. Er sei »schaffig«, hatte man den Giezendanners zu verstehen gegeben, aber bislang hatten sie ihren jungen Gast nicht beansprucht.

Leos Deutsch war schlecht, es bestand aus ein paar Worten, die er aus dem Mund seiner Großmutter vernommen hatte. Aber wenn man ihn ansprach, hatte er hin und wieder das Gefühl, auf dem richtigen Weg zum Verständnis zu sein. Er sprach weder Englisch noch Französisch, die einzige Fremdsprache, die er halbwegs beherrschte, war Russisch, eine Sprache, die im Westen außer einigen Studenten, Emigranten und überzeugten Marxisten niemand beherrschte. Er mußte seinen Gastgebern, den weltfernen Giezendanners, bei seiner Ankunft nicht weniger exotisch erschienen sein als ein Neger, vielleicht sympathischer, sicher unauffälliger. Als wollten sie ihm auf keinen Fall zu nahe treten, sprachen die beiden in seiner Gegenwart noch leiser als sonst. Sie waren reserviert, aber immer freundlich. Niemand hatte sie dazu aufgefordert, hilfsbereit zu sein. Warum sie es waren, blieb Leo verborgen. Es gab keine verwandtschaftlichen Beziehungen zwischen Leos Familie und der ihren oder zwischen ihnen und anderen Bewohnern seines Landes. Was sie taten, taten sie freiwillig. Herr Giezendanner war Arzt, seine Frau war seine Praxishilfe. Da er, im Unterschied zu ihr, keinen Führerschein besaß, fuhr sie ihn zu den Patienten, wenn er Hausbesuche machte. Sie hatte ihn, dachte Leo, stets im Blick. Warum auch nicht? Ihre Vornamen kannte er nicht, auf dem Messingschild des Briefkastens, der neben dem weißlackierten Gartentor angebracht war, standen lediglich ihre Initialen: R.H.G.-L., so wie es hier auch bei anderen Villen üblich war. Durch das Gartentor kam für gewöhnlich nur, wer einen Schlüssel besaß. Der Postbote blieb draußen, oder er klingelte. Bereits am ersten Tag hatte Frau Giezendanner Leo zwei Schlüssel ausgehändigt, den für das Gartentor und den für die Haustür. »Wir vertrauen Ihnen ganz«, hatte Frau Giezendanner mit gesenkter Stimme langsam und deutlich gesagt. Dennoch hatte er Mühe gehabt, sie zu verstehen. Er kannte inzwischen den Weg, der von den Giezendanners zur Bushaltestelle führte. Noch hatte er das Dorf, das in unmittelbarer Nähe der Stadt lag, nicht verlassen. Das mußte sich ändern, am besten schon morgen.

Leos Großmutter, bei der er sich während der Schulferien oft wochenlang aufgehalten hatte, sprach fließend deutsch. Noch vor wenigen Wochen hatte er sich für das, was sich nun als größtes Hindernis auf dem Weg der Anpassung erwies, kaum interessiert: sich in einer völlig unbekannten Welt in einer Sprache verständlich zu machen, die er weder sprach noch verstand. Wann würde er diese Sprache so gut beherrschen, daß er sich mühelos verständlich machen konnte, ohne sich andauernd beim Sprechen zu beobachten und sich selbst zuzuhören? Würde es ihm jemals gelingen, in dieser Sprache einen fehlerfreien Satz zu bilden, ohne sich diesen Satz vorher überlegen und aufschreiben und immer wieder aufsagen zu müssen? Daß das, was hier gesprochen wurde, eine Abweichung vom gebräuchlichen Hochdeutsch war, hatte er bald begriffen; doch auch hierin demonstrierten die Giezendanners den ganzen Umfang ihres Einfühlungsvermögens, indem sie sich nach Kräften bemühten, ihrem Dialekt einen Anstrich von grammatikalischer Korrektheit und Eloquenz zu geben, ganz anders als die Verkäuferinnen, die mißtrauisch aufgeblickt, dann weggesehen hatten, als er den Coop zum erstenmal betrat, und erst freundlich geworden waren (was sie inzwischen eigentlich immer waren), als ihm ein Mißgeschick widerfuhr.

»Unser Schweizerdeutsch ist schwer«, sagte Frau Giezendanner fehlerfrei auf hochdeutsch, aber bei längeren Sätzen geriet sie dann doch ins Stocken. Sie sagte: »Ich bin nicht studiert, Entschuldigung, mein Mann ...«, und sie verstummte und sprang in einen neuen Satz. Das war ihre Art, dieser Art begegnete Leo auch anderswo. Sie sagte *merci* statt *Danke*, wenn Leo ihr etwas abnahm, und oft entschuldigte sie sich auch. So gehörte *merci* zu den ersten Wörtern, deren richtige Aussprache – mit Betonung der ersten Silbe – und passende Anwendung Leo sich in dem fremden Land aneignete, von dem er sich nicht ernstlich vorstellen konnte, es würde eines Tages seine neue Heimat werden. *Grüezi* und *Adieu* waren die nächsten wichtigen Ausdrücke, die ihm in Fleisch und Blut übergehen sollten, *Entschuldigung* ein weiterer; diesen in allen möglichen Situationen anzuwenden war von Vorteil, wenn man nicht unhöflich oder gar überheblich erscheinen wollte. Einfache Redewendungen wie *Guten Morgen, Guten Abend, Wie geht's, Guten Appetit, Auf Wiedersehen* beherrschte er bereits bei seiner Ankunft, neue versuchte er sich einzuprägen, wobei er immer wieder daran zweifelte, ob er sie sich je alle würde merken können. Er legte sich eine Liste an. Er hatte Geld erhalten, von dem er sich ein Wörterbuch kaufen wollte. Eine Liste und ein Wörterbuch würden hilfreich sein.

Außerstande, seine Gedanken in Ordnung zu bringen, wälzte sich Leo in immer kürzeren Abständen von einer Seite auf die andere. Während sein Körper in diesem Zimmer angekommen war, flogen die Gedanken hin und her zwischen seinem Zuhause und Wien und der Gemeinde mit dem unaussprechlichen Namen, in der er jetzt lebte; das Dorf, in dem ihm alles fremd war, das an jene Stadt grenzte, in der er sich nicht auskannte, in der es aber, sagte Frau Giezendanner, »alles gibt, ein Theater, eine Oper und einen schönen Zoo«. Er preßte beide Hände an die pochenden Schläfen. Um seiner Unruhe ein Ende zu machen, wäre er zu Hause zweifellos aufgestanden, hier aber war er wie festgebunden. Sein Vater hatte Maupassant und Heine, Tolstoi und Petrarca im Original gelesen; was würde aus den Büchern werden, die zu Hause in seinem Bücherregal standen, wo niemand sie noch einmal lesen würde, da seine Mutter weder französisch noch russisch noch italienisch sprach? Der Gedanke, nie mehr dorthin zurückzukehren, war unvorstellbar, aber er mußte damit rechnen, daß das geschehen würde. Zu Hause war er nie so unruhig gewesen, außer in jener Nacht, die dem Tag vorausgegangen war, den er gewählt hatte, um das Land zu verlassen. Die Bücher seines Vaters würden verschwinden, sich aber gewiß nicht in Luft auflösen wie alles, was er gewesen war.

Die Giezendanners hatten sich, wie üblich, zwischen zehn und halb elf Uhr hingelegt. Wenn er jetzt aufstand, würden seine Schritte sie wecken. Sie durften sich keine Sorgen machen. Ihre Arbeit war anstrengend, sie standen früh auf.

Leo vermißte seine Freunde. Einige wenige hoffte er in der Schweiz wiederzusehen, ohne zu wissen, wie er mit ihnen Kontakt aufnehmen sollte; irgendwann würde sich wohl jemand finden, der ihm dabei half. Er lag in einem fremden Zimmer, vermißte seine Bücher, seine Mutter, seine Großmutter, Laura und, nicht zuletzt, vielleicht mehr als alle anderen, seinen zwei Jahre älteren Bruder Josef, der sich während eines Wettkampfs in Bristol von der Nationalmannschaft abgesetzt hatte (als Kurzstreckenschwimmer hatte er an der letzten Olympiade in Tokio teilgenommen). Inzwischen hatten sie miteinander telefoniert. Er konnte ihn jederzeit anrufen und mit ihm sprechen. Ihm fehlte Josefs Gegenwart, nicht dessen Stimme. Josefs Englisch war kaum besser als Leos Deutsch, also klammerten sie sich während ihrer kurzen Telefongespräche an jene Sprache, die ihre Umgebung nicht verstand. Frau Giezendanner drängte ihn des öfteren, seinen Bruder anzurufen; wenn er telefonierte, war sie darum bemüht, sich weit genug vom Telefon zu entfernen; er sollte nicht glauben, sie wolle die Dauer des Gesprächs kontrollieren, weil sie an ihre Telefonrechnung dachte. Leo hatte den Eindruck, daß die Giezendanners das Telefon nur selten benutzten und schon gar nicht für Auslandsgespräche.

Wäre ihr Vater noch am Leben gewesen, hätten sich die Brüder wohl nicht dazu entschlossen, das Land zu verlassen, selbst wenn er sie dazu gedrängt hätte. Aber der Vater war zwei Jahre zuvor nach Jahrzehnten der Isolation an den Folgen einer Krankheit gestorben, für deren Ursachen sich außer seiner unmittelbaren Umgebung niemand interessierte. Warum auch? Abgesehen von seiner Familie lag niemandem an seiner Genesung. Welchen Namen man seiner Krankheit auch gab, sie war unheilbar, und er war verloren, solange man ihm nicht erlaubte, einer anderen Tätigkeit nachzugehen als der, für den Lebensunterhalt seiner Familie zu sorgen, als Handlanger, Gärtnergehilfe, Lagerarbeiter sowie in einem halben Dutzend weiterer Tätigkeiten, die bestenfalls seine Melancholie befördert hatten, doch niemals seinen Fähigkeiten – er sprach acht Sprachen, er war belesen, er war in seiner Jugend weit gereist – gerecht geworden war. Nachdem er Ende der vierziger Jahre des Zionismus und der Spionage verdächtigt worden war, hatte man das Urteil über ihn gesprochen, ein ebenso dehnbares wie unwiderrufliches Urteil. Außerstande, sich zu wehren, wohl wissend, daß jede Verteidigung neue Repressalien bedeuten würde, hatte er sich in sein Schicksal ergeben. Die Vorwürfe wurden, einmal ausgesprochen, von offizieller Seite nicht wiederholt; sie bedurften keines Beweises, um ihre Wirkung immer dann zu zeigen, wenn er seine Situation ein wenig zu verbessern suchte. Der irritierte Blick eines Genossen hinter dem Schreibtisch genügte, um ihn zur Vernunft zu bringen, denn dieser Blick besagte, daß das Urteil unabänderlich war, *solange du lebst, also unternehme nichts, was dir zusätzlich schaden könnte.*

In dem leeren Raum, in dem er sich bis zu seinem Tod so unauffällig wie möglich bewegte, war er unerwünscht, man ging ihm aus dem Weg oder behandelte ihn wie Luft. Daran war er zerbrochen wie tausend andere vor und mit ihm. Sein Zusammenbruch war schleichend und lautlos erfolgt, so leise wie Glas, das unter den Sohlen eines Spaziergängers knirscht. Man geht darüber hinweg und hat es schon vergessen. Oft fehlte wenig, und er hätte selbst an seine staatsfeindlichen Aktivitäten geglaubt (darüber hatte sich die Mutter stets furchtbar aufgeregt), besonders wenn ihm hinterbracht wurde, daß man Freunde oder Bekannte, manchmal sogar völlig Fremde, die verhaftet worden waren, während stundenlanger Verhöre nach *seinen* angeblichen Vergehen ausgeforscht hatte. Dann begann er sich selbst zu fragen, was er unwissentlich, aus Dummheit oder Naivität, verbrochen haben könnte, ob er nicht doch an der sozialistischen Gemeinschaft schuldig geworden war. Zeitlebens hatte er daran geglaubt, daß eine Zeit kommen müsse, in der alle Menschen gleich sein würden. Daß es schon soweit war, wollte er nicht glauben.

3

Leo verließ das Haus um neun und saß wenig später bereits im Bus. Die Fahrkarte zu lösen erwies sich als überraschend unkompliziert, er stieg beim Fahrer ein, der auf Anhieb verstand, wohin er wollte. Indem er undeutlich sprach, hoffte Leo, für einen Einheimischen gehalten zu werden, und das gelang ihm offenbar. Er legte einen Franken auf die zerkratzte Kassenablage, und der Busfahrer gab ihm wortlos Kleingeld heraus. Leo war froh, wenn man keine Fragen an ihn richtete. Die anderen Fahrgäste beachteten ihn nicht, als er sich setzte. Dennoch hätte er sich gewünscht, während der Busfahrt, die etwa zwanzig Minuten dauerte, hinter einer Tageszeitung verschwinden zu können. Doch die Befürchtung, irgend jemand könnte erraten, daß er kein Wort von dem verstand, was er zu lesen vorgab, war stärker als der Wunsch, sich unsichtbar zu machen. Schon bei der nächsten Station stiegen Leute aus, bei der übernächsten stiegen wieder welche aus und neue zu. Was während der holperigen Fahrt am Bus vorbeizog, unterschied sich nicht wesentlich von dem, was er bislang von dem Ort gesehen hatte. Die Gärten und Vorgärten, die Villen und der kleine Friedhof waren alltäglich. Das hatte er alles schon gesehen, und er entdeckte auch jetzt nichts Neues. Daß auf dem Friedhof Betrieb herrschte, lag daran, daß man jemanden zu Grabe trug; dem Sarg folgte ein spärlicher Zug von Schwarzgekleideten, und da verließen Leos Gedanken den Augenblick, und er dachte an seine Großmutter und den Großvater; auch er lag auf einem Friedhof, der allerdings keinerlei Ähnlichkeit mit diesem hatte. Nie hatte seine Großmutter, so hieß es, nach der Beerdigung dessen Grab besucht.

Da er keine Eile hatte, ließ er sich treiben, nachdem er aus dem Bus gestiegen war. Die Sonne wärmte die Straßen. Doch der Morgen war deutlich frischer als der vorangegangene Abend. Die Menschen um ihn herum hatten es offenbar nicht eiliger als er. Auch sie blieben hin und wieder vor den Schaufenstern stehen, um zu betrachten, was dort ausgestellt war, und er tat es ihnen gleich, er imitierte sie, damit sie ihn für ihresgleichen hielten. Da und dort wurden Auslagen neu dekoriert. Auf anderen lag Staub, man hatte sie vergessen. Leo entdeckte immer wieder Dinge, die er nie zuvor gesehen hatte, nicht einmal auf Abbildungen, Dinge, die es zu Hause nicht gab und vermutlich noch lange nicht geben würde, unerreichbar wie Gegenstände aus zurückliegenden Jahrhunderten oder futuristische Visionen. Sie lagen da und warteten geduldig darauf, daß auch er sie eines schönen Tages benutzen würde. Was sich ihm feilbot, ohne daß er es sich hätte aneignen können, war Teil einer Welt, die ihm noch nicht gehörte. Er betrachtete alles mit Interesse. Eines Tages würde er dazugehören, daran zweifelte er nicht.

Er war im Besitz verschiedener Adressen, an die er sich, wie man ihm gesagt hatte, jederzeit wenden konnte, wenn er Hilfe brauchte. Er hatte sie auf einem Zettel notiert, den er stets bei sich trug. Da ihm die Giezendanners bei seiner Ankunft einen Stadtplan gegeben hatten, mußte er keine Fremden nach dem Weg fragen, wenn er glaubte, sich verlaufen zu haben.

Es war halb zehn. Die Flüchtlingsorganisation, die er aufsuchen wollte, befand sich in der Nähe des Hauptbahnhofs und öffnete um zehn. Er ging langsamer, er mußte sich nicht beeilen. Nachdem er sich nach den Möglichkeiten eines Sprachkurses erkundigt und ein zweisprachiges Wörterbuch gekauft haben würde, wollte er sich wie ein Einheimischer vor einem Café in die Sonne setzen. Er würde sich verständlich machen. Kaffee hieß überall Kaffee, egal, wie man ihn schrieb.

Pünktlich um zehn betrat er das Büro. Verschiedene Plakate in verschiedenen Sprachen, die Wände des Vorzimmers waren voll davon. Er war der erste und wußte nicht, was er tun sollte. Er beschloß, an die Glastür zu klopfen, hinter der sich ein Schatten bewegte. Eine Frau öffnete ihm und gab ihm die Hand. Sie lächelte, aber er hatte Mühe, sie zu verstehen. Sie erklärte ihm etwas in einer Sprache, die zweifellos große Ähnlichkeit mit seiner Sprache hatte, aber erst nach einiger Zeit und etlichen Mißverständnissen begriff er, was sie ihm sagen wollte. Sie war mit einem Mann verheiratet, der ebenfalls aus Leos Heimat stammte; allerdings hatte er sein Land bereits zehn Jahre zuvor verlassen. Sie trage seinen Namen mit Stolz, sagte sie, was Leo etwas peinlich war, dann nannte sie ihren Namen, der auch auf dem handgeschriebenen Schildchen zu lesen war, das neben einer feuchten Zimmerpflanze auf dem fast leeren Schreibtisch vor ihr stand. Während sie sich setzte, sagte sie, ihr Ehemann habe ihr seine Sprache nähergebracht. Inzwischen sei sein Hochdeutsch besser als ihres, während sie seine Sprache nur unvollkommen beherrsche. Was am Anfang schwer erscheine, erweise sich sehr bald als kinderleicht, besonders in seinem Alter, wo einem das Lernen noch leichtfalle. »Wir werden schon was finden.« Sie wollte sein Alter wissen und was er zu Hause gearbeitet habe. Einundzwanzig sei er, sagte Leo, zu Hause habe er mit dem Medizinstudium begonnen. Daran sei erst mal nicht mehr zu denken. Sie blickte auf, sie verstand ihn sicher besser als er sie. Sie forderte ihn zum Sitzen auf, also setzte er sich ihr gegenüber. Während er ihr langsam und ausführlicher, als er eigentlich vorgehabt hatte, auseinandersetzte, was er sich wünschte, einen Sprachunterricht, bei dem schnelle Fortschritte zu erwarten seien, fuhr sie mit der flachen Hand über die mit weißem Kunststoff beschichtete Tischplatte. »Das ist zu machen«, sagte sie und nickte, »das ist zu machen«. Ich werde alle Hebel in Bewegung setzen, ich finde jemanden für Sie. Ich denke da sogar an jemand ganz Bestimmtes. Und dann – als begänne sie genau in diesem Augenblick, alle Hebel in Bewegung zu setzen – zog sie eine Schublade so heftig auf, daß diese ihr beinahe entgegenfiel, und entnahm ihr einen Stapel beschriebener Papiere, den sie vor sich hinlegte. Die Suche nach dem richtigen Blatt Papier – es war kein Formular – beanspruchte etwa eine halbe Minute, in der sie Leos Anwesenheit zu vergessen schien. Schließlich fand sie, wonach sie suchte, und griff zum Telefon. Sie hielt das Blatt Papier weit von sich, um besser lesen zu können, was darauf geschrieben war.

Sie wählte eine Nummer und wartete, doch meldete sich niemand. Sie legte auf und teilte Leo mit, daß sie es wieder versuchen und dann Frau Dubach bitten werde, sich bei ihm zu melden. »Sie heißt Frau Dubach.« Sie erbat sich die Telefonnummer der Giezendanners, aber Leo bezweifelte, daß sie den Zettel, auf den sie sie notierte, je wiederfinden würde. Sie stand auf und öffnete ihm die Tür. Als er ihr die Hand geben wollte, galt ihre Aufmerksamkeit bereits anderen Leuten, die im Vorraum saßen. Es war ein älteres Ehepaar, das verängstigt aussah.

Das bißchen Geld, das er bei sich hatte, reichte aus, sich irgendwo hinzusetzen und einen Kaffee zu trinken. Das Lokal, vor dem er sich schließlich niederließ, war ganz anders, als er es sich vorgestellt hatte, weniger hübsch und gar nicht sauber, doch er wollte tun, was er sich vorgenommen hatte. Wenn er *das* nicht tat, würde ihm nie etwas gelingen, erst recht nicht, wenn er sich dazu zwingen mußte und es also ohne Vergnügen tat. Deshalb war er auf das erstbeste Lokal mit einer Markise zugegangen, unter der dichtgedrängt Stühle und Tische standen, und hatte sich gesetzt. Dann mußte er eine Weile warten, bis er bedient wurde, denn er traute sich nicht, die Bedienung herbeizuwinken; nach ihr zu rufen kam nicht in Frage, da er keine Ahnung hatte, was er hätte rufen sollen. Schließlich kam sie zu ihm. Er war der jüngste unter den wenigen Gästen auf der Terrasse. Er sagte: »Kaffee, bitte«, und wenn die Bedienung auch sonst nichts verstand, begriff sie zumindest, daß er Ausländer war. »Schale? Cappuccino? Café crème?« fragte sie ihn teilnahmslos. Er nickte und wiederholte: »Kaffeekrem«, weil er in diesem Wort wiederfand, was er wollte, während ihm alle anderen Begriffe unbekannt waren. Ziemlich bald brachte man ihm eine Tasse lauwarmen Kaffees, und nachdem die Bedienung verschwunden war, konnte er sich für einige Augenblicke der Illusion hingeben, ein Einheimischer zu sein und auch von den anderen, die ihn in Wirklichkeit gar nicht beachteten, dafür gehalten zu werden. Aber dann mühte sich ein älterer Herr schnaufend zwischen den Stühlen und Tischen hindurch und setzte sich genau neben ihn, obwohl doch links und rechts und vor ihm genügend Stühle frei waren. Der Fremde setzte sich so dicht neben Leo, daß dieser seinen kurzen Atem hören konnte. Leo rückte ein wenig ab. Er fühlte sich bedrängt. Der andere ließ sich nicht beirren. Der Mann wartete, die Bedienung nahm seine Bestellung auf, dann wandte er sich an Leo. Leo verstand ihn nicht. Als der Fremde begriff, daß Leo ihn nicht verstand, weil er seine Sprache nicht sprach, grinste er nur. Es war kein unverschämtes, aber auch kein freundliches Grinsen, es signalisierte ein Einverständnis, das Leo nicht teilen konnte. Er verstand es nicht. In diesem Augenblick fiel die Unbeschwertheit von ihm ab. Er wußte nicht, wie er sich verhalten sollte, er fühlte sich bedrängt und unwohl in seiner Haut, und er wollte weg, aber da er noch nicht bezahlt hatte, mußte er sitzen bleiben. Er wurde das Gefühl nicht los, den Mann, der immer noch neben ihm saß, amüsiere das alles sehr. Also grinste er zurück und sagte etwas in seiner Sprache, die der Fremde nicht verstand.

4

Das Gewitter hatte sich schnell verzogen, doch obwohl die Sonne, die ins Zimmer fiel, ihn nicht blendete, hatte Andreas den Rolladen halb heruntergelassen. Sowohl auf seinem Schreibtisch als auch um ihn herum herrschte ein Chaos aus Büchern, schmutziger Wäsche, herumliegenden Kleidern, Zeitungsausschnitten, Büchern und faulendem Obst, das nur vom gedämpften Licht etwas gemildert wurde; bevor sie es dazu kommen ließ, daß Walter Dubach sich über die Unordnung seines Sohnes ärgerte, würde seine Mutter einschreiten, und Andreas würde ohne Widerrede gehorchen. Jetzt war sie nicht zu Hause.

Noch immer ohne erkennbare Anzeichen von Begabung hustete Barbara, seine kleine Schwester, in ihrem Zimmer Bazillen in ihre quietschende Blockflöte, wie sie es jeden Mittwochnachmittag, einen Tag vor ihrer wöchentlichen Unterrichtsstunde, tat. Wieder einmal erwies sich Andreas' Fähigkeit, die Ohren vor dem zu verschließen, was er nicht hören wollte, als äußerst hilfreich.

Er schob seine Schulhefte hin und her, bevor er das neue, wöchentlich erscheinende Radioprogrammheft aufschlug, das am Morgen mit der Post eingetroffen war. Mit gesenkter Stimme begann er zu lesen. So zu tun, als wäre er Ansager, hatte er sich noch nicht abgewöhnt, aber er achtete darauf, bei seiner imaginären

Beschäftigung nicht ertappt zu werden. Er wußte, wie lächerlich es war, sich an ein unsichtbares Publikum zu richten und das Programm der nächsten Woche zu verlesen, wie er es seit Jahren tat. Es war eine kindische Angewohnheit, die eigene Stimme zu hören, als wäre sie eine fremde, die er eines Tages ablegen würde, wie er sich das Daumenlutschen abgewöhnt hatte (und sich das Onanieren abgewöhnen würde, wie er sich vorgenommen hatte).

Wenn er ungestört sein wollte (beim Ansagen wie beim Onanieren), mußte er die Tür abschließen. Das hatte er bereits getan. Klopfte Barbara an, hatte er die Wahl, ihr etwas zuzurufen, zu öffnen oder zu tun, als wäre er nicht da; dann allerdings würde sie unweigerlich die Klinke herunterdrücken, um nachzusehen, ob das Zimmer tatsächlich leer war. Da Andreas fast sechzehn war, nahm er das Privileg in Anspruch, seinen wechselnden Stimmungen ohne Rücksicht auf seine zehnjährige Schwester nachzugeben. Er zog sich scheinbar grundlos zurück, und niemand sprach ihm dieses Recht ab, weder Barbara noch seine Eltern.

Die Augenblicke, in denen ihn die Liebe zu seiner Schwester unvermittelt überschwemmte, wurden zwar seltener, aber immerhin erinnerte er sich nicht ungern daran, daß es sie gegeben hatte, daß er mit Wonne ihre Wangen berührt und sie ins Ohr gebissen hatte. Sie ließ ihn in Ruhe. Mit Barbara zu sprechen, die sich so gerne über Puppen, Freundinnen, Jungs, Mode, Papa, Mama, Hunde, Großvater und Einkaufen unterhielt, bedeutete, sich Zeit zu nehmen, wobei es weniger wichtig war, ihr zuzuhören, als einfach dazusein. Niemandem vertraute sie sich lieber an als Andreas, ihrem großen Bruder mit den braunen Augen und den dunkelblonden Haaren, den sie hübsch, undurchschaubar und klug genug fand, um sich an ihn zu hängen, wann immer sich eine Gelegenheit bot. Ohne das gleiche von ihm zu fordern, gab sie alles von sich preis, was in ihren Augen ein Geheimnis, für ihn aber ganz uninteressant war.

Er verlas das ganze Programm vom Samstag, schob das Heft beiseite und versuchte sich einen Augenblick auf seine Hausaufgaben zu konzentrieren (ohne ans Onanieren zu denken), dann ließ er seinen Gedanken freien Lauf. Daß er ungern zur Schule ging, lag nicht nur daran, daß er ein mittelmäßiger Schüler war. Da ihn andere Dinge als der Lehrstoff interessierten, bemühte er sich gar nicht, ein besserer Schüler zu werden. Die Lehrer durch gute Noten auf sich aufmerksam zu machen war riskant, also lieber nicht auffallen. Daß er seine wahren Interessen mit niemandem teilen konnte, störte ihn nicht, er brauchte niemanden. Die Schullektüre war nichts im Vergleich zu dem, was er zu Hause las, Kafka statt Böll, Camus statt Hesse, er führte eine Liste, auf der er seine Lektüre lückenlos festhielt. Ungeduldig, zuweilen nervös, manchmal furchtbar gelangweilt, konnte er den Tag gar nicht erwarten, an dem ihm alles, auch das Üble zufiel, den Tag, an dem nicht unsinnige Schulaufgaben, sondern wahre Probleme gelöst werden mußten. Lieber beschäftigte er sich mit diesen sich undeutlich abzeichnenden Schwierigkeiten als mit Hausaufgaben. Wenn er den Rolladen ganz herunterließe, hätte er mindestens ein Vorgefühl des Todes, den er – wie jetzt – als schweren schwarzen Vorhang auf sich spürte, schwarzes Licht, hatte er irgendwo gelesen, der Tod sei, wenn er eintrete, wie schwarzes Licht. Dann war er wieder ganz in seinem Zimmer; kein schwerer schwarzer Vorhang, bloß halbgeschlossene Läden. Schenkel, Arme, ein Hals, dunkles Haar, Schenkel, Muskeln. Wenn er heimlich eine Zigarette rauchte oder onanierte, war er zufrieden, aber nie eins mit sich selbst, immer nur der geringe Teil von etwas Halbem.

Es war Zeit, sich zu waschen. Er schloß die Augen. Man hatte ihm das Rauchen zu Hause verboten. Mit geschlossenen Augen sah er, wo er war, er war im roten Haus des Todes. Er zündete eine Kerze an, konzentrierte sich und versuchte zu weinen. Es gelang ihm nicht. An die Katze, die überfahren worden war, konnte er sich kaum erinnern, die Großmutter hatte er nicht besonders gemocht. Ein Junge aus der Nachbarschaft hatte sich mit dem Jagdgewehr seines Vaters erschossen. Die Vorstellung der Leiche auf dem Teppich bereitete ihm mehr Übelkeit als Trauer. Er hatte den Jungen nie gesehen, ohne Gesicht war es unmöglich, um ihn zu trauern. Der Hals, die rechte Hand an seinem Schenkel, die linke Hand am Gewehrlauf, war er nur eingenickt?

Je länger Andreas über den Hausaufgaben saß, desto leerer wurde sein Kopf; er starrte auf die zerlesenen Seiten und hektographierten Fragebögen und versuchte vergeblich zu verstehen, worauf die Fragen hinausliefen und welche Aufgaben zu lösen waren, damit er in den Genuß jener Noten kam, die ihn zu einem weiteren Jahr unerfreulichen Auswendiglernens verdammten. Er haßte die Nachmittage, an denen er unwillig zu lernen versuchte, er haßte sie mehr als die Schulstunden, in denen er immerhin die Möglichkeit hatte, ungestört seinen Gedanken nachzuhängen.

In der Schule hatte er sich mit der ihm eigenen hartnäckigen Unauffälligkeit eine Position geschaffen, die es ihm erlaubte, jeder körperlichen Auseinandersetzung aus dem Weg zu gehen. Seine Unantastbarkeit, eine Mischung aus gespielter Kaltblütigkeit und natürlicher Arroganz, schützte ihn vor den Gewalttätigkeiten stärkerer Schüler, denen seine – wie er glaubte – zur Verteidigung ungeeigneten Fäuste nicht gewachsen waren. Mit anderen Worten, man ließ ihn in Ruhe. Er wunderte sich manchmal selbst darüber, wie leicht es gewesen war, diesen sicheren und bislang unangefochtenen Status zu erwerben; ihn zu erringen, hatte ihn jedenfalls weniger Mühe gekostet als eine Schlägerei auf dem Schulhof. Hätte er sich nun bei den Lehrern – etwa durch bessere Noten – anzubiedern und einzuschmeicheln versucht, wäre diese besondere Stellung auf Dauer nicht zu halten gewesen. Also tat er weiterhin nicht mehr, als unbedingt nötig war, um weder auf- noch durchzufallen.

Er wollte nicht an die Schule denken, also holte er den Ackermann-Versandkatalog aus seinem Versteck (unnötig, denn niemand wühlte je in seinen Sachen) und schlug die Seiten zweiundsechzig bis siebzig auf, Damen- und Herrenunterwäsche; er würde den Katalog, der bereits vor einigen Tagen eingetroffen war, am nächsten Tag zur übrigen Post legen. Er konzentrierte sich auf die nackte Haut der abgebildeten Personen, vor allem aber auf das, was sich unter der Wäsche undeutlich abzeichnete.

Kurz bevor es soweit war, klingelte das Telefon. Andreas zog die Hose hoch und warf den Katalog in die rechte Schreibtischschublade zu den benutzten Taschentüchern. Er wollte nicht, daß Barbara den Hörer abnahm. Er öffnete die Tür, rannte ins Erdgeschoß, indem er drei Stufen auf einmal nahm, und kam seiner Schwester zuvor.

Am anderen Ende hielt eine fremde Dame ihn zunächst für seine Mutter; obwohl er den Stimmbruch bereits hinter sich hatte, passierte ihm das immer wieder, insbesondere dann, wenn er sich nicht bemühte, seiner Stimme einen etwas nachdrücklicheren Ton zu verleihen. Nachdem sie den Irrtum bedauert hatte, bat sie ihn, seiner Mutter auszurichten, sie solle sich bei ihr melden, es handele sich um einen jungen Mann namens Leo, Leo Heger, der dringend Deutschunterricht benötige, seine Mutter habe sich vor längerer Zeit bereit erklärt, notfalls behilflich zu sein. Andreas, der davon nichts wußte, notierte sich die Nummer der Frau von der Flüchtlingsorganisation und bemerkte, daß Barbara sich hinter ihn geschlichen hatte und ihm beim Telefonieren zusah. Er warf ihr einen wütenden Blick zu, aber sie wich nicht von der Stelle. In diesem Moment wurde die Haustür aufgeschlossen. Kurz darauf stand seine Mutter im Wohnzimmer und übernahm den Hörer, nachdem sie Andreas fragend angesehen und schließlich genickt hatte.

Marthas Haar und das leichte Sommerkleid waren noch feucht, obwohl sich das kurze Gewitter, in das sie geraten war, längst verzogen hatte. Andreas übergab ihr den Hörer, und seine Mutter hörte aufmerksam zu, machte Notizen und nickte. Als sie den Hörer auflegte und sich nach den Kindern umsah, stellte sie fest, daß sie das Zimmer verlassen hatten. Niemand würde sich je dafür interessieren können, was mit ihrem Vater geschah (oder nicht geschah). Sie sah auf ihre Uhr, blickte noch einmal auf den Zettel und prägte sich den Namen ein: »Leo Heger, Leo Heger, Leo, Leo, Heger, Heger«, den Namen würde sie nicht vergessen.

5

Der Sommer endete am Montag, dem 24. September. Während noch am Tag zuvor im ganzen Land angenehme Temperaturen um die vierundzwanzig Grad geherrscht hatten, fiel das Thermometer in der Nacht zum Dienstag so stark, daß die, die morgens früh zur Arbeit mußten, zum erstenmal bereuten, sich nicht wärmer angezogen zu haben. Die Luft war klar, am Himmel stand keine Wolke.

Am Vorabend hatte Frau Giezendanner Leo beiseitegenommen und ihm eine Schachtel Pralinen in die Hand gedrückt, die er, soviel glaubte er verstanden zu haben, seiner neuen Lehrerin überreichen sollte, wenn er sie am nächsten Tag zum erstenmal besuchte. »Ein kleines Dankeschön«, sagte Frau Giezendanner, »das kann nie schaden.« Leo wiederholte langsam: »Das kann nie schaden.«

Auch das sei eine Art, eine fremde Sprache zu lernen, hatte Herr Giezendanner, der in diesem Augenblick gerade hinter seiner Frau stand, bemerkt; längst war ihm aufgefallen, daß Leo sich angewöhnt hatte, Sätze, die ihm vorgesagt wurden, akkurat zu wiederholen. Man konnte sich fragen, ob er deren Sinn verstand. Niemand wollte von Herrn Giezendanner wissen, ob seine Bemerkung beifällig oder spöttisch gemeint gewesen sei; während seine Frau nicht die Angewohnheit anderer Ehefrauen hatte, ihrem Mann in Gegenwart Dritter zu widersprechen, verstand Leo nicht, was der Hausherr sagte.

Frau Giezendanner war besser zu verstehen als er. Besser als ihr Mann und sehr viel besser als das befreundete Ehepaar, das am Abend vor Leos erster Unterrichtsstunde bei Frau Dubach gegen sieben Uhr zu Besuch gekommen war. Ein Anlaß, an dem Leo wohl oder übel hatte teilnehmen müssen und der schon eine halbe Stunde vor dem Eintreffen der Gäste mit einem im Garten gereichten Aperitif begann. Herr Giezendanner bemühte sich um ein Gespräch mit Leo, das von Alltäglichkeiten handelte, doch trotz aller Anstrengungen der Beteiligten verlief die Konversation immer wieder im Sand, und es erwies sich als anstrengend, sie wieder in Gang zu bringen.

Pünktlich um sieben Uhr trafen die Fleckensteins ein, eine blonde Frau um die vierzig und ein Mann um die fünfzig, der jünger und jugendlicher wirkte als seine Ehefrau, die von ihm ebenso ignoriert wurde wie von Frau Giezendanner, die ganz unhöflich nur das Nötigste mit ihr sprach, was die beiden – Herrn Professor Fleckenstein und Frau Giezendanner – zu Mitgliedern einer verschworenen Gemeinschaft machte, der sich Herr Giezendanner nicht anschloß, er gehörte gewissermaßen zur Gegenpartei. Er war reizend um Frau Professor Fleckenstein bemüht, die einmal sagte, der Heinz verdiene den Nobelpreis, oder? Und er werde ihn sicher noch bekommen, denn seine Verdienste auf dem Gebiet der Erforschung der ...ine – mehr von dem chemischen Begriff verstand Leo nicht –, auf dem Gebiet der ...ine... seien unübersehbar. »Oder etwa nicht, was meint ihr?« Sie sei felsenfest davon überzeugt (indessen verstand Leo im Grunde kaum mehr als das halbe Wort ...ine), sie sei ganz sicher, sie lege ihre Hand dafür ins Feuer. »Wenn sie nur nicht zu brennen beginnt«, spottete Fleckenstein.

Herr Giezendanner hingegen, der von der erwähnten Materie möglicherweise mehr verstand, nickte und schenkte ihr nebst einem Lächeln einen Campari nach. Sie trank zügig von dem bitteren Getränk, das Leo schnell zu Kopf stieg, zügig und mit Genuß wie Herr Giezendanner, während Professor Fleckenstein, der inzwischen seine Pfeife hervorgeholt hatte, sowie Frau Giezendanner, die während des Aperitifs mehrmals in der Küche verschwand, Weißwein tranken, trockenen, herben Waadtländer. Zu dem Umtrunk im Freien – man saß an einem Blechtisch, auf dem eine orangefarbene, etwas zu knappe Tischdecke mit Bügelfalten lag – wurden kleine Salzbrezeln und trokkenes Gebäck in Form goldbrauner Fischchen auf einem kolorierten Teller gereicht, der von Hand zu Hand ging, bevor er in der Mitte des Tischs zum Stillstand kam. »Er kommt aus Viterbo«, sagte Frau Giezendanner. »Nein, aus Orvieto«, verbesserte sie Herr Giezendanner, und seine Frau zuckte unmerklich zusammen, die Stimmung war gereizt, das entging Leo nicht. »Es ist typisches Steingut aus der Gegend um Orvieto, Toskana. Toskanische Fayence. Apropos, wunderbarer Wein wächst dort«, sagte einer der Herren. Leo versuchte sich auf die Gespräche zu konzentrieren, aber während seine Anspannung wuchs, nahm seine Aufmerksamkeit mit jedem Schluck Campari mehr ab. Den an ihn gerichteten Satz: »Möchtest du Sprudel?« verstand er nicht.

Bei einem ihrer Auftritte im Garten erschien Frau Giezendanner mit einer blitzsauberen Schürze – die sie so locker umgebunden hatte, als gehörte sie gar nicht richtig zu ihr, als wäre sie gar nicht die Köchin, sondern die Hausherrin, die sich eine Köchin leistete – und rief in die Runde: »Essen ist fertig, wir können zu Tisch«, und alle standen fast augenblicklich auf und folgten ihr ins Eßzimmer; die Abwechslung kam ihnen sichtlich gelegen. Man durchquerte das Wohnzimmer (den »living«, wie Frau Giezendanner sagte), bevor man den »dining« betrat. »Er hat kühler gemeldet, bald kann man Feuer im Kamin machen«, sagte Herr Giezendanner, als Frau Professor Fleckenstein, einen Augenblick zögernd, dann nickend, vor dem »Cheminée« stehen blieb, wo ihr Mann sie – von den anderen unbemerkt – weiterschubste, bevor er sagte:

»Aber möglicherweise karzinogen bei schlechtem Abzug.« Frau Giezendanner lachte unvermittelt, und Herr Giezendanner sagte: »Der zieht perfekt. Perfekt.« Doch Fleckenstein überhörte einfach, was sein alter Studienkollege und Mit-Zofinger sagte, und sah über den Kamin hinweg, es war ja nicht wichtig, wirklich nicht wichtig.

Im Eßzimmer war nicht nur der Tisch gedeckt (»Mein Gott, wie hübsch!«), an den man sich gleich setzen würde, dort standen tatsächlich auch schon die Vorspeisen bereit, und Frau Giezendanner sagte genau das, was ihr Mann zu erwarten schien: »Heute machen wir Tellerservice und vor allem keine Tischordnung!« Es fehlte wenig, und sie hätte in die Hände geklatscht, ein wenig lächerlich fand Leo sie jetzt. Niemals hatte er sich seit der Ankunft in der Schweiz so sehr danach gesehnt, in seinem Bett zu liegen.

Sie setzten sich zu Tisch. Die Vorspeise bestehe aus Salat und »etwas aus dem Meer«, erklärte Frau Giezendanner stolz und möglicherweise auch etwas ängstlich, ob sich nicht einer ihrer Gäste vor etwas aus dem Meer grausen könnte, aber niemand grauste sich, im Gegenteil, und so aß Leo zum erstenmal in seinem Leben tiefgekühlte Shrimps und Miesmuscheln, die Frau Giezendanner im Glas gekauft hatte, wie sie voller Stolz erwähnte, sie waren ein wenig zäh, und kleine Fäden blieben zwischen den Zähnen der Erwachsenen hängen. Leo mochte insbesondere die Mayonnaise. So etwas hatte er bislang ebensowenig gegessen wie die Meeresfrüchtecocktails in Avocadohälften, von denen die Fleckensteins mit Begeisterung so unterschiedlich erzählten, als hätte ihn jeder an einem anderen Ort genossen. Alle außer Leo verlangten nach dem ersten Gang einen Zahnstocher.

Er war froh, wenn man so tat, als wäre er gar nicht anwesend, und brach in Schweiß aus, sobald man ihn ansprach, was zu seinem Leidwesen zumindest zu Beginn des Abends mehrfach geschah, obwohl er sich ganz still verhielt; er brauchte keine Leute, die sich um ihn kümmerten; er rang nach Worten und fand sie meist nicht. War Frau Giezendanner nicht gerade in der Küche, versuchte sie die Fragen ihrer Gäste für Leo zu präzisieren, doch ihre von Gesten begleiteten Verdeutlichungen blieben meist unklar, Leo starrte sie begriffsstutzig an und stammelte: »Nicht verstanden, bitte, leider.« Auf den Gesichtern der anderen zeichnete sich indessen gequältes Mitleid ab, auf dem Gesicht Herrn Giezendanners ein Ausdruck kaum unterdrückter Ungeduld, der sich im Lauf des Abends zugunsten einer unmerklichen Mißachtung verflüchtigte. Je mehr er trank, desto weniger Aufmerksamkeit schenkte er Leo, was allerdings zur Folge hatte, daß seine Frau wettzumachen versuchte, was sie wohl als Unhöflichkeit empfand. Es fehlte nicht viel, und er hätte über Leos Angelegenheiten gesprochen, als wäre dieser gar nicht zugegen. Leo störte das nicht. Er verstand ohnehin nur wenig. Hauptsache, man wollte nichts von ihm wissen, und er mußte nichts sagen.

Herr und Frau Giezendanner zeigten sich von einer Seite, die den Freunden offenbar vertrauter war als jene, die Leo und vermutlich auch Giezendanners Patienten und Nachbarn kannten. Die Giezendanners, die sonst so reizend zueinander und auch zu Leo waren, schienen in Gegenwart der Fleckensteins wie verwandelt, als wollten sie diesen ihre wechselseitige Unabhängigkeit beweisen. Um das seltsame Theater wahrzunehmen, das an diesem Abend im Haus der Giezendanners gespielt wurde, waren jene Sprachkenntnisse, die Leo noch nicht besaß, entbehrlich.

Unweigerlich kam man nach dem Hauptgang – Kalbsrollbraten, Erbsen, Möhren, Kartoffelpüree und Sahnesauce – auch auf die Politik zu sprechen, auf die nationale wie die internationale, und da Leo aus einem Land geflohen war, das wochenlang die Schlagzeilen beherrscht hatte, lag es nahe, sich insbesondere mit seiner Heimat und deren Abhängigkeit von der Sowjetmacht zu beschäftigen, was denn auch ausgiebig geschah. Sowohl Giezendanner als auch Fleckenstein hatte dazu eine eigene Meinung. Daß ihre Ansichten voneinander abwichen, lag in Anbetracht dessen, wie der Abend bisher verlaufen war, auf der Hand. Während Giezendanner kein gutes Haar an den Kommunisten ließ und in dieser Sache Leo zum Zeugen anrief, brachte Fleckenstein, dem Widerspruch gewissermaßen zur zweiten Natur geworden war, eine Menge zu deren Verteidigung vor. So sagte er zum Beispiel, daß in Rußland, wie übrigens auch in China, jetzt endlich alle zu essen hätten, daß es dank der festen Hand der Regierung zwischen den verschiedenen in der Sowjetunion lebenden Volksgruppen nicht zu blutigen Auseinandersetzungen komme, wie es eigentlich zu befürchten gewesen sei, daß es mit dem Opium für das Volk ein Ende habe, ein Ende auch mit der ungerechten Verteilung des Bodens, keine Chance für Prostitution und Homosexualität, dagegen beste Berufsaussichten und Karrieremöglichkeiten für die Frauen, die sich vom Joch des Patriarchats befreit hätten, und inzwischen – »man höre und staune« – die Mehrzahl der Ärzte stellten. »Welches Joch meinst du genau?« fragte Frau Fleckenstein, der die Bewunderung ihres Mannes für die Situation der marxistischen Frau womöglich ganz neu war (zumal sie vermutlich in krassem Widerspruch zu ihrer eigenen stand). Woher er das denn alles so genau wissen wolle, da er es doch gar nicht überprüfen könne, wandte Giezendanner ein, nachdem ihm seine Frau heimlich einen unbestimmten Blick zugeworfen hatte. »Was wissen?« sagte Fleckenstein. »Ich lese die Zeitung, aber ich lese sie genau. Du brauchst bloß die Zeitung zu lesen, lies die *NZZ*, und du weißt Bescheid.«

Um diesem unerfreulichen Thema ein Ende zu machen, kam Frau Giezendanner übergangslos noch einmal auf den Kamin zu sprechen, diesmal sprach sie von den *fireplaces,* die ihnen damals während ihres einjährigen Aufenthalts in den Staaten überall aufgefallen seien, privat wie in Hotels, in Villen wie in *lodges* und Restaurants, das Feuer habe oft sogar im Sommer gebrannt, das sei etwas vom Gemütlichsten in den Staaten, und während sie über das Jahr in Kalifornien sprach, über La Yolla und Santa Ynes Valley, über L.A. und Santa Monica, über Tiere und Menschen, schien sie gar nicht zu bemerken, daß sie auffällig viele englische Ausdrücke benutzte, nur Frau

Fleckenstein verdrehte einmal heimlich die Augen (Leo, der nicht wußte, worum es ging, registrierte das), als sie sich zum erstenmal an diesem Abend ihrem Mann zuwandte, der Frau Giezendanners Amerikabegeisterung zum Anlaß nahm, den imperialistischen Westen anzugreifen, der sich rücksichtslos wie eine Krake gegen den hilflosen, mit dem Rücken zur Wand stehenden Kommunismus wende, so daß Frau Giezendanner nicht wußte, ob sie nicken oder widersprechen sollte.

Leo hatte es längst aufgegeben, etwas verstehen zu wollen, die drei Stimmen drangen nur noch als anschwellendes Gebrodel aus dunklen Konsonanten und kaum weniger hellen Vokalen zu ihm durch, erst eine Stunde später, eine Viertelstunde nachdem der Nachtisch serviert worden war, konnte er sich endlich verabschieden und auf sein Zimmer gehen. Die Erwachsenen waren sichtlich erleichtert, als der zugeknöpfte junge Mann sie nach den lauwarmen Pfirsichen mit Schlagsahne und Sauerkirschen endlich allein ließ.

6

Leo öffnete das schmale, schief in den Angeln hängende Gartentor und betrat den Kiesweg, der auf das zweistöckige Haus zuführte, das die Nummer 28 trug und einen sauberen, wenngleich etwas freudlosen Eindruck machte, was möglicherweise daran lag, daß keine Vorhänge an den Fenstern hingen. Das Haus war außen grau gestrichen, die Fensterkreuze waren weiß.

Leo hielt eine Mappe und die in Geschenkpapier verpackte Pralinenschachtel in der rechten Hand, als er mit dem Zeigefinger der Linken auf die Klingel drückte. Als erwarte man ihn bereits, erschien kurze Zeit später eine Silhouette hinter dem Milchglas, und die Tür wurde geöffnet. Worin die Ungeschicklichkeit bestand, die bewirkte, daß Leo Schachtel und Mappe just in dem Augenblick fallen ließ, als Martha Dubach öffnete, konnte er sich auch später nicht erklären, es geschah einfach. Was Leo am meisten an sich verabscheute, trat ein, er lief rot an (*der brennende Dornbusch* hatte man ihn in der Schule genannt, wenn ihm dieses unübersehbare Mißgeschick passierte) und begann zu schwitzen, was seine Verlegenheit noch steigerte. Frau Dubach war aber so anständig, die Situation mit einem Achselzucken abzutun. Daß er rot anlief, entging ihr vielleicht. Daß sie lächelte, bemerkte Leo nicht, denn noch war er damit beschäftigt, Mappe und Schachtel aufzuheben, die nur an einer Ecke leicht angestoßen war. Während er sich aufrichtete, streckte die Lehrerin ihrem neuen Schüler die Hand entgegen und sagte: »Mein Name ist Martha Dubach.« Mit der anderen Hand griff sie nach den Pralinen.

Leo war ihr erster Privatschüler. Außerhalb der Schule hatte sie keinerlei Erfahrung mit Schülern, und auch dort war diese begrenzt gewesen, weil sie nur zwei Jahre lang Erst- und Zweitkläßler unterrichtet hatte; mit dreiundzwanzig hatte sie geheiratet, mit vierundzwanzig war sie zum erstenmal Mutter geworden. Schulhäuser hatte sie seither nur betreten, wenn es um ihre eigenen Kinder ging, und da weder Andreas noch Barbara Schwierigkeiten machten, war das selten der Fall. Nachdem Walter eher desinteressiert als widerstrebend sein Einverständnis gegeben hatte, war sie bei der Flüchtlingsorganisation, die Lehrerinnen an Studenten aus Osteuropa vermittelte, vorstellig geworden. Der kostenlose, ehrenamtlich erteilte Deutschunterricht sollte diesen den Einstieg in ihre neue Umgebung erleichtern. Man hatte sich erfreut gezeigt, dann aber wochenlang nichts von sich hören lassen. Erst vor wenigen Tagen war man auf sie zurückgekommen. Eine Frau hatte nachgefragt, ob ihr Angebot noch gelte. Martha hatte, ohne zu zögern, zugesagt.

Leo ließ die Pralinenschachtel los. Als er jetzt so dicht vor ihr stand, fiel es ihr schwer, ihm in die Augen zu sehen. Außer daß er blond sein müsse, hatte sie sich keine Vorstellung von ihrem Schüler gemacht. Warum blond? Er war nicht blond. Er hatte kurzes schwarzes Haar über einem offenen Gesicht. Sein Auftreten war eine Spur ungelenk und unsicher, nervös war auch Martha. Er war größer als sie und größer als Andreas, das nahm sie mit einer gewissen Genugtuung wahr.

Leo formte die Worte, die er am vergangenen Nachmittag vor und nach der Einladung der Giezendanners vorbereitet und noch während der Fahrt im Bus geübt hatte: »Bitte«, sagte er, »bitte, für Sie, danke für die Hilfe, vielen Dank.« Die Worte, die er aus seinem Wörterbuch zusammengeklaubt hatte, sprach er ohne hörbare Pause oder Betonung. So ungeschickt das alles war, er wußte, daß er sich damit verständlich machte. Martha bedankte sich für das Konfekt und sagte: »Du heißt Leo.« Er nickte. »Leo Heger.« Als wäre sie die Schülerin, wiederholte sie brav seinen Namen und sagte dann: »Wir werden nur deutsch miteinander sprechen, keine andere Sprache, nur deutsch.« Sie bat ihn einzutreten.

Kurz blieb Leo auf dem Fußabstreifer vor der Haustür stehen, unsicher oder unschlüssig.

Sie sagte: »Komm herein, nur keine Umstände.« Ohne die Worte zu verstehen, begriff er ihren Sinn. Martha betonte jedes einzelne Wort. Sie bemühte sich, langsam und deutlich zu sprechen. »Meine Kinder sind schon in der Schule, und mein Mann arbeitet seit zwei Stunden.« Sie schaute auf ihre Armbanduhr. Zwei Stunden. Nur keine Umstände, das mußte er sich merken, sagte sich Leo. Er trat über die Schwelle. Draußen war es trocken. Drinnen war es warm. Irgendwo im Haus stand ein Fenster offen, ein kühler Luftzug streifte Leos Stirn. Martha fühlte sich beobachtet und schloß die Tür hinter Leo. Doch waren keine Nachbarn zu sehen. Die Häuser standen vereinzelt. Dazwischen war Raum für junge Büsche und Bäume, die frisch gepflanzt worden waren; irgendwo, bei Leuten, die man nicht kannte und nie hörte, gab es sogar einen Swimmingpool (das erzählte sie ihm Wochen später).

Sie standen in der großen rechteckigen Diele, von der vier Türen abgingen, eine in die Küche, eine ins Wohnzimmer, eine in die Gästetoilette und eine in den Keller. »Mein Mann ist Rechtsanwalt«, erklärte Martha. Er hatte das Haus kurz nach sieben verlassen. Es war jetzt neun. Frau Dubach war klein und zart wie Leos Cousine, und doch umgab sie etwas Undurchdringliches. »Wir werden jeden Tag zwei Stunden arbeiten, zwei Stunden Unterricht«, sagte sie, während sie das Wohnzimmer betrat, an das sich das Eßzimmer anschloß, in dem sie arbeiten würden und wo ein Tisch mit sechs Stühlen stand. »Zwei Stunden, von neun bis elf oder nachmittags von zwei bis vier.« Sie durfte ihn nicht überfordern. Sie mußte langsam sprechen.

Das Wohnzimmer hatte eine gewisse Ähnlichkeit mit jenem der Giezendanners. *Nur keine Umstände*, das mußte er sich merken. »Nur deutsch«, wiederholte Leo, *zwei Stunden Arbeit, nur keine Umstände.*

»Deine Aussprache ist erstaunlich, sie ist gut«, sagte sie lächelnd, »ich merke, du wirst schnell lernen.« Er war ihr Schüler, sie duzte ihn. »Ich meine es ernst. Ich verstehe deine Sprache nicht, du wirst meine lernen, es geht nicht anders. Wir sprechen ab sofort nur deutsch. Ich werde nicht versuchen, in einer anderen Sprache mit dir zu sprechen. Ich werde dir alles auf deutsch erklären, mit Hilfe eines Buchs. Grammatik und Konversation. Vor allem reden, soviel wie möglich reden.« Und trotzdem fragte sie ihn nun, ob er noch eine andere Sprache spreche, Französisch oder Englisch, doch erst als er antwortete: »Latein und Russisch«, war sie sicher, daß er ihre Frage auch verstanden hatte. »Russisch kann ich nicht«, sagte sie, »nichts außer *Njet*. Und Latein habe ich fast völlig vergessen.« Sie versuchte zu lachen. Verglichen mit Leo war Andreas ein Kind. »Ich kann Französisch, das ist dann schon alles.« – »Russisch«, wiederholte er. »Aber wir reden nur deutsch«, wiederholte sie, noch deutlicher artikulierend. »Nur deutsch«, wiederholte Leo. Jeder Satz, jedes Wort, das jetzt zwischen ihnen fiel und künftig zwischen ihnen fallen würde, war Teil des Unterrichts. Über alles zu sprechen, Alltägliches, Ungewöhnliches, Belangloses, Wichtiges, nacheinander, durcheinander, würde unerläßlich sein, um Deutsch zu lernen und schließlich fließend Deutsch zu sprechen. Ohne daß Martha es zu erwähnen brauchte, war das klar. Die Konversation gehörte zum Unterricht. Sie würden über alles sprechen, was ihnen in den Sinn kam. Jede Frage, jede Antwort, jede Wiederholung war Teil einer Lektion, ein kleiner Schritt auf dem Weg zum Erlernen und Erfassen der neuen Sprache. Er mußte sie mit Haut und Haar in sich aufnehmen. Sie mußte in ihn übergehen.

»Wie alt bist du?« Leo antwortete, er sei zweiundzwanzig. Und ich bin vierunddreißig, sagte Martha, obwohl sie doch erst dreiunddreißig war. »In drei Monaten«, fügte sie hinzu. Leo verstand den Sinn ihrer Worte diesmal nicht. »Die Zahlen nehmen wir später durch, das hat Zeit«, sagte Martha.

Die Stühle um den Tisch herum waren breit und dick gepolstert und hatten hohe, ebenfalls gepolsterte Rückenlehnen. In der Mitte des Tischs stand eine gelbe Rose in einer zu kleinen Vase, neben einer Schale mit Keksen lagen Bücher und Hefte, eine Grammatik, ein Wörterbuch, ein »Deutsch für Anfänger« (für Leo) mit vielen Abbildungen. Es war eindeutig, daß hier ein Ehepaar wohnte; daß hier auch Kinder lebten, nicht. Lauter unberührte Dinge. Leo schien es, als hätten Fremde die Zimmer eingerichtet und Fremden überlassen.

Er setzte sich an den Eßtisch. »Was magst du lieber, Tee oder Kaffee?« Sie ging in die Küche, um Wasser aufzusetzen, noch bevor ihm die Antwort, die er gegeben hatte, bewußt geworden war. Hatte er Tee oder Kaffee gewünscht? Er wußte es nicht. Sein Blick fiel wieder auf die Kekse. Er hatte gefrühstückt, dennoch war er etwas hungrig. Auch das Eßzimmer hatte eine gewisse Ähnlichkeit mit dem der Giezendanners, nur daß hier die Gardinen fehlten, die dem Ganzen dort den Anschein des Endgültigen gaben. Hier schien man eben erst angekommen oder kurz vor dem Aufbruch zu sein. Auf einigen Gegenständen lag eine leichte Staubschicht, andere waren völlig frei davon. Nach welchen Gesichtspunkten oder Vorlieben hier Staub gewischt wurde, erschloß sich ihm nicht.

Inzwischen hatte er sein Heft und den unhandlichen silberfarbenen Vierfarbenstift, den ihm Frau Giezendanner geschenkt hatte, auf den Tisch gelegt. Mehrfarbenstifte gab es bei ihm zu Hause nicht, von solchen Stiften konnte man dort nur träumen. War er noch vor wenigen Minuten, nicht allein seiner Ungeschicklichkeit an der Haustür wegen, aufgeregt und unsicher gewesen, hatte sich die Unruhe inzwischen in eine nicht unangenehme leichte Anspannung verwandelt.

Plötzlich stand Martha hinter ihm. Noch bevor er sie bemerkte, hörte er, wie die Tassen auf dem Tablett leise klirrten. Sie stellte das Tablett ab und schenkte Tee ein. Sie ging um den Tisch herum und setzte sich ihm gegenüber. »Jedesmal ein paar neue Wörter, das ist vielleicht das wichtigste«, sagte sie, nachdem sie einen Schluck getrunken und Leo mit einer Handbewegung aufgefordert hatte, es ihr gleichzutun. »Regelmäßig neue Wörter«, wiederholte sie und bemühte sich, ihm beim Sprechen in die Augen zu sehen. Sie wußte, worauf sie achten mußte, sie nahm ihre Aufgabe ernst, besonders deshalb, weil sie ihr fremd war. Sie hatte sich informiert, war zur Universitätsbibliothek gegangen und hatte verschiedene Bücher ausgeliehen. Sie blickte ihn über den Rand ihrer Tasse an, und zum erstenmal sah sie ihn lächeln. Als er sich selbst dabei ertappte, wurde er rot und senkte die Augen. Sie hatte sich vorgenommen, ihm binnen kürzester Zeit soviel wie möglich beizubringen, sie hatte es auch Walter gesagt, der kaum zugehört hatte. Okay, war alles, was ihm dazu einfiel. Er hatte hin und wieder genickt, aber in Gedanken war er, wie immer, woanders gewesen, sie hatte keine Ahnung, wo. Ihre Lehrmethoden waren ihm gleichgültig, ihre pädagogischen Ansichten interessierten ihn nicht. Sie war, wie immer, unmerklich leiser geworden und schließlich verstummt; er hatte es, wie immer, wohl nicht einmal bemerkt. Irgendwann hatte er ganz nebenbei nach dem Essen gefragt, und sie war in die Küche verschwunden, in Gedanken auch sie woanders.

Martha deutete auf ihren Mund. »Es ist gut, mir nachzusprechen, es ist«, sagte sie, »eine sehr gute Übung.« – »Übung.« – »Sag: Guten Tag.« Und Leo wiederholte: »Guten Tag.« – »Sag: Guten Tag, Frau Dubach.« Er sagte: »Guten Tag, Frau Dubach.« Er sagte: »Ich bin Papagei.« – »Papagei?« Martha verstummte. »Der Papagei ist kein dummer Vogel«, sagte Leo jetzt in seiner Sprache. Martha verstand kein Wort, nur dieses eine: »*Papoušek*. Papagei intelligent.« – »Du meinst, er ist ein gescheites Tier, obwohl er uns doch alles nur nachplappert?« Das war für den Anfang viel zu schwierig. Er verstand sie nicht. Sie überlegte, was er gemeint haben könnte, und endlich glaubte sie zu wissen, was es war. »Imitace«, sagte Leo. »Kopie.« Martha nickte und beobachtete, wie er langsam seinen Tee trank und in die mit Schokolade überzogenen Kekse biß, von denen Andreas, ihr Sohn, immer behauptete, ein einziger Bissen bereite ihm schon Kopfschmerzen.

»Biskuits«, sagte sie. »Wie schmecken sie dir?« Er sah sie verständnislos an. »Gut? Biskuits gut?« Leo begriff und nickte. Ihr war klar, daß sie vollständige Sätze bilden mußte, also setzte sie noch einmal an. »Dies sind Biskuits. Sind die Biskuits gut? Schmecken dir die Biskuits?« Aber je länger sie sprach, desto weniger schien Leo sie zu verstehen.

Also begann sie von neuem. »Auf die Plätze, fertig, los«, sagte Martha, schlug die »Deutsche Sprachlehre für Ausländer« auf, das jüngste und beste Lehrbuch auf dem Markt, wie man ihr in der Buchhandlung versichert hatte. Leo verstand sie nicht. Sie merkte es und blickte auf. »Eine Redensart«, erklärte sie. *»Auf die Plätze, fertig, los* ist eine Redensart. Wir werden auch Redensarten durchnehmen.« Sie wiederholte deutlich:

»Redensarten. Die Sprache besteht zu einem großen Teil aus Redensarten.« Recht unwahrscheinlich, daß Leo sie verstand. »Du mußt ins kalte Wasser springen. Du wirst schnell lernen, das sehe ich dir an. Die Redensarten gehören dazu. Je mehr du dich traust, desto schneller wirst du lernen. Ich sehe, daß du dich traust, du traust dich schon jetzt.« Aber es war auch offenkundig, daß er *trauen* und *Redensarten* und die meisten anderen Wörter, die sie soeben verwendet hatte, nicht kannte. »Ich bin ganz sicher, daß du mich bald verstehen wirst.« Er blickte sie fragend an, sie mußte lachen, er wurde rot, und er wurde noch röter, als er sah, daß es ihr nicht entgangen war. »Wir werden das schon schaffen«, sagte Martha. Sie lachte nicht darüber, daß er rot geworden war.

Da kam er ihr zu Hilfe, ohne das Wörterbuch zur Hand zu nehmen, mit dessen Unterstützung er all die Wörter, die er nicht verstanden hatte, hätte nachschlagen können, was aber viel zuviel Zeit in Anspruch genommen hätte. Er hatte es dabei, zog es aber nicht aus seiner Mappe. Vielmehr betrachtete er den Keks. Er hatte ihn zur Hälfte aufgegessen und hielt ihn in der ausgestreckten Hand. Er deutete auf die Schokolade und sagte: »Schokolade.« Martha nickte und sagte: »Und jetzt sagst du den vollständigen Satz: Das ist Schokolade. Das ist Schokolade.« Er wiederholte, erst stockend, dann mit zunehmender Festigkeit, mehrmals: »Das ist Schokolade.« – »Das Ganze ist ein Biskuit«, sagte Martha und unterstrich ihre Erklärung mit einer Handbewegung, bevor sie das Gebäck zum Mund führte. »Das Ganze ist ein

Biskuit«, sprach Leo ihr nach. Martha gab ihm zu verstehen, er solle es essen, und das tat er. »Schokoladebiskuit.«

Die Wände waren so nackt wie die Fenster. Als habe sie den Gedanken, der seinen Blick begleitete, erraten, erklärte Martha, indem sie auch ihre Hände benutzte: »Ja, es fehlen Vorhänge, schon lange«, und da sie annahm, daß er nicht begriff, was sie meinte, wollte sie sich mit anderen Wörtern verständlich machen, aber er sagte: »Okay«, und sie erwiderte: »Okay ist allerdings nicht deutsch«, froh, daß sie das Thema wechseln konnte, denn die fehlenden Vorhänge oder vielmehr die Farbe, über die sie sich nie einigen konnten, waren seit dem Einzug Gegenstand einer anhaltenden und offenbar nicht zu klärenden Auseinandersetzung zwischen Walter und ihr. »Okay ist allerdings nicht deutsch«, wiederholte Leo, und sie erwiderte: »Genau. Okay ist englisch.« Er wiederholte: »Okay ist englisch.« – »Okay.«

Später fragte er sich, ob sie ihm wohl hatte erklären wollen, daß die Gardinen in der Reinigung seien oder daß ihr Mann oder sie selbst Gardinen hasse oder sie für überflüssig halte, da sie vor den Nachbarn nichts zu verbergen hätten. Eines Tages, wenn er genügend Deutsch verstand, würde er den Grund vielleicht erfahren. An einem Tag in einer Zukunft, die er sich vorzustellen versuchte.

7

Ein Haus, ein Garten, ich selbst. Da Olga allein war, störte es niemanden, wenn sie Selbstgespräche führte. Sie versuchte sich zu erinnern, wann sie zuletzt im Dorf gewesen war, wann sie zuletzt mit einem Menschen gesprochen hatte. Ein Telefon besaß sie nicht. Niemand hier besaß ein Telefon. Sie hatte niemals einen Hörer in der Hand gehalten. Einige hochgestellte Persönlichkeiten mochten Telefonanschlüsse haben, gewöhnliche Sterbliche wie Olga besaßen nicht einmal einen Apparat. Sie lebte allein in ihrem winzigen Haus. Die Außenwelt war nicht mehr als ein Garten, zehnmal so groß wie das Haus, ihr ganzes Glück, ein erweiterter Teil ihrer selbst, eine überschaubare Ausdehnung. Während der Garten vielfältig war, bestand das baufällige Haus lediglich aus drei niedrigen Zimmern zu ebener Erde mit einer Küche, darüber der Dachboden, den sie seit Jahren nicht mehr betreten hatte; die geborstenen Dachziegel waren gewiß kein Grund, die Leiter zu erklimmen; in dem Gerümpel herumzuwühlen, das dort lagerte, lohnte die Mühe nicht, sie vermißte unten nichts, was sie oben hätte finden können. Dort, wo es durch das Dach tropfte, standen Eimer, die im Lauf der Zeit undicht geworden waren, weshalb sie nicht mehr überliefen; die Feuchtigkeit sikkerte inzwischen durch die Decke, wurde von ihr aufgesogen und wieder ausgeschieden. Olga versuchte den Schimmel, der sich über ihrem Kopf gebildet hatte, zu übersehen. Bis sie starb, würde die Decke wohl noch halten.

Repetiere die Namen der Hühner. Hinter dem Haus befand sich der Hühnerhof, ums Haus herum der Gemüsegarten, der sie bis in den Winter versorgte (im Garten gab es ein mit Wellblech ausgekleidetes Erdloch, in dem sie ihr Gemüse lagerte). Die Böden im Haus waren morsch, alles verfiel, von den Wänden lösten sich die letzten Reste der Tapeten, alles war feucht, der Putz hielt nicht mehr, sie bildete sich ein, es regne mehr als früher. Dennoch versuchte sie das alles sauberzuhalten, nicht nur für den ganz unwahrscheinlichen Fall unverhofften Besuchs. In der Küche tropfte der Wasserhahn schon seit undenklichen Zeiten. Tropf – tropf – tropf, im immergleichen Abstand, tagsüber und nachts. Die Spiegelscherbe, vor der sie sich wusch und kämmte – war kaum größer als ihre gespreizte Hand und hatte auch fast deren Form –, war beinahe blind. Der graue Spülstein hatte Risse und war auf einer Seite durchlässig, er war wohl so alt wie das Haus; unter der undichten Stelle stand ein zerbeulter Topf, der das flüchtige Wasser auffing. Warmes Wasser kam nicht aus der Leitung, kaltes nicht immer. Doch der Herd funktionierte, und so heizte sie während des ganzen Jahres, selbst im Sommer, entweder das Wasser, das aus dem Hahn kam, oder das Regenwasser, das sie draußen in einer Tonne sammelte. Stets verfügte sie über warmes Wasser, das in zwei großen Aluminiumtöpfen sprudelte und zusammen mit dem Regen einen Teil jener Feuchtigkeit erzeugte, welche die Tapeten von den Wänden löste und vielleicht auch den Schimmel beförderte. Olga wusch sich täglich von Kopf bis Fuß, manchmal morgens, manchmal abends, sie hielt auf sich, obwohl sie niemanden erwartete. Auch einen Brief würde sie mit sauberen Händen entgegennehmen.

Ich muß mich setzen. Beschäftigte, reinliche Hände waren nicht weniger wichtig als ein klarer Kopf, auch den benötigte sie, es waren harte Zeiten, aber es hatte härtere Zeiten gegeben, stets gab es etwas, was in der Vergangenheit noch schlimmer gewesen war, und mit dieser Gewißheit erhielt die Gegenwart einen Platz, der zwar schmerzhaft, aber nicht unerträglich war. Handgriffe waren vernünftig, weil sie einem Zweck dienten, den sie fast immer erreichten. Mit den Händen zu arbeiten war eine sinnvolle Ablenkung und ein kostenloses Vergnügen. Oder vielleicht kein Vergnügen, sondern ein Ausweg. Wenn Olga heizte, wurde es warm, sehr oft zu warm. Dann gab es immer noch die Möglichkeit, das kleine Fenster zu öffnen und Luft hereinzulassen, frische oder feuchte Luft.

Feucht. Ich darf mich nicht setzen. Nach Tagesanbruch durfte sie sich nicht mehr hinsetzen. Am vernünftigsten war es, immer zu stehen, noch besser, zu gehen, zu schauen, um sich zu schauen, nach dem rechten zu schauen, sich zu bewegen, etwas zu tun, sich nach Beschäftigung umzusehen, alles, bloß nicht sitzen, denn wenn sie saß, überfiel sie ein Gefühl tödlicher Traurigkeit, aus deren Umarmung sie sich kaum befreien konnte. Es kam nicht aus ihr, sondern von außen, es durchdrang sie und hielt sie, sobald es ihr Innerstes erreicht hatte, im Griff, so fest wie eine Klammer, die sich um ihre Brust legte. Also ging sie immer weiter ihrer Arbeit nach und setzte sich nicht, bis sie erschöpft ins Bett sank und in einen tiefen Schlaf fiel, der allerdings nie lange anhielt; nachts gingen die Erinnerungen keine Umwege, sie erreichten Olga auf geradem Weg. Starr vor Angst und in Schweiß gebadet, wachte sie dann auf. Nur selten gelang es ihr, in den tiefen Schlaf zurückzufallen, aus dem sie hinausgestoßen worden war.

Wie hab ich heute nacht geschlafen? Wie hast du geschlafen, kleiner Mazko? Niemand außer Mazko hörte zu, wenn sie mit sich selbst sprach, denn außer ihm war niemand da. Der braune, struppige Mazko blickte zu ihr auf, wenn sie redete, auch wenn er begriff, daß sie nicht mit ihm sprach.

Als er zu winseln und ungeduldig an ihr hochzuspringen begann, ließ sie ihn ins Freie, so war er es gewohnt. Sie schloß die Tür hinter ihm. Oft kam Mazko erst Stunden später zurück, manchmal mit einem Kaninchen, das er gejagt hatte. Sie erinnerte sich nicht, wann sie zum letztenmal nach Sonnenaufgang aufgestanden war. Wann hatte sie sich je nach neun Uhr abends hingelegt? Mazko im Schlepptau, ging sie früh zu Bett, während es draußen noch hell war, und lange vor Morgengrauen stand sie wieder auf, immer in Mazkos Begleitung. So war ihr Leben eingeteilt, ein Leben, das darin bestand, daß sie sich ernährte, schlief, über den Hund wachte und ihn fütterte und dabei die schweren Gedanken, die wie bleiche Monde eine erloschene Sonne umkreisten, verdrängte. Es gab zu viele davon.

Was mache ich jetzt? Leichte Arbeiten fielen ihr mühelos zu und gingen ihr deshalb nie aus. Sie redete ständig vor sich hin. Säen, auslichten, pikieren, jäten, umgraben und hacken, Unkraut entfernen und Saatreihen verjüngen, häufeln und ernten, Kartoffeln, Tomaten, Salat, Erbsen, Möhren, Bohnen und Kohl, was immer sie an Samen und Setzlingen ergattern konnte, je ertragreicher die Jahreszeit, desto besser ließ sich fernhalten, was ihr durch den Kopf ging, das allein machte das Leben und die Gedanken erträglich. Hühner hatte sie schon immer besessen, im Augenblick waren es fünf. Füttern und Eier einsammeln (der Hund, die Hühner), jeden Morgen, sie aß mittags immer ein Ei, fast jeden Abend Spiegeleier. Morgens lauschte sie dem Gezwitscher der Vögel und zählte die Schläge der Kirchturmuhr, wenn diese nicht gerade stumm war, weil niemand sich erbarmt hatte und auf den Turm gestiegen war, um das abgelaufene Uhrwerk aufzuziehen. Eine allzu innige Beschäftigung mit kirchlichen Dingen (darum handelte es sich offenbar selbst dann, wenn einer auf den Kirchturm stieg) war nicht willkommen, infolgedessen wurde es immer schwieriger, einen schwindelfreien Mann zu finden, der die undankbare Aufgabe übernahm, das Kunststück zu vollbringen, für das er keinen Applaus erwarten durfte. Schlug die Kirchturmuhr nicht (ein Zustand, der Wochen dauern konnte), ließ sich die Uhrzeit oft nur schwer bestimmen. Doch Olgas Zeitgefühl war fast untrüglich. Die einzige Uhr, die sie je besessen hatte, ging schon seit Jahren nicht mehr, deshalb beobachtete sie den Stand der Sonne; das war nur schwierig, wenn sich die Sonne tagelang nicht zeigte. Die Frage nach der Uhrzeit war eine müßige Frage. Olga hing gerne solchen Fragen nach. Es war egal, wie spät es war. Die Uhrzeit zu kennen änderte nichts an der vergangenen und an der vergehenden Zeit. Nicht selten drehten sich Olgas Gedanken einen ganzen Tag lang um einen einzigen Gegenstand, der ihr in jedem vorstellbaren Licht erschien, grell oder trüb oder in den Farben jenes Zwischenbereichs, in dem man die Dinge ertasten muß, wenn man sie erkennen will. Franz war genau vier Jahre nach Kriegsende im Mai 1949 an Krebs gestorben. Grausam und schnell war er in ihren Armen erstickt. Die Lunge, die Bronchien, alles verwüstet, hatte man ihr mitgeteilt. Mittel, seine Schmerzen zu lindern, standen nicht zur Verfügung. Wochenlang hatten seine Schreie das Haus erfüllt; als er nur noch nach Luft rang, verließ ihn die Kraft zum Schreien, die Schmerzen verließen ihn nicht; seine Kinder mußten es mit ansehen, sprachen aber nicht darüber, weder damals noch später. Dem Sarg folgte das ganze Dorf. Das Harmonium quetschte zitternde Seufzer hervor und blies sie in die eiskalte Kirche hinaus.

Die Kinder hatten das winzige Haus verlassen; dann und wann besuchten sie Olga und brachten einen der Enkel vorbei. Ohne Auto war es nicht einfach, das Dorf zu erreichen. Es gab einen Bahnhof, aber die Züge hielten nicht mehr. Es gab keine Busse. Hin und wieder war es möglich, ein Fuhrwerk zu mieten. Sie blieb und wartete, bis sie sich endlich entschloß, auf nichts mehr zu warten. Leo und Josef, die Söhne ihrer Tochter, verbrachten die Ferien bei ihr, fast jeden Sommer ihrer Kindheit. Franz blieb tot. Nachdem sie die Schüssel mit heißem Wasser gefüllt und so lange kaltes Wasser nachgegossen hatte, bis es handwarm war, zog sie das Nachthemd aus, legte es über eine Stuhllehne und begann sich zu waschen. Wie alt wäre Franz heute, wäre er nicht gestorben, wie alt war sie, wie alt waren ihre Kinder, ihre Enkel? Sich Jahreszahlen zu merken war eine Anstrengung, die sich nicht lohnte. Mazko war etwa fünf und ebenso ernst und aufmerksam wie ein höflicher Mann. Ein Hund, der nie lachte. Als er ihr eines Morgens zulief, war er ein Baby, ein verängstigtes Wesen voller Vertrauen in Olgas Stimme. Er wurde schnell zutraulich. Der Geruch trocknenden Heus erfüllte die Luft. Mazkos Geruch verflüchtigte sich. Die Zahl der Bauern nahm stetig ab. Ob man sie überhaupt noch Bauern nennen durfte? Mazko war bestimmt schon auf der Pirsch.

Olga war eine Greisin, aber da die Zeit wie eine warme Welle über sie hinweggerollt war, fühlte sie sich keinem Alter zugehörig, weder der Jugend noch dem Alter. Nur wenn sie in den Spiegel blickte, wußte sie, wie alt sie war, aber wie alt war sie tatsächlich? Während sie langsam und mit gleichmäßigen Bewegungen ihr offenes Haar bürstete, das sie später zu einem dicken Knoten zusammenbinden würde, begann sie zu rechnen und gelangte zu einem so unbefriedigenden Ergebnis, daß sie die Bürste ärgerlich beiseite legte. Sie brachte ihr Haar in Ordnung und wandte sich um. Ja, wenn sie in den Spiegel schaute, dann hatte sie wohl richtig gezählt, und sie war wirklich so alt, wie sie errechnet hatte, unumstößliche siebenundsiebzig. Sie kleidete sich an, öffnete die Haustür, trat vors Haus und rief nach Mazko, aber der rührte sich nicht, er hatte fürs erste das Weite gesucht, aus dem er gekommen war. Wenngleich sie ihn vermißte, verstand sie sein Verhalten. Wie immer würde er auch heute abend wiederkommen. Er lief für sie. Das gab ihr eine gewisse Sicherheit.

8

Daß sein Vater eine Geliebte hatte, wußte Andreas schon seit dem Frühjahr. Als er ihn eines Tages in der Kanzlei hatte überraschen wollen, erlebte er selbst eine Überraschung, denn er sah, wie sein Vater das Gebäude in Begleitung einer Unbekannten verließ. Eine Eile trieb Walter Dubach an, die Andreas nie zuvor an ihm beobachtet hatte; und so war es weniger die Unbekannte als diese überstürzte Hektik, die ihn daran hinderte, einen weiteren Schritt in Richtung Kanzlei zu tun. Er blieb stehen. Er blieb einfach stehen und sah den beiden beim Gehen zu. Üblicherweise beendete sein Vater die Arbeit erst gegen halb sechs. Jetzt war es kurz nach fünf. Er hatte offenkundig nicht mit seinem Sohn gerechnet. Hätte er sich umgeblickt, dann nicht nach ihm, aber er blickte sich nicht um. Er rannte beinahe. Er hatte es eilig.

Andreas verharrte wie angewurzelt hinter einem hellblauen Volvo, denn das, was er sah und zunächst nicht einzuordnen wußte, ließ ihn regelrecht zurückprallen, aber ewig würde die unerwartete Wirkung dieser Überraschung nicht anhalten. Warum war er sich so sicher, daß es sich bei der Frau, die mit seinem Vater kaum Schritt halten konnte, weder um eine Klientin noch um eine Kollegin handelte?

Walter Dubach hatte es so eilig, als müßte er sich und seine Begleiterin vor einem drohenden Gewitter in Sicherheit bringen. Sie lief hinter ihm her und rief ihm etwas zu, was aufgrund der Entfernung und des Verkehrslärms auf der anderen Seite des Platzes unverständlich blieb. Ohne sie zu berühren und ohne mit ihr zu sprechen, gelang es Walter, die Unbekannte zu größerer Eile anzutreiben. Sie lachte einmal kurz auf, auch das war nicht zu hören. An ihrem angewinkelten Arm baumelte eine rote Handtasche, ein schriller Fleck auf ihrem Mantel, an dessen Farbe sich Andreas später nicht erinnern konnte. Sie stolperte fast.

Andreas erwachte aus seiner Erstarrung. Statt umzukehren und einfach zu vergessen, was er gesehen hatte, drängte er sich flink zwischen zwei geparkten Autos hindurch; er überquerte die stark befahrene Straße und folgte den beiden in sicherem Abstand. Während der nächsten zehn Minuten, in denen er sie bis vor das Haus verfolgte, in dem sie verschwanden, blieb Andreas bei aller Vorsicht genügend Zeit, sich über seinen Vater zu wundern, dem er alles mögliche, aber keine Geliebte zugetraut hatte. Das war sie doch, was sonst? Als sie vor dem Haus standen, kramte sie hastig in ihrer Handtasche und reichte Walter einen Schlüsselbund. Im Unterschied zu ihm war sie zwar außer Atem, wirkte aber keineswegs nervös. Er steckte den Schlüssel ins Schloß, stemmte sich gegen die Tür, stieß sie auf und ließ seine Begleiterin vorgehen. Dann sah er sich um.

Geistesgegenwärtig ging Andreas einen Schritt zurück. Der Abstand zwischen ihnen betrug mehr als die doppelte Breite der Straße. Als Andreas wieder hinübersah, waren die beiden im Haus verschwunden.

Zunächst blieb er eine Weile unschlüssig auf der anderen Straßenseite stehen und fragte sich, ob er das alles nur geträumt habe, seinen Vater, dessen Geliebte und sich selbst als Verfolger; als aber im zweiten Stock des Hauses ein helles Rechteck aufflammte, legte sich diese Ungewißheit. Zwar dämpfte die weiße Gardine die kalte Beleuchtung, nach der zu urteilen es sich um die Küche handeln mußte, aber die Schatten, die sich dahinter bewegten, konnten nur ihre sein. Nachdem das Licht erloschen war, überquerte er die Straße und näherte sich dem Haus. Während sie sich in der Wohnung aufhielten, hatte er genügend Zeit, den Namen der Geliebten seines Vaters anhand der Namensschilder zu ermitteln. Der dritte Name von unten lautete Silvia Zweifel. Das mußte sie sein.

Um herauszufinden, daß sie kaufmännische Angestellte war, brauchte er keinen Privatdetektiv, es genügte, am nächsten Tag im Telefonbuch unter ihrem Namen nachzusehen. In welcher Position sie arbeitete, ging aus dem Eintrag nicht hervor. Kein Doppelname, kein Ehemann, vielleicht war sie geschieden, sie war sicher dreißig oder etwas älter. Ein ausgeprägtes Kinn und rötlichblondes Haar, das wenige, was Andreas hatte erkennen können, war nicht unverwechselbar, aber auffällig genug, um sie von anderen zu unterscheiden, vor allem das Haar, der Gang, das lautlose Lachen auf der Straße. Sie hatte nicht geraucht, was nicht hieß, daß sie nicht rauchte, sondern daß sie sich zu benehmen gelernt hatte. Während er ihnen auflauerte, hatte es zu regnen begonnen, was das Warten noch beschwerlicher machte, aber die Verfolgung erleichterte, als sie eine knappe Stunde später die Wohnung verließen. Weitere zehn Minuten Warten, und er hätte den Schauplatz verlassen, an dem es nichts zu sehen gab als eine Mauer und einige Fenster, die meisten dunkel. Die beiden gingen, gelöster als zuvor, weder eng umschlungen noch Händchen haltend, vor ihm her, es regnete stärker. Daß sie ein Paar waren, war lediglich an der Art zu erkennen, wie Walter seinen Schirm über sie hielt. Ihre Schultern berührten sich immer wieder, näher kamen sie einander nicht.

Er war ihnen bis vor das Altstadtrestaurant gefolgt, das sie zielstrebig betraten. Im Deserto überließ er die beiden sich selbst. Walter Dubach fühlte sich offenbar sicher, ebenso sicher wie sein Verfolger, sicherer als beim Verlassen der Anwaltskanzlei. Er hatte nichts zu befürchten, solange er sich nicht an Orten bewegte, wo man seine Anwesenheit erwarten konnte. In Lokalen wie diesem mußte er nicht damit rechnen, Kollegen mit anderen Kollegen oder in Begleitung ihrer Ehefrauen (oder Geliebten) anzutreffen. Es war eine jener Kneipen, von deren Besuch man Jugendlichen vergeblich abzuraten versuchte, sein Vater wollte ungestört sein. Einige Tische im Deserto waren mit dicken Glasplatten belegt, unter denen Schlangen träge vor sich hindösten und immer wieder Entsetzensschreie ahnungsloser junger Mädchen provozierten. Angesichts dieser Tiere, die man für Attrappen halten konnte, bis man bemerkte, daß sie sich doch bewegten, mußte es einem den Appetit verschlagen; vielleicht gab es hier deshalb außer Sandwiches nichts zu essen.

Nachdem er den Gedanken, das Lokal zu betreten und so zu tun, als kennte er seinen Vater nicht, fallengelassen hatte, machte Andreas kehrt. Er hatte keine Ahnung, wie sein Vater reagieren würde.

Ohne zuvor jemals den leisesten Verdacht geschöpft zu haben, war Andreas seinem Vater durch einen Zufall auf die Spur gekommen. Seine Mutter ahnte nichts. Seine Schwester war immer mit anderen Dingen beschäftigt, zu kindlich, ein Mädchen. Eines Tages würde Andreas seinen Vater vielleicht darüber aufklären, daß er alles gewußt hatte, eines Tages, wenn sein Verhältnis mit Silvia Zweifel längst beendet wäre. Sein Wissen gab ihm das Gefühl, die Ehe seiner Eltern besser zu überblicken, als sie selbst es taten. Sich vorzustellen, wie seine Mutter reagierte, wenn sie wüßte, was Walter hinter ihrem Rücken trieb, gelang ihm allerdings nicht; vielleicht bestünde ihre Reaktion darin, ganz still zu sein, noch stiller als üblich. Andreas selbst empfand weder Trauer noch

Enttäuschung, weder Abscheu noch Unverständnis; die Entgleisung seines Vaters – wenn man es so nennen konnte – berührte ihn so wenig, als beträfe sie ihn nicht. Betraf sie ihn? Eine Weile fühlte er sich überlegen, Walter bei etwas ertappt zu haben, was als verwerflich galt, es verschaffte ihm den zweifelhaften Vorteil des Erpressers. Was konnte er damit anfangen?

Andreas war unauffällig, verläßlich und zuvorkommend, und gewiß standen ihm noch ein halbes Dutzend weitere leicht abrufbare gute Eigenschaften zu Gebote. Was er dachte, war etwas anderes, es war ohne jene Ordnung, die er so gern zur Schau trug, es war chaotisch, es war ihm selbst suspekt. Als er seinen Vater beim Ehebruch ertappte, war er noch keine siebzehn.

An jenem Freitagabend war er Punkt neun Uhr zu Hause gewesen, früher als üblich. »Wo ist Vater?« hatte Andreas gefragt, als er an der offenen Schlafzimmertür vorbeiging, hinter der Martha angezogen auf dem Bett lag und las.

»Es ist doch Freitag, oder?« antwortete sie abwesend, ohne aufzublicken, gefesselt von etwas, was wichtiger war als die banale Frage nach dem Wochentag. »Ach ja, klar, Handballspielen«, sagte Andreas, dem ihr Verhalten nicht fremd war, und er verschwand aus der Tür und aus ihrem Gesichtsfeld. Sie war mit Dingen beschäftigt, die fast alles ausschlossen, was um sie herum vorgehen mochte. Als er ihr gute Nacht wünschte, war sie bereits so unerreichbar, daß ihre Antwort ausblieb. Die einzige Regung, die sie sich und ihm gestattete, war weniger als eine Geste, ein leichtes Zucken ihrer rechten Hand, bevor sie eine weitere Seite umblätterte. Sie hegte keinen Verdacht, und es würde ihm nicht gelingen, sie mit Jagos Stachel zu vergiften. Zog er das überhaupt in Erwägung?

Während sie sich wieder ihrem Buch zuwandte, ging Andreas in sein Zimmer und ließ Revue passieren, was er an diesem Tag entdeckt hatte. Zu den unterschiedlichen Gefühlen, die er bisher empfunden und bald wieder unterdrückt hatte, kam das des Stolzes hinzu, des Stolzes darauf, von seinem Vater und der Fremden mit ihren Stöckelschuhen, die erheblich höher waren als die seiner Mutter, nicht bemerkt worden zu sein. Hin und wieder hatte er in den Schatten zurücktreten müssen, den ihm all jene Mauervorsprünge, Straßenecken und Autos boten, die sich nun im Rückblick vermehrten und verformten. Mehr war nicht nötig gewesen. Wie groß wäre die Bestürzung gewesen, wenn sein Vater sich auf dem Weg zu Silvias Wohnung oder zum Restaurant plötzlich umgedreht und in dem heimlichen Beobachter seinen eigenen Sohn erkannt hätte? Hätte Walter versucht, Silvia Zweifel zurückzuhalten, wenn sie auf ihren spitzen Absätzen davongelaufen wäre? Vielleicht hätte Andreas dann für einen Augenblick ihr Gesicht von vorne gesehen, nicht nur den Hinterkopf und das Kinn von der Seite. Doch er hatte darauf geachtet, sich nicht leichtsinnig zu verhalten. Dazu brauchte er keine Tarnkappe, wie er sie sich als kleiner Junge so gewünscht hatte, die sagenhafte Kopfbedeckung, die ihn für Erwachsene unsichtbar gemacht und in die beneidenswerte Lage versetzt hätte, Dinge zu sehen, die anderen verborgen blieben. Die Einsicht, daß sein Vater ein Leben außerhalb seiner Familie führte, ein Leben, das auf Ehefrau und Kinder nicht angewiesen war, versetzte ihn in einen fast rauschhaften Zustand; es war ein Zustand, der zu seiner Grundstimmung ebensogut paßte wie das hysterische Gezeter der auf ihren Pferden durch die Luft reitenden Walküren. Keine Tarnkappe zu besitzen war zweifellos angemessen, wenn man nicht wußte, was man damit beginnen sollte. Er hatte etwas gegen seinen Vater in der Hand. Und nun, was fing er mit seinem Wissen an? Er nahm sich vor, es niemals gegen ihn zu verwenden, denn schaden wollte er ihm nicht, nicht nur deshalb nicht, weil der Schaden, den er ihm zufügen konnte, unfehlbar auch ihn getroffen hätte.

9

Leo erschien zweimal wöchentlich zum Unterricht, dienstags um zehn und donnerstags um zwei, wenn sie ungestört waren. In Gegenwart der Kinder hätte Martha sich nicht frei genug gefühlt, ihrem Schüler jene Aufmerksamkeit zu widmen, die sie für nötig hielt, damit sie schnell vorankamen. Da ihr langjährige Erfahrung fehlte, fühlte sie sich ungeschützt.

Doch Leo machte beachtliche Fortschritte, und Martha war unbescheiden genug, sie nicht allein seinem Talent, sondern auch ihren pädagogischen Fähigkeiten zuzuschreiben. Sie fühlte sich bestätigt und beflügelt. Täglich prägte er sich mit bemerkenswerter

Leichtigkeit eine schier unvorstellbare Menge neuer Vokabeln und sprachlicher Feinheiten, grammatikalischer Gebote und orthographischer Ungereimtheiten, Regeln und Unregelmäßigkeiten ein. Nur der Akzent ließ sich nicht völlig beheben, und Martha unternahm nichts, dies zu ändern. Der Akzent und hin und wieder eine falsche Betonung würden die anderen immer daran erinnern, welche Anstrengungen nötig gewesen waren, um das Verlorene, das, was er vorsätzlich, aber keineswegs freiwillig hinter sich gelassen hatte, durch etwas zu ersetzen, was erst gefunden werden mußte. Eine andere Sprache bedeutete auch eine neue Existenz. In seinem Akzent verschmolz seine Vergangenheit mit seiner Zukunft.

Martha ließ ihn reden, ohne ihn ständig zu verbessern. Da sie seinen Redefluß nicht bremsen wollte, korrigierte sie ihn immer erst dann, wenn er einen Fehler mehrmals wiederholte, vor allem, wenn es sich um einen Fehler handelte, der das, was er sagen wollte, zweideutig oder unverständlich machte. Er sollte sich in den Augen Fremder nicht lächerlich machen, aber dennoch hielt sie sich lange zurück, bevor sie ihn verbesserte. Wenn sie es dann tat oder wenn ihm von selbst klar wurde, daß er die Bedeutung eines Wortes oder einer Wendung nur unvollständig erfaßt hatte, beschäftigte er sich hartnäckig damit. Er arbeitete mit einem Ernst, der sie fast schmerzlich berührte; es beschämte sie, mit welcher Selbstverständlichkeit sie selbst Versäumnisse und Niederlagen hinnahm.

Wenn Leo sich darauf konzentrierte, ein Problem zu lösen, schoben sich seine dunklen Augenbrauen über der gekräuselten Nasenwurzel zu einer widerborstigen Linie zusammen, die ihm einen etwas grimmigen Gesichtsausdruck verlieh; dann drückte er die vier Finger seiner rechten Hand so fest auf Frau Giezendanners Vierfarbenstift, daß das Blut aus ihnen wich; erst wenn er die Schwierigkeit gemeistert hatte, floß es in seine Hand zurück, seine Stirn glättete sich, sein ganzer Körper entspannte sich, und er konnte seine Umgebung wieder als das wahrnehmen, was sie war, kein feindlicher Berg, den er bezwingen mußte, sondern ein Ort, an dem jeder seine Ration bekam. Was ihn daran gehindert hatte, den Gegenstand zu erfassen, war bewältigt. Gelassen sah er neuen Herausforderungen entgegen.

Martha ging mit ihrem ersten Schüler behutsam um. Beim nächsten Schüler würde das vielleicht nicht mehr nötig sein. Sie beobachtete Leo beim Arbeiten, es machte ihr Vergnügen, ihn zu betrachten. Sie glaubte zu wissen, was sie richtig und was sie falsch machte, und war stets bereit, ihr Vorgehen nötigenfalls zu ändern.

Von Anfang an hatte sie ihn ermuntert, über alles zu sprechen, wozu er Lust habe und was ihm *am Herzen liege*, Wichtiges und Unwichtiges, Alltägliches, Oberflächliches; die Bedeutung der fremden Wörter begriff er schnell. »Tu dir nur keinen Zwang an«, sagte sie immer wieder. »Sprich über alles. Plappere mir nach, wenn du meinst, daß es dir nützt. Es wird dir nützen, und das ist die Hauptsache. Sei ein Papagei, wenn du willst«, und immer, wenn einer von ihnen den Papagei erwähnte, mußten beide lachen.

Immer öfter begann er nun auch Fragen zu stellen, und da alles eine Übung war, stellte er die eine oder andere Frage, die einer Fremden zu stellen er sich zu Hause und in seiner Sprache nicht getraut hätte. Hier in der Fremde jedoch war alles anders. Wenn Martha ihm Fragen stellte, entging es ihr nicht, wie gut es ihm tat, über Dinge zu reden, von denen zu sprechen er sonst keine Gelegenheit hatte, mit wem auch? Es war ja alles eine Übung, eine Möglichkeit, sich die Sprache einzuverleiben wie das tägliche Brot. Je mehr er erzählen wollte, desto reicher wurde sein Wortschatz. Je ausführlicher sie seine Fragen beantwortete, desto besser lernte er das Leben in der Fremde, die Fremde selbst, das Fremde kennen, in dem er heimisch werden wollte, so heimisch, bis es sein eigenes Heim geworden war.

Schon nach der vierten oder fünften Unterrichtsstunde nutzte er die Grammatikübungen zur Konversation, und von da an brauchte sie ihn nie mehr dazu aufzufordern, er hatte begriffen, wie wichtig es war, sich über die tausend Kleinigkeiten seines alten und neuen Lebens auszutauschen. So erfuhr Martha eine Menge über Leo, und es sollte nicht lange dauern, bis auch Leo über Martha das eine oder andere erfuhr, nicht viel, nur Worte eines unvollständigen Satzes. Da sie die Lehrerin war, handelte es sich dabei hauptsächlich um Dinge, die jeder in ihrer Umgebung wußte und wissen durfte.

Zu Beginn bedauerte sie ein wenig, daß sie sich mit Walter nicht ausführlicher darüber unterhalten konnte, was für erfreuliche Resultate sie, die darin keine

Übung hatte, mit ihrer Unterrichtsmethode erzielte; seine Gleichgültigkeit hätte sie vielleicht weniger geschmerzt, wenn sie sich einer Freundin hätte anvertrauen können. Daß Walter für ihren Zeitvertreib, wie er es nannte, wenn er ihn überhaupt zur Kenntnis nahm, nichts übrig hatte, verriet die Unaufrichtigkeit seines Interesses nur zu deutlich. Aber nach zwei, drei Wochen hatte sich Martha mit seiner Indifferenz nicht nur abgefunden, diese kam ihr nun sogar entgegen; sie mußte ihm keine Rechenschaft über das ablegen, was sie tat. Hin und wieder, wenn es ihm unerwartet in den Sinn kam, fragte er sie nach dem Fortgang ihres Unterrichts. Dann sagte sie beiläufig: »Oh, es läuft gut!« oder: »Leo macht Fortschritte«, und Walter sagte immer: »Toll«, was seiner Heuchelei die Krone aufsetzte.

Mit einemmal wurde ihr klar, daß er sich eigentlich wie immer benahm, daß er auch für alles andere, was sie betraf, nur so viel oder so wenig Interesse aufbrachte, wie er von dem, was ihn eigentlich interessierte und was sie nicht kannte, erübrigen konnte. Sie merkte, daß er längst über seinen Schatten gesprungen und daraus hinausgetreten war und sich ziemlich weit von ihr entfernt hatte und daß die Privatstunden, die sie erteilte, nötig gewesen waren, um ihr das deutlich zu machen.

Also entschloß sie sich eines Tages, weißen Gardinenstoff zu kaufen. Sie maß ihn mit Leos Hilfe aus, säumte ihn, nähte weiße Plastikringe an und bat ihren Schüler, sich auf die Leiter zu stellen und die Vorhänge an den bereits vorhandenen Blechschienen aufzuhängen. Als Walter nach Hause kam, bemerkte er die Veränderung nicht, auch am nächsten Morgen fiel ihm nichts auf, erst zwei Tage später – an einem Samstag, seinem freien Tag – stellte er fest, daß sich irgend etwas verändert hatte. Es störte ihn aber nicht. Er sagte nur: »Irgendwie heller«, während sie den Eindruck hatte, im Wohnzimmer sei es eher dunkler und wärmer geworden. Walter hatte nichts gegen die Gardinen einzuwenden. Hätte sein Verhalten sie früher vermutlich verletzt, ließ es sie nun kalt. Ihrer Tochter gefielen die Gardinen, ihr Sohn äußerte sich nicht, alles andere hätte sie überrascht.

Je länger sie Leo unterrichtete, desto weniger vermißte sie es, mit jemandem darüber sprechen zu können, wie gern sie das tat, wie sehr es sie befriedigte, die Entwicklung ihres Schülers zu beobachten, vielleicht, weil sie auch darüber hätte sprechen wollen, daß sie den Eindruck hatte, in diesen Stunden genausoviel zu lernen wie ihr eifriger Schüler. Am längsten wurde ihr die Zeit zwischen Freitag und Dienstag, wenn kein Unterricht stattfand. Zwischen Dienstag und Donnerstag mußte lediglich ein Tag vergehen, bis sie ihn wiedersah. Während dieser freien Tage ertappte sich Martha mitunter dabei, sich Leos Gegenwart zu wünschen und sich ohne ihn zu langweilen.

10

Anfangs dachte Leo oft an Laura, und es gab Augenblicke, in denen ihn das Verlangen, sie zu sehen, fast zerriß. Die Sehnsucht überfiel ihn unvermittelt, nachts oder am hellichten Tag, doch da sie unerfüllbar war, mußte er den Wunsch nach Laura (und die Tränen, die in ihm aufstiegen, wenn er an sie dachte) unterdrücken. Er tat das, so gut es ging, es fiel ihm schwer, aber es war nicht unmöglich.

Da sie nicht wußte, wo er sich aufhielt, konnte sie ihm nicht folgen; da sie nicht wußte, wo sie ihn suchen sollte, würde sie ihn nicht finden, selbst wenn sie sich auf die Suche machte. Aber er wußte, daß sie ihn nicht suchte. Die Fremde war zu groß und gänzlich unbekannt. Er durfte ihr nicht schreiben und sie nicht anrufen. Zu gefährlich für sie und ihre Familie. Wäre sie zu dem Zeitpunkt, als er das Land verlassen hatte, in seine Pläne eingeweiht gewesen, hätte sie der Versuchung, ihm zu folgen, wohl kaum widerstanden. Er hatte sie nicht darum gebeten, sie hatte nichts von seinen Plänen gewußt. Er hatte nicht nur das Land, sondern auch sie verlassen. Um sie zu schützen, auch vor sich selbst, hatte er sie nicht eingeweiht; tatsächlich hatte er sie durch falsche Angaben in die Irre geführt, er hatte sie belogen, er war einer Abschiedsszene zuvorgekommen, indem er ihr auswich. Er hatte nicht zugelassen, daß sie sich trennten, und doch hatten sie sich getrennt. Und während sie es taten und er es wußte, hatte sie keine Ahnung, was vorging. Er hatte sie wie ein unmündiges Kind behandelt. Er hatte sie betrogen, das war, wie er es auch drehte und wendete, das einzig treffende Wort.

Die Verbindung zwischen ihr und ihren Angehörigen, zwischen ihr und der Welt, in der sie aufgewachsen war, hätte sich, einmal zerrissen, nicht mehr herstellen lassen. Er, der dieses Schicksal auf sich nahm, hatte Lauras Unglück verhindert. Er hatte es sich zugetraut, ihr nicht. Zum Bahnhof gehen, eine Fahrkarte lösen, in den Zug steigen und zurückfahren, das ging nicht, das war undenkbar. Nachdem er im Westen angekommen war und sich von Laura zu entfernen begonnen hatte, redete er sich immer nachdrücklicher ein, daß sie dort, wo er jetzt war, unglücklich hätte werden müssen. War sie demnach dort, wo sie geblieben war, weil er sie nicht mitgenommen hatte, glücklicher? Woher, mußte er sich selbst fragen, wollte er dies und alles andere, was sie betraf, denn so genau wissen? Den Beweis ihres Unglücks fern von zu Hause konnte sie gar nicht erbringen, er ganz allein hatte das verhindert. Ihr fehlendes Anpassungsvermögen, ihre Melancholie entsprangen Leos Phantasie, nicht ihrem Naturell, nicht dem, was sie erlebt hatte. Sie hatte nie die Wahl gehabt. Sie hatte keine Gelegenheit dazu erhalten. Er hatte ihr nicht die Freiheit gelassen, sich für oder gegen eine Ausreise zu entscheiden.

Während seine Selbstgespräche kürzer wurden, begriff er allmählich, daß dies die unaufrichtigste Art gewesen war, sich Lauras zu entledigen. Wenn er sich vorzustellen versuchte, wie groß ihr Wunsch gewesen wäre, in die Heimat zurückzukehren, die sie verlassen hatte, hatte er im Grunde nur seinen eigenen Willen bekräftigt, nie ebendiesen Wunsch zu verspüren. Egal was geschah, er würde hierbleiben. Er fühlte sich frei, er wurde von niemandem bedrängt, er tat, was er wollte.

Die Erinnerung wurde allmählich leichter. Sein neues Leben wurde leichter. Laura verlor an Bedeutung und an Gewicht. Laura, wie er sie sich zusammengereimt hatte, existierte ja bloß in seiner Vorstellung, weder hier noch dort hatte es sie jemals gegeben. Eines aber war sicher: Je weniger sie wußte, desto eher würden sie ihr zu Hause glauben, daß sie nichts wußte. Er konnte ihr vorerst unmöglich schreiben (und hatte den leisen Verdacht, daß er es auch später nicht tun würde). Da ihre Eltern, bei denen sie wohnte, kein Telefon besaßen, bestand auch keine Möglichkeit, mit ihr zu sprechen. Es wäre nicht in ihrem Sinn, vor allem aber nicht zu ihrem Vorteil gewesen, wenn er sich in irgendeiner Form an sie gewendet hätte, Ferngespräche wurden abgehört, Postkarten gelesen und vernichtet, Briefe geöffnet, gelesen und vernichtet, er durfte Laura nicht gefährden. Das einzige Mittel wäre ein Bote gewesen, doch woher hätte er den nehmen sollen?

Als der Regierung des Landes, das Leo verlassen hatte, der Verlust junger Intellektueller endlich bewußt wurde und sie all jenen, die bereit waren, innerhalb von zwei Jahren zurückzukehren, eine

Amnestie in Aussicht stellte, hatte Leo die leise Hoffnung, unter denen, die auf dieses Angebot eingingen, weil sie in der neuen Welt nicht heimisch wurden, jemanden zu finden, der Laura in seinem Auftrag besuchen und ihr unter vier Augen von ihm und seiner neuen Situation erzählen konnte. Doch keinem von denen, die eher verzweifelt als freudig, eher beschämt als erleichtert zurückkehrten, hätte Leo vertraut; wer sich auf diesen Handel einließ, bei dem nur einer gewinnen konnte, war zwangsläufig suspekt.

Je größer die Distanz zwischen dem Tag seiner Abreise und der Gegenwart wurde, die aus ihm einen neuen Menschen machte, je leichter es ihm fiel, sich in seiner neuen Umgebung zu behaupten, ohne sich ständig beobachtet zu fühlen (natürlich wurde er beobachtet, aber es gelang ihm, das zu übersehen), desto mehr entglitt ihm Lauras Gesicht, ihr Geruch und das Gefühl von Sicherheit, das er in ihrer Nähe stets so stark empfunden hatte. Wenn er nachts nicht einschlafen konnte – seiner Schlaflosigkeit erfolgreich entgegenzuwirken würde ihm noch lange nicht gelingen –, versuchte er, ihr Aussehen zu rekonstruieren. Stets von neuem. Es fiel ihm von Mal zu Mal schwerer. Leo, der sich einredete, als ihr Treuhänder gehandelt zu haben, hatte sie in Wirklichkeit verraten.

Lauras Gesichtszüge verwehten fast ebenso schnell wie die antiken Fresken in jenem italienischen Film, den er einige Jahre später sah, Gesichter, die sich mit der Zufuhr frischer Luft aus der Zivilisation im Nu in nichts auflösten, mit dem Unterschied, daß Lauras Züge Spuren hinterließen, die nicht ihr Bild, sondern jene Gefühle heraufbeschworen, die Lauras Gegenwart einst in ihm erregt hatte. Es fehlten ihr Atem und ihr Geruch. Ein seltsamer Vorgang, den er sich nicht erklären konnte und der sich nicht beliebig wiederholen ließ. In einem verborgenen Winkel seines Gedächtnisses haftete noch nach Jahren die Erinnerung an Laura, die wie ein Boot, das von der Welle eines kreuzenden Schiffes hochgehoben und nach unten gerissen wird, unvermittelt auftauchen konnte, um gleich wieder zu verschwinden.

11

Wo wäre ich, wenn ich nicht da wäre, Mazko? Mazko! Olga rief ihn, nachdem sie über die Schwelle getreten war. Sie rechnete noch nicht mit ihm. Der Hund war unterwegs und würde noch eine Weile wegbleiben. Weit weg über dem Hügel unter der wärmenden Herbstsonne oder im Wald, unermüdlich wie Olga, einer Fährte folgend, die ein anderes Tier hinterlassen hatte, ein Fuchs, ein Reh oder ein Hund. Trotzdem rief sie noch einmal, bevor sie ums Haus herumging und das morsche Holzgitter zum Hühnerhof aufstieß, wo sie sogleich von ihren acht Hennen – sie zählte sie jeden Morgen aufs neue – bestürmt, beäugt und hie und da bepickt wurde. Dem farbenprächtigen kleinen Hahn fehlten drei Zehen des rechten Fußes, was ihn nicht daran hinderte, wie jeder andere Hahn stolz hinter seinem Harem auf und ab zu gehen. Er sah in Olga wohl nichts anderes als eine gigantische Henne, deren

Erscheinen er besonders schätzte, ein Huhn, das ihm zu fressen gab und das er nicht berühren durfte. Der Gedanke an Mazko trat in den Hintergrund, Olga schenkte ihre ganze Aufmerksamkeit den Hühnern, sie gab dem Hahn einen leichten, aber unmißverständlichen Fußtritt, streute Gerste, Weizen und Mais in die Runde und langte in den Napf, den sie mitgebracht hatte, um ihm das wenige zu entnehmen, was am Vorabend vom Essen übriggeblieben war, etwas Brot, Eierschalen, Apfelschalen, Speck, von allem kaum mehr als Krümel.

Sie wußte, was sie an den Hühnern hatte. Daß es den Hennen besser ging als ihr, fand sie selbstverständlich, sie konnten ja nicht denken, und ihr Erinnerungsvermögen war schwach, doch ebenso selbstverständlich war es, daß sie von ihrem Glück nichts wußten, also keinen Gewinn daraus zu ziehen vermochten; eine verkehrte, durch und durch absurde Welt; in ihrer Beschränktheit, in nichts anderem, lag das Wesen ihres Glücks verborgen, so gut verborgen, daß sie niemals davon erfahren würden. Während sie herumgakkerten und sich gegenseitig die besten Stücke streitig machten, begann der Hahn lauthals zu krähen. Allem enthoben, wurde er erst zum Schluß gefüttert und gab sich damit zufrieden, er drängte sich nie vor, er schien sich seiner Stellung als unumschränkter Pascha seines Reichs so sicher zu sein, daß er es nicht nötig hatte, um sein Futter zu kämpfen, er wußte, daß er es erhielt. Olga warf ihm eine Handvoll Körner zu. Was geschieht mit euch, wenn ich tot bin, und was geschieht mit mir?

Als Franz noch lebte, besaßen sie zwei Kühe und einen Ochsen, doch kurz nach Franz' Tod war der Ochse gestorben, wenig später gingen die Kühe ein, seitdem trank Olga keine Milch mehr. Den Kaffee nahm sie schwarz, mit etwas Zucker, wenn es Zucker gab, meist gab es keinen. Ihr Brot, das sie stets in den Kaffee tunkte, buk sie selbst, alle zwei Wochen zwei Laibe; Butter war selten, das Brot oft hart. Bescheidenheit war etwas, was sie gelernt hatte, ohne sie zu schätzen oder gar zu verklären; was sie empfand, war Verachtung, nicht Stolz. Sie schloß das Gitter hinter sich und betrat ihren Gemüsegarten. Die letzten Bohnen waren reif, sie nahm einige Tomaten ab, sie durfte sich nicht setzen; am anderen Ende des Gemüsegartens und vor dem Haus stand jeweils eine Bank, von Franz gezimmert, seit seinem Tod benutzte sie sie nicht mehr. Sie ging darauf zu, blieb davor stehen, setzte sich nicht. Die Eier. Sie hatte vergessen, nach den frischgelegten Eiern zu sehen. Wann war ihr das zum letztenmal passiert, war ihr das überhaupt jemals passiert? Wenn Mazko nicht da war, neigte sie dazu, sich ihren Gedanken uneingeschränkt zu überlassen.

Soll ich mich jetzt beeilen? Sie hörte die Fahrradklingel des Postboten. Ihre Füße waren schwer, sie kam nur schleppend voran. Ich will ihn nicht sehen, sie brauchte keine Gesellschaft, schon gar nicht die seine, auch keine Post, von wem schon Post? Er würde schwatzen wollen, wie jedesmal, sie nicht. Er tauchte selten auf, sehr selten, oft monatelang nicht. Ich will nicht mit ihm reden, ich will nicht wissen, was da unten vorgeht. Sie hatte seinen Namen vergessen, seinen letzten Besuch, den letzten Brief, den er überbracht hatte. Mazko hätte gebellt und sich wie wild gebärdet, aber Mazko war fort. Er hatte ihn nie gebissen, nur immer wütend gebellt. Der Postbote, wie hieß er bloß, hätte sich durch Mazko nicht stören oder vertreiben lassen. Boten sind bellende Hunde gewohnt. Mazko würde nicht beißen. Was will er? Was wollen die, die ihn schicken? Er kam im Auftrag anderer. Er war nichts als der Übermittler einer Nachricht, einer schlechten Nachricht sicher, gute Nachrichten waren für andere bestimmt. Hätte sie im Dorf unten gelebt, wäre allein schon das ein Grund gewesen, sich eine abgelegene Behausung zu suchen. Was für ein Glück, daß sich die Einsamkeit von selbst ergeben hatte. Fern von allen, weg wie Mazko jetzt. An Olgas Haustür gab es keine Klingel, keine Glocke. Da sie offen stand, mußte der Postbote annehmen, sie sei im Garten, bei ihren Hühnern, beim Gemüse. Die letzte Zeitung, die sie in der Hand gehalten hatte, war jene gewesen, in der Franz' Tod bekannt gegeben worden war. Das war Jahrzehnte her. Sie lachte unwillkürlich. Er rief sie, und endlich hatten ihre müden Beine sie vors Haus getragen.

»Olga, da bist du ja! Ich habe einen Brief für dich! Er ist von deiner Tochter!« rief der Postbote. Er sprach so laut, als wäre sie schwerhörig. Sie fragte: »Und was schreibt sie?«

Beleidigt reichte er ihr den Brief. Kein Wort mehr. Wie oft er schon geöffnet worden war, seitdem man ihn verschickt hatte, war nicht zu erkennen, vermutlich nicht nur einmal. Wer ihn geschrieben hatte, rechnete damit. Sie wird geschrieben haben, was man wissen darf.

Der Postbote stieg auf sein Fahrrad und entfernte sich grußlos. Was auch immer er erwartet hatte, als er zu Olga hinauffuhr, einen Schnaps, ein Gespräch oder beides, vielleicht auch nur ein halbes Dutzend Eier, sie hatte seine Hoffnungen enttäuscht. Er würde ebensowenig von ihr erfahren wie sie von ihm und den anderen Bewohnern des Dorfs. Sie hatte kein Interesse. Ohne Abschied ließ sie ihn gehen, wie hieß er noch, er mußte etwa in Sonias Alter sein. Ihrer Tochter Sonia war es gelungen, das Dorf zu verlassen. Schon lange wohnte sie in jener Stadt, die in Olgas Erinnerung nur als menschenleere Konstruktion erhalten war, eine geräuschvolle Kulisse, in der sie bis zu ihrem neunzehnten Lebensjahr im alten Zentrum gelebt hatte, bis zu dem Tag, an dem sie Franz, gegen den Willen ihrer Eltern, geheiratet hatte und mit ihm weggezogen war, zum Entsetzen ihrer Familie und der Freundinnen, denn Franz war in ihren Augen ein ungehobelter Mensch. Den Eltern hatte diese Heirat so sehr mißfallen, daß sie ihr sogar die Mitgift vorenthielten, und als der Vater starb, stellte sich heraus, daß man sie auch vom Erbe ausgeschlossen hatte. Sie war nie in die Stadt zurückgekehrt. Sie hatte Sonia nie besucht. Die Enkel, die dort aufwuchsen, hatten davon erzählt, sie hatte kaum zugehört, die Stadt war ihr ebenso gleichgültig wie ihr früheres Leben. Die Heirat. Der Krieg. Die neue Ordnung. Immerhin hatte man ihr und Franz das bißchen Land gelassen, das sie seit Jahren bewirtschafteten. So besaßen sie schließlich mehr als jene, die ihr einst den Anteil ihres Vermögens verweigert hatten und die sie während einiger Jahre, nicht ohne ein Gefühl der Genugtuung, hin und wieder mit Kartoffeln, Möhren oder Eiern, manchmal sogar mit einem geschlachteten Huhn versorgt hatten. Weder sehnte sich Olga nach der Stadt, noch empfand sie besondere Abneigung. Es gelang ihr einfach nicht, das frühere Leben, ihre Kindheit und Jugend, mit der Gegenwart und der unmittelbaren Vergangenheit in Einklang zu bringen, zu verschieden waren diese beiden Ebenen. Sie lebte im Dorf als Unbekannte und galt als arrogant. Über ihre Herkunft waren zu Beginn viele Vermutungen angestellt worden, aber nachdem sie zwei Kinder in die Welt gesetzt hatte und auch nach dem Tod ihres Mannes im Dorf geblieben war, hatten das Interesse an Olga und das Getuschel über ihr hochmütiges Auftreten allmählich nachgelassen. Wen interessierte es jetzt noch, woher sie vor fünfzig Jahren gekommen war? Sie ließ sich kaum noch blicken.

Wenn etwas aus jener Zeit dauerhaft in ihrer Erinnerung verankert war, so war es das Geräusch der Straßenbahn, die nachts das Bett, in dem sie schlief, erschüttert hatte. Amerika! Dorthin zog alles, was sich auf den kreischenden Schienen fortbewegte. Als junges Mädchen hatte Olga vor dem Einschlafen stets auf das Quietschen gewartet und an Amerika gedacht. Der ersten Fahrt mit der Straßenbahn folgte die zweite mit der Eisenbahn, dann ging es mit dem großen Dampfer weiter, dann wieder mit der Straßenbahn, die sie nach Brooklyn führte. Träume, aus denen nichts geworden war, dabei war sie als kleines Kind so überzeugt gewesen, sie würden in Erfüllung gehen.

Bringen wir es hinter uns. Hatte in ihrer Jugend irgend etwas darauf schließen lassen, daß sie am Ende ihres Lebens vor einer baufälligen Behausung stehen würde, einen Brief in der Hand, über den sie sich nicht freuen konnte, von einer Tochter geschrieben, die sie seit Jahren nicht gesehen hatte und deren Gesichtszüge in ihrem Gedächtnis allmählich erloschen? Weder zu seinen Lebzeiten noch nach seinem Tod hatte sie sich je einen anderen Mann gewünscht als Franz. Das war der Grund, weshalb sie im Dorf geblieben war, auch als er nicht mehr lebte. Er war alles, was sie hielt. Er lebte weiter mit ihr.

Nur keine Umstände. Sie wollte sich dem Unausweichlichen so rasch wie möglich stellen. Sie öffnete den Brief. So unerfreulich die Nachricht sein mochte, Olga würde sich nicht setzen. Sie riß den Umschlag in Fetzen und ließ die Fetzen fallen, die der Wind sogleich davontrug und die sich binnen weniger Wochen mit der Erde und dem Holz, aus dem sie einst hervorgegangen waren, vermischen würden, braune, feuchte Fetzen im braunen Laub auf brauner, feuchter Erde zwischen Holzstücken, und das Wasser, das überall Pfützen bildete, würde den Verfall noch beschleunigen.

Sie las, was ihre Tochter ihr zu sagen hatte. Es war unzweifelhaft von großer Wichtigkeit, sonst hätte sie ihr nicht geschrieben. Sonia schrieb nicht aus Höflichkeit, nicht einmal zu Olgas Geburtstag.

Sie schrieb, daß ihre beiden Söhne das Land verlassen hatten, *ohne Angabe eines Ziels, so lange, bis ... keine Ahnung, für wie lange. Und was die Gründe betrifft, ich kenne sie nicht. Ich bin erleichtert, obwohl ich sie sehr vermisse, also erleichtert und traurig, aber eher erleichtert als traurig. Ob ich sie wiedersehe und wann ...?* Der kurze Brief war voller Punkte und Fragezeichen, er entsprach Sonias stockender Art zu sprechen, die Olga immer noch im Ohr hatte. Das eine oder andere Wort war unterstrichen.

Erst Josef, dann Leo, sie würde sie nie wiedersehen, dachte Olga, und plötzlich wurde sie heftig nach vorne gestoßen, und dann war es, als wölbte sich der Boden unter ihren Füssen. Sonia wußte offenbar nicht, wo sich ihre Kinder aufhielten. Waren sie einfach verschwunden? Olga las den Brief mehrmals. Allmählich hörte der Boden auf, sich zu bewegen. Sie waren nicht einfach verschwunden, sie hatten ihr Verschwinden geplant. Josef, der Ältere, war ohne Vorankündigung aus England nicht zurückgekehrt, wo er an einer internationalen Schwimmeisterschaft teilgenommen hatte. Niemand hatte damit gerechnet, obwohl man immer damit rechnen mußte, es gab zahlreiche andere Beispiele, Schauspieler, Tänzer, Schriftsteller. Ein Glück für ihn, sprach Olga laut vor sich hin. Ein Glück. Sonia hatte von seinem Vorhaben vermutlich nichts gewußt, es war auch besser so, je weniger sie wußte, desto magerer der Ertrag für diejenigen, die ihre Tochter verhören würden, sofern es dazu kam. Die Zensur war zu beachten, die Zensur war immer zu beachten, vor allem aber beim Briefeschreiben. In

Briefen stand erfahrungsgemäß immer nur die halbe Wahrheit, den Rest reimten sich die Beobachter nach ihrem Ermessen zusammen. Sonia schrieb nicht, wo er jetzt war, ob er sich noch in London aufhielt oder London bereits verlassen hatte. Sie wußte es vermutlich nicht. Amerika! Geht nach Amerika! rief Olga ihnen nach.

Leo hingegen hatte sich von Sonia verabschiedet, bevor er gegangen war. *Nicht ohne ein Wort ...* Anders als Josef. Leo war anders als Josef. Sonia schrieb nicht, wie und wo er die Grenze heimlich überschritten hatte, aber Olga nahm an, daß sie es wußte. Wußte sie, wo er jetzt war? Wenn sie es wußte, tat sie gut daran, es nicht zu erwähnen. Jeder Brief konnte geöffnet, jeder Satz interpretiert werden. Leo war – sie überlegte – zweiundzwanzig, er hatte als Kind viel Zeit bei Olga verbracht. Sein Foto stand auf ihrem Nachttisch. Sein Gesicht war immer bei ihr. Ich sehe dich nie wieder, Leo. Während sich Sonias Gesicht nur mit Mühe heraufbeschwören ließ, sah sie ihn jederzeit vor sich. Sie erblickte einen Dreizehnjährigen. Wie er heute aussah, wußte sie nicht. Er hatte sie seit Jahren nicht mehr besucht. So lange hatte sie auch ihre Tochter nicht gesehen. Sonia hatte kein Foto mitgeschickt. Sie waren also beide fort.

Sie stöhnte. Die kühle Herbstluft war vom Nachhall dieses einzigen Seufzers erfüllt, den sie sich gestattete, und wenn es nicht die Luft war, dann ihr hohles Inneres, das von diesem Echo widerhallte, eine Gruft, ein Grab, in dem alles versenkt war, was ihr einst wichtig gewesen war. Es ist alles vorbei.

Und er ist in Sicherheit. Es ist fast alles vorbei. Wie oft hatte sie ihm von Amerika erzählt, nur ihm! Sie hatte ihm von der Einfahrt in den Hafen von New York erzählt und die *skyline* der Stadt so überzeugend geschildert, als hätte sie sie mit eigenen Augen gesehen. Sie holte tief Luft. Ein zweiter Seufzer entrang sich ihr nicht. In der Ferne ertönte ein Knall. Ein Schuß, war die Jagd schon eröffnet? Zum erstenmal seit Franz' Tod setzte sich Olga auf die selbstgezimmerte Bank, die vor dem Haus stand, auf jenes Brett, das er als junger Mann zurechtgesägt und dann mit einem rostigen Hobel und Sandpapier so lange bearbeitet hatte, bis es ganz glatt war. Seit seinem Tod war es nur von herumstreunenden Katzen benutzt worden. Das Holz gab unter Olgas Gewicht ein wenig nach, etwa so wie das Knie eines Mannes, und genauso fühlte es sich an, als sie sich setzte.

12

Eines Tages Ende August besuchte Andreas seinen Großvater. Seine Mutter erfuhr davon erst nachträglich. Hätte er es ihr abends nicht erzählt, hätte sie es wohl nie erfahren. Von ihrem Vater gewiß nicht. Von einer Pflegerin nicht unbedingt, aber vielleicht. Der Empfang war bei seiner Ankunft nicht besetzt. Niemand kam Andreas auf dem Weg zum Zimmer seines Großvaters entgegen. Seine Anwesenheit wurde ebensowenig beachtet wie die Abwesenheit seines Großvaters eine knappe halbe Stunde später.

Martha wunderte sich und zeigte sich erfreut, als Andreas erzählte, er habe aus eigenem Antrieb gehandelt, ganz spontan, weil er sich zufällig in der Nähe der Klinik aufgehalten habe, wo er einen Freund besuchte. Es folgte irgendein gemurmelter Name, den sich niemand merken würde. Seine Mutter kannte seine Freunde nicht und fragte auch nicht danach. »Ach, wie schön«, hatte sie gesagt und: »Und?« Es war das erstemal, daß er seinen Großvater nicht in ihrer Begleitung besucht hatte, sondern allein und freiwillig.

»Was hattest du für einen Eindruck? Wie hast du ihn gefunden?« Da sie über den augenblicklichen Zustand ihres Vaters gut genug Bescheid wußte – sie hatte ihn ja erst vor zwei Tagen zum letztenmal gesehen –, konnte ihre Frage nur darauf zielen, daß sie sich zumindest für ein paar Sekunden Andreas' Einschätzung vom Zustand seines Großvaters zu eigen machen wollte, eine Einschätzung, die, so mochte sie hoffen, von der ihren positiv abwich. »Wie immer, nicht anders«, sagte Andreas. »Nicht besser, nicht schlechter als beim letztenmal«, als er ihn im Juli gesehen hatte. Andreas sah seine Mutter fragend an. »Nein, vermutlich nicht. Es wäre ja ein Wunder. Und hat er nichts gesagt?«

Andreas schüttelte den Kopf.

»Daß sich das ändert, werden wir wohl gar nicht mehr erleben«, sagte Martha nachdenklich, und während sie redete, wurde ihre Stimme mit jeder Silbe leiser, so daß sie in dem Augenblick, als sie den nächsten Teller zum Abtrocknen in die Hand nahm, kaum noch zu hören war, als paßte sie sich soeben demjenigen an, über den sie sprachen. Die kurze Unterhaltung fand in der Küche statt, Andreas stand am Fenster, Martha bei der Spüle. Dann herrschte Schweigen. Die Küche war das Niemandsland, das alle ungern betraten, manche so gut wie nie, es war nicht Marthas Reich, wie es unangefochten noch das Reich ihrer Mutter gewesen war, die sich am liebsten dorthin zurückgezogen hatte, in ihre Küche (»mein Königtum«), in der sie Schutz vor allen Anfeindungen fand, mit denen das Leben ihrer oft und gern geäußerten Ansicht nach nicht geizte. Martha mußte sich einen deutlichen Ruck geben, um den Teller, den sie in der Hand hielt, wegzulegen und sich dem nächsten zuzuwenden, der mit dem restlichen Geschirr seit einer Viertelstunde zum Abtropfen aufgestellt war, und plötzlich rutschte es ihr heraus: »Wie schrecklich ich das alles finde ...«, oder hatte sie es nur gedacht? Andreas jedenfalls tat, als hätte er nichts gehört (sie hatte vielleicht so leise gesprochen, daß er es gar nicht hören konnte), und fragte: »Wo ist Papa?« – »Beim Handball. Es ist Freitag«, antwortete Martha.

»Ach ja.« Andreas wollte sich abwenden, aber sie hielt ihn zurück. Sie tat etwas, was sie sonst nie tat, sie hielt ihn am Ärmel fest. Was wollte sie von ihm? »Wie war es denn?« fragte sie. »Ihr habt doch etwas unternommen, habt ihr gemeinsam irgend etwas unternommen, das habt ihr doch, oder?« – »Klar«, sagte Andreas beiläufig, blieb stehen und berichtete von dem kleinen Ausflug in den nahen Park mit den Wildgehegen und Seerosenteichen. »Ja, aber bloß einen

Spaziergang. Er ist ja gut beieinander.« Martha hatte seinen Ärmel bereits losgelassen.

»Er ist nicht gebrechlich, seine Krankheit ist anderer Natur«, antwortete Martha etwas gereizt. »Natürlich kann er gehen, sehr gut sogar«, fuhr sie fort. »Er würde nicht weit kommen«, sagte Andreas. Martha sah ihn an. Er sagte: »Er würde sich verirren.« – »Ja, wahrscheinlich«, sagte Martha, »so ist es wohl.« Sie warf einen kurzen Blick auf die elektrische Küchenuhr, ein Geburtstagsgeschenk ihrer Kinder. Es war kurz vor halb acht.

War es Feigheit oder Gemeinheit, Mitgefühl oder Mitleid, daß er ihr nicht erzählen konnte, was er wußte, und sich ihr gegenüber dennoch ständig und insbesondere an Freitagabenden in spitzen Andeutungen erging, die sie angeblich nicht durchschaute? Es hätte ihn außer der Überwindung nicht mehr als ein paar Worte gekostet, dann hätte sich die Welt in seinem Elternhaus verändert. Er hatte die Macht, dieses auf den Kopf zu stellen, Dach nach unten, Erdgeschoß nach oben. Doch sosehr er sich eine Veränderung wünschte, so wenig war ihm daran gelegen, sie selbst herbeizuführen. So blieb alles beim alten.

Andreas verschwieg, worüber er sich mit seinem Großvater unterhalten hatte. Er war gesprächig gewesen, wie man ihn sonst weder zu Hause noch in der Schule kannte. Er hatte an Opas Zimmertür geklopft, aber wer hätte antworten sollen, da die beiden anderen Patienten beim Tee waren und der Großvater jedes Wort verweigerte? Als Andreas die Tür vorsichtig öffnete, sah er ihn mitten im Zimmer stehen, so als habe er ihn bereits erwartet, was nicht unmöglich, aber sehr unwahrscheinlich war. Jedenfalls sah er aus, als habe er irgend etwas vor. Sein Blick irrte unruhig hin und her, nach oben zur Decke, nach unten auf den Boden und flüchtig, fast angstvoll, nur einmal zu Andreas, dann gleich wieder weg. Andreas streckte ihm die Hand hin, aber der Großvater machte keine Anstalten, sie zu nehmen. Als Andreas die Hand seines Großvaters schließlich ergriff, hätte er sie am liebsten losgelassen, so schlaff und willenlos war sie; bloß und kalt lag sie in seiner Hand. Früher war der Händedruck seines Großvaters fest gewesen, man entkam ihm nicht, jetzt war es so, als hätten Außerirdische ihn entführt und bloß die Hülle zurückgelassen. Andreas ging schweigend ein paar Schritte zurück. Er wartete. Zunächst geschah nichts. Andreas hatte Zeit, sein Großvater auch.

Und dann drehte der Alte sich zweimal um sich selbst, hielt abrupt inne und bewegte sich während einiger Sekunden gar nicht. Er hielt den Atem an, atmete dann laut aus. Steif wie eine Marionette ging er auf einen der drei mannshohen, mit Belüftungsschlitzen versehenen Blechschränke zu, die den drei Eisenbetten gegenüberstanden, welche den übrigen Raum fast vollständig einnahmen, und schloß ihn auf. Woher er den Schlüssel nahm, ob er ihn schon in der Hand gehalten oder aus seiner Hosentasche hervorgeholt hatte, konnte Andreas nicht erkennen. Blitzschnell drehte er ihn zweimal im Schloß, öffnete den Schrank, in dem sich seine Kleider und sonstigen Habseligkeiten befanden, und nahm eine der drei

Jacken vom Bügel, eine leichte, so entschlossen, als wisse er genau, welche Temperatur draußen herrschte. Obwohl sein übriges Verhalten auf das Gegenteil schließen ließ, war er demnach noch von dieser Welt, ihn hatten keine Außerirdischen entführt. Wenn schon, war das Außerirdische in ihm, sagte sich Andreas. Er griff nach seiner Mütze.

»Was ist los? Was ist los mir dir?« fragte Andreas; es machte ihm Spaß, mit dem Großvater zu sprechen, wie er sonst nie mit ihm gesprochen hatte, aber er erhielt keine Antwort, und so blieb es im Verlauf dieses Besuchs bei dieser einzigen Frage, die nur deshalb über die Lippen des Enkels kam, weil keine Antworten zu erwarten waren. »Irgendwie bist du bockig«, sagte Andreas, nachdem der Großvater die Mütze auf die Hutablage zurückgelegt hatte. »Deswegen redest du nicht mehr mit uns. Du redest wohl ausschließlich mit deinen Kollegen.« Er lachte. Kein Echo. Kein Zeichen, daß er ihn erkannt hatte. »Wir spielen nur«, sagte er. »Wir spielen. Du hörst zu und tust, als würdest du kein Wort verstehen. Oder du hörst nicht zu und tust, als würdest du alles verstehen. Ich werde dir was erzählen«, fuhr er fort, fest entschlossen, dem Großvater zu einer Unterhaltung zu verhelfen, die ihm sonst keiner bieten konnte. Er sollte sein Vergnügen haben, auch wenn er nichts oder nur die Hälfte verstand. So, wie der Großvater früher, als Andreas klein war, um ihn besorgt gewesen war, wollte er sich jetzt um ihn kümmern, die Rollen waren vertauscht, sie kauerten nicht auf dem Boden, doch sonst war alles wie damals, außer daß niemand Fragen stellte.

»Wir gehen jetzt hinaus«, sagte Andreas und befreite den alten Mann aus seiner Erstarrung, er nahm die schlaffe Hand des Großvaters in die seine und erlöste ihn vom Anblick des offenen Schranks.

Zwanzig Minuten später standen sie vor dem Wildgehege. Keines der Tiere, die auf den verblichenen Fototafeln abgebildet waren, ließ sich blicken, weder unter den hohen Buchen noch in den Unterständen. »Wenn sie nicht selber fressen, werden sie gerade gefressen«, feixte Andreas. Indem er sich nicht von der Stelle rührte, bestand der Großvater auf seine Weise darauf zu warten, bis sich vielleicht ein Reh oder ein Hirsch zeigte. Das Gehege blieb leer. »Laß uns zu den Enten gehen!« Aber der Großvater blieb stehen und starrte vor sich hin. Also hielten sie noch eine Weile Ausschau nach etwas, was es nicht gab, bis Andreas durch gutes Zureden seinen Großvater endlich vom Zaun weglocken konnte. »Da ist nichts«, sagte Andreas, »nur Bäume und Scheiß, die sind doch abgehauen«, sagte er, und er dachte: Wenn er das kapiert, amüsiert er sich vielleicht. Er schien ihn nicht zu hören. Andreas lachte laut. Der Großvater blieb stumm. Wunder waren auch an diesem Nachmittag nicht zu erwarten.

Wenn sich sein Großvater für irgend etwas interessierte, so war es das verdorrende Laub, das auf dem Weg lag. Jedenfalls hatte er jetzt nur noch dafür Augen. Den Blick unverwandt auf die eigenen Füße gerichtet, die übers Laub gingen, als handelte es sich um einen kostbaren Teppich, blieb er alle paar Schritte stehen. Das Gehen schien ihm etwas Mühe zu bereiten, doch seine Miene blieb ruhig, es war offensichtlich, daß er keine Schmerzen hatte. Es war wohl etwas anderes, was ihn zögern ließ und fesselte. Die Spaziergänger, die ihnen begegneten, weckten sein Interesse ebensowenig wie diejenigen, die sie überholten, er aber erregte sehr wohl ihr Interesse, wenn er einem unsichtbaren Hindernis auswich. Hätte ihn jemand angegriffen, und sei es bloß mit Worten, Andreas hätte ihn verteidigt, er wußte nur nicht, wie.

Schließlich gelang es ihm, den Großvater vom Weg zu locken. Sanft schob er ihn zur Seite. Obwohl es dort nach Katzenpisse roch, setzten sie sich auf die nächste Bank. Die Hecke dahinter bildete eine dunkelgrüne Nische aus dichtem Blattwerk. Unscheinbar blühten winzige Rispen, dazwischen tummelten sich Wespen und Mücken. Hier waren sie ungestört, niemand würde sich zu ihnen setzen. Fette schwarze Waldameisen verfolgten mit militärischer Gewissenhaftigkeit ihren eigenen Weg, an manchen Stellen wurde dieser breiter, an anderen war er zweispurig. Hinter ihnen raschelten Vögel auf Nahrungssuche in Laub und Unterholz.

»Es ist angenehm, hier zu sitzen«, sagte Andreas und fuhr übergangslos fort, »aber ich muß dir doch was erzählen, was vielleicht weniger angenehm ist. Wenn ich es weiß, solltest du es auch wissen, und wenn wir beide es wissen, teilen wir ein Geheimnis. Jeder sollte es wissen. Ich meine, jeder, den es angeht. Vielleicht wäre es besser, jeder wüßte es, der nicht betroffen ist, aber die interessiert das ja nicht. Ehrlich, es interessiert nur uns, nicht wahr, nur uns, weil wir davon betroffen sind.«

Er rückte noch etwas näher an seinen Großvater heran, so daß sich ihre Körper berührten, und er begann zu erzählen, mehr, als er wußte, je länger er sprach. Er redete leise und nicht zu schnell, denn er hoffte, daß das, was er sagte, das Gehirn seines Großvaters auf Umwegen oder verzögert schließlich doch erreichen würde, wenn er nur langsam und deutlich genug sprach. Deutlich zu sprechen fiel ihm schwerer, als leise zu sprechen. Er flüsterte fast. Er erzählte, wie er seinen Vater ein paar Wochen zuvor in seiner Kanzlei habe besuchen wollen und statt dessen bei einem Rendezvous mit seiner Geliebten überrascht habe. »Heimlich und in aller Öffentlichkeit. Es ist verrückt. Ist das nicht irre, völlig irre! Heimlich kann man es eigentlich nicht nennen, sie trafen sich ja mitten in der Stadt, dort, wo jeder sie sehen kann, direkt vor seinem Büro, unter den Augen seiner Kollegen. Man hätte sie natürlich auch für Bekannte halten können, aber ich habe sofort gesehen, was los war, ich habe es *gerochen*. Sie dabei zu erwischen war ganz einfach, je weniger man damit rechnete, desto wahrscheinlicher war es, sie zu erwischen. Verstehst du? Ich stand hier, und sie standen dort.« Andreas streckte die Hand aus und zeigte nach vorn. »Du weißt, die Straße ist breit, und ich stand so, daß sie mich nicht sehen konnten. Ich habe die Straße nicht überquert, ich blieb stehen, ich wollte es genau wissen. Du weißt doch, wo das ist, du weißt doch, wo sich Papas Kanzlei befindet.« Andreas betrachtete seinen Großvater von der Seite und war sich sicher, daß dieser keine Ahnung hatte, wovon er sprach. »Du weißt, was ich meine. Ist ja egal. Ich erzähl dir noch mehr, ich erzähl dir alles.«

Er schilderte seine Beobachtungen ausführlicher als nötig und schmückte sie ungeniert aus, wodurch sie, wie er fand, an Attraktivität gewannen. »Die Frau, mit der er schläft, heißt Silvia Zweifel, und sie weiß Bescheid, sie weiß über uns und Mama genau Bescheid, über uns Kinder und über dich, wo du bist, was du tust, wer du warst und was jetzt los ist.« Der Großvater reagierte nicht. »Sie ist hübsch und weiß, was sie will. Vermutlich ist sie zwanzig Jahre jünger als er. Das geht jetzt schon seit über einem halben Jahr. Wenn er Mama nicht bald verläßt, wird *Silvia* ihn verlassen, du wirst schon sehen. Wenn er ihr nichts mehr nützt, sucht sie sich einen anderen. Und was ist dann? Du weißt es nicht. Er betrügt doch schließlich deine Tochter.« Er beschrieb ihm Walters Geliebte so plastisch, wie er sie in Wirklichkeit gar nie gesehen hatte, als eine anziehende Frau mit guten Manieren und Durchsetzungsvermögen. Unklare Schemen nahmen deutliche Formen an. Nachdem sie bislang nur eine Rückenansicht, ein Körperwuchs, ein Gang, eine Haltung, Kleidung und Frisur gewesen war – selbst dieses wenige hatte sich im Laufe der vergangenen Wochen fast völlig aufgelöst –, erhielt sie jetzt ein Gesicht, einen Geruch und eine Stimme, die er in Wahrheit nie gehört hatte, denn der Versuchung, sie anzurufen, nur um sie zu hören, hatte er widerstanden, weil ihm der Gedanke aufzuhängen, ohne sich zu melden, widerstrebte. Je länger er über sie sprach, desto größer wurde der Reiz, das wenige, was er gesehen hatte, nach Gutdünken auszuschmücken, und so malte und besserte er aus, so gut er konnte, und stellte fest, daß es ihm keine Mühe bereitete, daß es ihn mehr Mühe kostete, seine Phantasie im Zaum zu halten, als ihr die Zügel schießen zu lassen. Vielleicht tat das dem Opa gut, sagte er sich, vielleicht brachte es ihn auf andere Gedanken, vielleicht auf jene, die ihm fehlten, um zufrieden zu sein. Und was machte es schon, wenn es ihn weder berührte noch schockierte? Es berührte und schockierte ja auch Andreas nicht, da wären sie sich also einig.

Niemand war da, der seinen Redefluß unterbrach oder aufhielt, er brauchte kein Blatt vor den Mund zu nehmen, er konnte nach Belieben die Wahrheit erweitern, indem er sie erfand, und erfinden, indem er sie erweiterte. Je weiter er sich von dem entfernte, was er tatsächlich gesehen hatte, desto deutlicher sah er, was in Silvias Wohnung vor sich gegangen war und jeden Freitagabend – und hin und wieder mittags – noch immer vor sich ging, so deutlich, daß er es nicht für eine Erfindung halten mochte. Und selbst wenn es erfunden war, hieß das noch lange nicht, daß es der Wahrheit nicht entsprach.

Andreas wurde aus seinen Gedanken gerissen, als Martha ihm das feuchte Geschirrhandtuch in die Hand drückte. Sie verließ die Küche, weil das Telefon klingelte. Sie stieß irgendwo an, weil sie beinahe rannte.

Wozu diese Hast, das Telefon klingelte doch erst zum drittenmal. Sie nahm ab, und da sie ihre Stimme erhob, um sich verständlich zu machen, und dabei gleichzeitig versuchte, nicht allzu laut zu sprechen, konnte er hören, daß sie mit ihrem ausländischen Schüler sprach, und deshalb horchte er auf. Leo war ihm bisher nur einmal zwischen Tür und Angel begegnet, als er sich gerade von seiner Mutter verabschiedet hatte. Das war an einem Nachmittag vor zwei Wochen gewesen. Leo hatte in der offenen Haustür gestanden. Ein paar Jahre älter als er, zwanzig, zweiundzwanzig, und unübersehbar. Er schien ihn kaum wahrzunehmen. Von Martha leicht abgewandt, hatte er ins Freie geblickt, als erwartete ihn jemand dort, wo außer Vorgärten, Hecken, Bäumen, Mauern und Dächern nichts zu sehen war. Andreas war stehengeblieben und hatte sich die Schulmappe unter den Arm geklemmt und die Hände in die Hosentaschen gesteckt, um sich ein lässigeres Aussehen zu geben, vermutlich hatte er damit das Gegenteil bewirkt. Leo, der nicht in Eile war, hatte ihn nur flüchtig angesehen.

»Das ist mein Schüler Leo, das ist mein Sohn«, hatte Martha gesagt und sich zu einer gewissen Unbefangenheit gezwungen. Er kannte das an ihr. Sie spielte das nicht schlecht.

Ihm – vielleicht auch Leo – war allerdings nicht entgangen, daß sie versäumt hatte, seinen Namen zu erwähnen; dann war es zu spät gewesen, dies nachzutragen. Vielleicht war er im Unterricht gefallen (mein Sohn heißt Andreas, meine Tochter Barbara); dort kamen gewiß Dinge zur Sprache, die über Satzbau und Orthographie hinausgingen. Ob sein Vater ihren Schüler je gesehen hatte? Als sie sich kurz darauf die Hand gaben, schaute ihm Leo in die Augen, und Andreas sah unwillkürlich weg. Leos Blick hielt er nicht stand. Keine acht Jahre älter als Andreas, hatte Leo die Schwelle zum Erwachsensein längst überschritten. Ohne ein Wort darüber verlieren zu müssen, schien er all jene aus seinem Leben auszuschließen, die seine Erfahrungen nicht gemacht hatten. Wer nicht dasselbe erlebt hatte wie er, würde ihn nie ganz verstehen. Über seine Vergangenheit – sie kannte sie sicher – sprach Martha nie, weil niemand danach fragte.

Das also war der junge Mann, der seiner Mutter zu der Tätigkeit verholfen hatte, die sie so beflügelte, daß ihr das Desinteresse ihrer Familie inzwischen gleichgültig zu sein schien. Andreas wäre am liebsten davongerannt. Leo verabschiedete sich. Sie hatten nichts gemeinsam. Leo blieb gelassen. Sein Blick erfaßte Andreas oberflächlich, wie die offene Linse eines Fotoapparats, die sich gleich wieder schließen würde. Nichts blieb auf der Oberfläche dieser kalten Linse haften. In Leos Augen war Andreas sicherlich nichts weiter als einer der vielen Jungen jenes unberührten Planeten, auf dem Leo mit Hilfe seiner Lehrerin gerade Fuß zu fassen versuchte.

In derselben Nacht hatte er von Leo geträumt. Zwischen Traum und Erwachen grübelte er darüber, mit welchen Kunststücken er Leos Aufmerksamkeit auf sich lenken konnte. Ein Gefühl von Enttäuschung und Unverstandensein überfiel ihn in den folgenden Tagen immer wieder. Er versuchte es in seinem Tagebuch zu beschreiben, doch das Resultat war unbefriedigend. Er saß da und wartete darauf, daß sich das schmerzliche Gefühl wieder einstellen würde; sobald es sich einstellte, wünschte er, es wäre fort, und sobald es fort war, wünschte er es wieder herbei. Wenn er es nicht bezeugte, würde es sich schneller verflüchtigen; also schrieb er darüber in sein Tagebuch. Er hätte es gern eingerichtet, Leo zu sehen, ohne selbst gesehen zu werden. Doch wie sollte er das anstellen? Martha hatte ihre Unterrichtstermine so festgelegt, daß sie nicht gestört werden konnten. An Leo zu denken machte ihm angst, die Angst wollte er nicht missen.

Bei ihrer Begegnung hatte Andreas genickt und irgend etwas gemurmelt und sich dabei über sich selbst und sein Genuschel geärgert, das in unüberhörbarem Gegensatz zu Leos vielleicht zu deutlich artikulierter, dafür klarerer Sprechweise stand. Dann hatte er sich nach oben verzogen. In seinem Zimmer war er ans Fenster getreten, um einen letzten Blick auf den Schüler seiner Mutter zu werfen. Beide Hände tief in die Hosentaschen gesteckt, die Ledermappe unter dem rechten Arm, schritt Leo forsch voran. Neben ihm mußte Andreas wie ein Schwächling wirken.

Leo konnte nicht wissen, daß der Sohn seiner Lehrerin am Fenster stand und ihm nachblickte. Das immerhin hatte Andreas ihm voraus. Leo drehte sich nie um. Da er kein Familienmitglied war, gab es keinen Grund, sich umzudrehen und zu winken. Leo schien im Besitz all dessen zu sein, was Andreas fehlte. Leo hatte eine Geschichte, und egal, was ihre Bestandteile waren, ob Verluste, Enttäuschungen, Umwälzungen oder Aufbrüche, es war eine Geschichte voller Erfahrungen, die Andreas nicht gemacht hatte. Er durfte sich bestenfalls vage Hoffnungen auf eine Zukunft machen, die wettmachen würde, was ihm bisher entgangen war.

Nachdem Leo aus seinem Blickfeld verschwunden war, hatte Andreas sich an seinen Schreibtisch gesetzt und auf die Tischplatte gestarrt. Die Tür hatte er vorsorglich abgeschlossen, er wollte nicht gestört werden. Er wollte reisen. Das würde er schaffen.

13

Wo bleibt Mazko, wo bleibst du? Während Olga wie üblich mit sich selbst sprach, regnete es draußen in Strömen. Daß der Hund noch nicht zurück war, machte ihr Sorgen. Sie hatte ihn gerufen, sie würde ihn weiter rufen, was konnte sie sonst tun, wo sollte sie ihn suchen? Nichts konnte sie mehr beunruhigen als sein Ausbleiben, sie rechnete mit ihm, sie brauchte ihn, um ihn so lange am Kinn zu kraulen, bis seine Erschöpfung sich allmählich auf sie übertragen würde. Aber er war noch nicht da, und sie wurde nicht müde. Wo bist du denn?

Es mußte fünf Uhr sein, und draußen war es beinahe dunkel. Die Hühner hatte sie bereits eingesperrt. Sie saß im Dunkeln und sah hinaus. Noch hatte sie kein Licht gemacht. Nie war Mazko nach Einbruch der Dunkelheit heimgekehrt, stets war er vorher zu Hause gewesen. Er wird den Weg schon finden, sagte sie sich, den Blick ins Freie gerichtet, wo außer Schatten kaum etwas zu erkennen war, sein Geruchssinn wird ihm den Weg weisen, er wird ihn lenken und anspornen. Sie sprach immer mit sich selbst, sie hätte auch in Gesellschaft anderer mit sich selbst gesprochen.

Wo bleibt Mazko? fragte sie immer wieder, und ihre Angst, er könnte länger ausbleiben, eine Angst, die ihr unheimlich war, wuchs mit jedem Ausruf und Atemzug, den sie tat, und je dunkler es wurde, und es wurde, während es regnete und der Wind an den losen Fensterläden und Dachziegeln rüttelte, natürlich immer dunkler, desto aussichtsloser erschien ihr die Rückkehr des Hundes. Wo blieb er nur, was war ihm zugestoßen?

Sie hatte die Hühner vor den Füchsen in Sicherheit gebracht. Sobald sie sie einsperrte, wurden sie ruhig, aus dem Hühnerstall war bald kein Ton mehr zu hören. Was dort vor sich ging, wußte Olga nicht. Sie hatte keinen Appetit, weder auf die Eier, die sie morgens eingesammelt hatte, noch auf sonst etwas, ihr Hunger hatte mit dem Warten auf Mazko allmählich abgenommen. Jetzt war ihr nur ein wenig übel. Solange Mazko nicht da war, würde sie wie gelähmt bleiben und keinen Appetit verspüren.

Wo ist der Hund? Das Licht der Sonne, die sich an diesem Tag nur zögernd und oft bloß für Sekunden gezeigt hatte, war eine bedeutungslose Erinnerung an einen Tag, der nicht anders verlaufen wäre als tausend andere Tage, hätte sie nicht jenen Brief erhalten, den sie zerrissen hatte. In wenigen Wochen wird Weihnachten sein. Was darin gestanden hatte, hatte sich ihr wie der Abdruck eines Brenneisens eingeprägt. Die Kinder waren fort, und ihre Freude darüber war mit ihnen, ihre guten Wünsche begleiteten sie in die Fremde, nach New York und überallhin.

Was für ein Glück, und macht es gut. Laßt euch nicht mehr blicken, nehmt euer neues Leben in die Hand, wie ich es täte. Macht es gut, macht es besser. Aber wo blieb Mazko?

Ihre Mutter hatte behauptet, wer von Pferden träume, werde Post von dem erhalten, von dem er sie am sehnlichsten erwarte. Hatte sie in der vergangenen Nacht nicht von Pferden geträumt?

Wenn es so war, bewies es die Richtigkeit des Aberglaubens, das Unwahrscheinliche war eingetroffen, weil es nicht unwahrscheinlich war. Durch Vermittlung seiner Mutter hatte Leo von sich und seiner neuerlangten Freiheit hören lassen. Sie war sich sicher, daß er schon in Amerika war. Sie war sich sicher, nie mehr von ihm zu hören. Die Gedanken benötigten kein Papier, keine Feder, keine Buchstaben, es genügte, sie zu denken, um sie in die Welt zu befördern, bis in den hintersten Winkel dieses närrischen Landes. Sie würde auch dann mit ihm sprechen können, wenn sie tatsächlich nichts von ihm hörte. Sie hoffte, daß ihre Gedanken zu ihm fanden und seine zu ihr. Der braune Mazko kam nicht zurück. Sie rief laut, sie rief leise, er antwortete nicht.

Um halb neun saß sie immer noch am Fenster. Sie mußte sich zwingen, ihren Posten zu verlassen. Sie tat es nicht deshalb, weil es vernünftig war, sondern um sich abzulenken. Es dauerte noch eine Weile, bis sie sich entschloß, vom Fenster wegzutreten, um zu Bett zu gehen, doch rechnete sie nicht damit, Schlaf zu finden. Der würde ausbleiben wie ihr Hund. Sie trat vor die Tür in die feuchte Nacht und rief ihn wieder.

Danach traf sie einige ungewöhnliche Vorbereitungen, die sie für kurze Zeit auf andere Gedanken brachten. Sie stellte Mazkos vollen Freßnapf, der so alt war, daß sie sich nicht einmal daran erinnern konnte, ihn je gekauft zu haben, vor die Haustür und ließ diese gegen jede Gewohnheit einen Spalt breit offen, für den Fall, daß Mazko mitten in der Nacht auftauchte. Um zu verhindern, daß der Wind die Tür zuschlug, legte sie ein Holzscheit zwischen Tür und Schwelle.

Dann begab sie sich ins Schlafzimmer. Das Bett war gemacht, der Raum war eiskalt. Üblicherweise hätte sie eine Wärmflasche zwischen Laken und Decke gelegt. Üblicherweise hätte sie sich vor dem Zubettgehen gewaschen. Heute löste sie nicht einmal ihr Haar, um es zu kämmen, sie zog sich aus, legte sich ins Bett, horchte und wartete. Sie faltete die Hände und versuchte zu beten, sie wollte Gott um Hilfe bitten, Mazko zu finden und zurückzubringen. Sie brach das Zwiegespräch ab. Zu töricht erschien ihr der ungewohnte Vorgang. Sie hatte, seit Franz gestorben war, nicht mehr gebetet, und Gott war fortgegangen. Sie hatten sich beide nichts zu sagen. Allmählich brannte die Kerze auf dem Nachttisch herunter. Sie betrachtete Leos Fotografie und dachte noch: Leo und Mazko, sie sind ähnlich.

14

Kurz vor Weihnachten sprach Leo zum erstenmal über Laura. Während der Morgenstunden hatte es heftig geschneit, und vielleicht gab dieser Umstand den Ausschlag, Martha, mit deren zurückhaltender Teilnahme er rechnen durfte, von Laura zu erzählen, denn er hatte diese an einem Wintertag kennengelernt, einem Tag, der diesem ähnelte. Nur selten erinnerten ihn die Dinge hier an jene dort, an diesem Tag aber war es so.

Es schneite, und es hörte wieder auf. Es begann von neuem, und es hörte wieder auf. So ging es den ganzen Tag bis in die Abendstunden. Der Himmel schloß und öffnete sich. Wer es nicht bemerkte, dem war nicht zu helfen. Nachts hörte es auf. Am nächsten Morgen schneite es wieder.

Daß er von Laura erzählte, ergab sich von selbst, wegen des Schnees, unter dem sich eine dünne Eisschicht gebildet hatte, auf der man leicht ausrutschen konnte. Leo begann unvermittelt zu erzählen, aber auf Martha wirkte es womöglich so, als hätte er sich lange darauf vorbereitet, als hätte er sich die Worte, zumindest die einleitenden Worte (über den Schnee und die Kälte), lange überlegt, aber das war gar nicht der Fall. Er hatte nicht vorgehabt, darüber zu sprechen, es schoß, es sprudelte, zunächst fast gegen seinen Willen, aus ihm heraus, drängend und unaufhaltsam.

Martha ließ ihn gewähren, ließ ihn reden, stellte kaum Fragen, ermunterte ihn durch ihr Schweigen, nicht durch die wenigen Worte, die ihr über die Lippen kamen, sie hielt sich zurück, lehnte sich vor, wie es ihre Art war, nicht anders hätte er es erwartet, wenn er sich darauf vorbereitet hätte, er hatte sich aber nicht vorbereitet, und er erwartete nichts. Seine Kühnheit überraschte ihn selbst, die Schnelligkeit, mit der er sprach, die Leichtigkeit, mit der er von einer in die andere Sprache übersetzte. Es war eine Übung und zugleich eine Beichte; die Absolution war nicht vorgesehen. Er durfte ein gewisses Verständnis erwarten. Wie ihm schien, drückte es sich in Marthas Schweigen am stärksten aus. Verständnis und Schweigen, ein unzertrennliches Paar, waren bei ihr gut aufgehoben.

Martha merkte schon beim ersten Satz, daß ihr Schüler vom Unterricht, wie sie ihn sonst durchführten, abweichen würde. Zunächst wirkte er weniger konzentriert als sonst. Alles war ganz anders. Nach Leos ersten Worten löste sich etwas in Martha, als ob das, was er ihr erzählen wollte, etwas mit ihr zu tun hätte, es hatte jedoch nichts mit ihr zu tun, nicht das geringste. Unerklärlicherweise fiel etwas von ihr ab. Unerklärlicherweise hatte sie den Eindruck, jetzt die Wahrheit zu erfahren, etwas, wonach sie nie zuvor gesucht und was sie deshalb auch nicht vermißt hatte. Sie erhielt eine Art Geschenk. Es war, als bedankte sich Leo bei ihr. Wofür? Sie stützte beide Ellbogen auf die Tischkante, verschränkte die Hände, legte das kleine runde Kinn auf die elfenbeinfarbenen Fingerknöchel – im Winter war ihre Haut immer sehr weiß – und hörte aufmerksam zu; diese Haltung schien ihre Aufnahmefähigkeit zu verstärken; es war, als würden seine Worte in ihrem Inneren von unsichtbarem Löschpapier aufgesogen. Während er sprach, blieb ihr Gesicht fast ausdruckslos. Leo redete, ohne aufzublicken, nicht zu schnell, aber ohne innezuhalten. Er hatte Zeit, er wußte, daß sie Zeit hatten, er wußte, daß sie ihn reden lassen würde, soviel er wollte, solange er konnte. Während sie ihn ansah, schaute er auf seine Hefte, sein Blick war auf den Tisch gerichtet, nur selten sah er auf, dann wich Martha seinem Blick aus, was nicht immer gelang, einmal blieb ihr Blick länger an ihm hängen als beabsichtigt – an seinem Mund –, und dann wußte sie nicht, wo sie hinschauen sollte; schaute sie weg, konnte er denken, sie meide seinen Blick, weil ihr das Gesagte peinlich war, hielt sie seinem Blick aber stand, konnte er sich genötigt fühlen, es ihr, vielleicht ohne es zu wollen, gleichzutun. Aber auch diese Situation ging schnell vorbei, zum Nachdenken blieb keine Zeit. Und am Ende war es ihr gleichgültig, ob es ihn störte oder nicht. Leo war schon weiter, sein Blick war wieder auf das Heft gerichtet, sie folgte seinen Worten, er redete. Zuhören kostete sie keine Anstrengung. Wenn andere redeten, wurde sie mitunter müde, diesmal nicht. Sie war hellwach, als läse sie ein Buch. Über ihrer Lektüre schlief sie nie ein. Es fiel ihr leicht, sich in die Umgebung der Romanhelden zu versetzen. Um zu verstehen, was er erzählte, genügte ein bißchen Konzentration, fast nichts. Auch wenn er nur wenig erzählt hätte, viel weniger, als er tatsächlich erzählte, auch wenn ihm die Details weniger leicht über die Lippen gekommen wären, hätte sie sich doch eine lebhafte Vorstellung von dem gemacht, worüber er sprach. Sie blieb aufmerksam und hellhörig. Alles sah sie ganz deutlich vor ihrem inneren Auge. Das lag nicht daran, daß er sich bei Einzelheiten aufhielt, im Gegenteil, er sparte, was Martha nur ahnte, viel aus, vielleicht das Wichtigste.

Äußerlich betrachtet sah es aus, als achtete sie lediglich darauf, ob er korrekte Sätze bildete, denn wenn seine Erzählung auch den Charakter eines Bekenntnisses hatte, war sie doch Teil des Unterrichts, der Unterricht blieb die Hauptsache, das Ziel jeder Aussage, die tragfähige Fläche, ohne die ein Gespräch nicht sinnvoll war. Oberflächlich betrachtet sah es so aus, aber niemand war da, der auf oder unter die Oberfläche von irgend etwas hätte blicken können, Martha und Leo waren allein. Laura war als Schatten da. Die Oberfläche war glatt wie das Eis draußen und ebenso brüchig, falls man es darauf anlegte, sie zu durchbrechen.

Leo mußte seine Worte nicht zusammenklauben, Hindernisse stellten sich ihnen nicht in den Weg; als hätte sich eine Schleuse geöffnet, hinter der das Wasser sich gestaut hatte, flossen die Worte ungehindert aus ihm heraus. Einfache Satzkonstruktionen genügten. Die Sätze waren kurz und prägnant. Sie ließen keinen Zweifel an ihrer Aussage, sie waren anschaulich, manchmal bestand ein Satz – nicht ganz einwandfrei – nur aus zwei, drei Hauptwörtern, geschrieben wären sie durch ein Komma getrennt gewesen, gesprochen besorgten das die kleinen Pausen, die Leo machte. Hin und wieder Flüchtigkeitsfehler, die nicht ins Gewicht fielen, Martha verbesserte ihn nicht, nichts wäre jetzt so fehl am Platz gewesen wie Korrekturen.

Das Sprechen bereitete Leo so wenig Mühe, daß er, zumindest später, darüber staunte, wie leicht es ihm gefallen war, beinahe so, als hätte er sich, von Schwindel ergriffen, in seiner eigenen Sprache unterhalten. Zuerst sagte er: »Heute schneit es. Der Schnee erinnert mich an eine Freundin. Der Schnee, das Weiß.«

Das war die Einleitung. Er richtete einen einzigen fragenden Blick auf Martha. Sie wehrte nicht ab, sie schreckte nicht zurück. Sie hatte nichts dagegen einzuwenden, daß er vom Schnee und einer Freundin sprach, an die er sich erinnerte, jetzt, da der Schnee hier fiel wie dort. Über sie wollte er sprechen, Martha ließ ihn reden. »Der Schnee ist schön und kalt«, fuhr er fort. Schön, kalt und weiß, als wollte er seiner Lehrerin beweisen, wie viele Begriffe er sich gemerkt hatte. Er konfrontierte sie in Wirklichkeit mit etwas anderem. Mit etwas, was weder schön noch weiß war.

»Der Schnee war weiß, die Luft war klar, ist klar gewesen. Es war ein Tag wie dieser, ein Tag im Winter, ein kalter, weißer, klarer Tag wie heute.« Er sprach so deutlich, als schriebe jemand mit oder als begleitete seine Stimme die Handschrift, als schriebe er selbst, Daumen, Mittel- und Zeigefinger auf den Vierfarbenstift gedrückt. »Sie hieß Laura«, sagte er, und der Name, den auszusprechen er sich gegenüber jedem anderen versagt hätte, traf ihn, kaum genannt, mitten ins Herz, und er dachte, was er nicht sagen konnte: Mitten ins Herz, diesmal in seiner Sprache, als ob nicht er, sondern ein Fremder das Messer gezückt und in seine Brust gestoßen hätte, und derselbe Fremde war es auch, der den Satz von sich gab: Mitten ins Herz, er war der Fremde. Laura paßte zu Leo, Laura und Leo, dachte Martha, kaum hatte er die beiden Namen ausgesprochen, gehören zusammen. Sie hätte beide Namen wiederholen können, so wie sie gesprochen worden waren – sie war ja seine Lehrerin, jedes Wort Teil der Lektion, selbst Laura und Leo –, aber sie blieb stumm. Sie stellte den Zusammenhang wortlos her: verwandte Seelen, Leo und Laura, zwei Liebende. Jetzt kommt die Geschichte, dachte Martha.

Es folgte ein perfekter Satz: »Wir lernten uns an einem Tag wie diesem kennen.« – »Perfekt«, sagte sie. Und dann noch einmal: »Perfekt.« – »Schnee«, sagte Leo. »Schnee«, wiederholte Martha, und auch sein Nicken war bloß eine Andeutung, eine unterdrückte Bewegung. »Wir wurden Freunde.« Das Wort, das er sagen wollte, kannte er nicht. Liebende, dachte Martha, sie wurden Liebende und blieben es für eine Weile. Sie nickte und stammelte: »Ein Liebespaar.« Ihr war es klar. Sie kannte das Wort. Liebende. »Ein Liebespaar«, wiederholte Leo. »Ja«, sagte er. »Sie war schön, sie hatte schwarzes Haar, das Haar war lang«, sagte Leo. »Langes Haar, schwarzes Haar.« Martha nickte, und zugleich stellte sich ein Bild ein, eine Vorstellung von Lauras Gesicht, schwarzes Haar, dunkle Brauen, geschwungene Wimpern, das Bild einer italienischen Schönheit.

»Ich liebte sie«, sagte Leo. Augen, die viel zu groß, Wimpern, die viel zu lang waren, die Wimpern eines Vamps, dachte sie. Er allein weiß, wie sie aussieht, dachte Martha, während sie sich Lauras große, aufgerissene Augen vorstellte, und ihn hörte sie sagen: »Ich liebte sie, das ist ...« – das Wort fiel ihm nicht ein – »... passé. Ich habe sie verlassen. Passé.« Das einzige Wort, das ihm nicht einfiel, war vorbei, passé.

»Es heißt *vorbei*«, sagte Martha. Und Leo: »Wir sehen uns nicht mehr. Wir sahen uns, wir sehen uns nicht mehr.« Martha hätte ihn auf die richtige Vergangenheitsform hinweisen müssen, tat es aber nicht. Was sonst Teil des Unterrichts war, galt heute nicht. Sie verstand, was er ihr sagen wollte. »Ich weiß nicht, wo sie heute ist. Zu Hause, sicher. Ich habe sie verlassen, als ich wegging, bevor ich herkam, ohne Abschied. Ist das richtig: verlassen?« Martha nickte. »Ja, verlassen, heißt das«, sagte sie. »Du hast sie verlassen, das sagt man so.« – »Ich weiß, wo sie ist, sie ist zu Hause, weiß aber nicht, wo ich bin, kann es sogar nicht vermuten. Ist das nicht unfair?« Er betonte das Wort auf der zweiten Silbe, sie korrigierte ihn nicht, es war kein deutsches Wort, das fiel nicht in ihr Gebiet. Wer wollte wissen, in wie vielen Teilen der Welt diese Betonung die richtige war, Martha wußte es nicht, ihre Englischkenntnisse waren begrenzt.

»Ich habe ihr nichts gesagt von meiner Flucht, ich war still.« – »Du hast geschwiegen.« – »Ich habe geschwiegen. Ich bin verschwunden, ohne ein Wort, still. Kein Abschied. Ich hatte ein Geheimnis, die Flucht.« Während Leo sprach und Martha nickte, beobachtete er sich selbst beim Reden, hörte sich beim Reden zu und hatte den Eindruck, daß alles, was er erzählte, richtig formuliert war, daß die Reihenfolge der Wörter haargenau mit dem übereinstimmte, was er gelernt hatte und was er ausdrücken wollte, daß alles korrekt war und sich dennoch nichts mit der Wahrheit deckte. Jedenfalls nicht so, wie sie sich dargestellt hätte, wenn Laura und er ihr gemeinsam ins Auge geblickt hätten, doch es gab kein Auge, keine Wahrheit, keinen Spiegel, keine Gemeinsamkeit, nur diese merkwürdige Last und Marthas Unterricht. Er fragte Martha: »Gibt es würdelos? Das Wort?« – »Ja, das gibt es. Es kommt von Würde, es ist, wenn dir die Würde fehlt, wenn du sie verloren hast. Das bedeutet würdelos.« Sie war überzeugt, daß er verstand, was sie meinte, er war überzeugt, daß sie wußte, weshalb er fragte. Die Unterrichtsstunde nahm ihren Lauf. Sie ähnelte denen, die sie bislang abgehalten hatten, doch nichts war gleich.

Laura hatte das kleine Lokal, in dem er, sein Bruder und ein Dutzend anderer Leute ihr Bier im Stehen tranken, in Begleitung einer Freundin betreten, einer Kommilitonin von der medizinischen Fakultät, die Leo nur flüchtig kannte; ihr Name tat nichts zur Sache, also erwähnte er ihn nicht. Sie und die Unbekannte (ein schlankes Mädchen mit langem Haar) gesellten sich zu ihnen. Der hohe, wackelige Tisch war so klein, daß die Biergläser und ihre Finger eins ums andere Mal gegeneinanderstießen, wenn sie das Glas zum Mund führten. Hätte sich Leo damals nicht in dem kleinen Lokal aufgehalten, das, obwohl alles darin schäbig und unsauber wirkte, Zum Goldenen Tor hieß, wäre er Laura vielleicht nie begegnet; sie kannte das Goldene Tor nicht, sie hatte es nie zuvor betreten, und wahrscheinlich hätte sie sich nicht dorthin verirrt, wäre sie auf der Straße nicht zufällig Leos Kommilitonin begegnet. Das Goldene Tor – das seinen Namen von dem nahegelegenen Wahrzeichen herleitete, das seinem unaufhaltsamen Verfall entgegensah, da es nichts weiter als ein Symbol feudaler Machtentfaltung war – wurde in der Folge ihr bevorzugter Treffpunkt. Hier verkehrten nebst einer stetig wachsenden Anzahl von Studenten hauptsächlich Vertreter jener Gesellschaftsklasse, die in den Augen derer, welche die Macht über fast alles hatten, das Ideal einer sozialistischen Gesellschaft verkörperten: Arbeiter. Die Utopie war Wirklichkeit geworden, hier, jetzt. Nichts war greifbar, nichts faßbar, aber es gab Worte, die der Wirklichkeit, die tatsächlich nur in den Köpfen der Kader existierte, gute Dienste leisteten. Lokale wie dieses hatten immer mehr Zulauf, die Gefängnisse erhielten unentwegt Nachschub. Aufgelockert wurde die Situation, wenn Amnestien erfolgten, dann wurden die Karten neu gemischt und wieder verteilt, und alles begann von vorne, die Situation veränderte sich kaum. Dank der allgemeinen Verunsicherung blieb alles beim alten.

Hier in der Arbeiterkneipe nahmen die Gäste kein Blatt vor den Mund, sie glaubten, aufgrund ihrer einwandfreien Herkunft vor Spitzeln sicher zu sein (sie waren es nicht). Unter die Gäste mischten sich jene, die – wenngleich sie keine Arbeiter, oft nicht einmal Abkömmlinge von Arbeitern, sondern Kinder von Ärzten, Rechtsanwälten oder Bauern waren – die Freiheit für sich in Anspruch nahmen, zu sagen, was sie für richtig und notwendig hielten; um so lauter und unmißverständlicher, je weniger sie fürchten mußten, ihre Arbeit zu verlieren, weil sie sie längst verloren hatten. In mancher Hinsicht hätte Leos Vater hierher gepaßt, doch er war tot; hätte er noch gelebt, wäre es ihm allerdings nicht in den Sinn gekommen, das Goldene Tor aufzusuchen, Orte wie dieser waren nicht sein *genre*. Das Bier war billig und von jener Süße, die einen vergessen ließ, daß es der Alkohol war, der einen benommen machte und nicht der Zucker.

Auch in der eigenen Sprache hätte Leo keine Worte gefunden, um seine Handlungsweise glaubwürdig zu entschuldigen oder gar zu rechtfertigen. Heute, vier Monate nach seinem stummen Abgang, fühlte Leo sich unwohl beim Gedanken an Laura, ein taubes, der Schuld verwandtes Gefühl. War sie es nicht wert gewesen, darüber aufgeklärt zu werden, oder war er sich seiner Sache damals weniger sicher gewesen als heute?

Er hätte sie auch dann verlassen, wenn er zu Hause geblieben wäre. Ihr die Wahrheit vorzuenthalten war bequem und feige, sie vor ihr zu verbergen war einfach, weil er in jenen Tagen, als seine Stimmung ohnehin wie ein verrückt gewordenes Pferd nach allen Seiten ausschlug, mit wichtigeren Dingen beschäftigt war, schließlich verließ er nicht nur sie. Gemessen an dem, was er plante, erschien ihm das, was er Laura verschwieg, fast belanglos. Darüber nachzudenken konnte er auf später verschieben, weil er wußte, daß es für sie beide keine gemeinsame Zukunft gab. Er würde das allein erledigen. Er hatte sie geküßt und dabei an die Dinge gedacht, die wichtiger waren, das hatte ihn erleichtert, das hatte ihn von der Last befreit. Es hatte ihn nicht geschmerzt, mit ihr darüber nicht sprechen zu können. Darüber zu grübeln hatte er auf später verschoben. Als er aufblickte, sah er in Marthas Augen. Was redete er bloß, was verstand sie davon?

All dessen war er sich erst in der Fremde bewußt geworden, allmählich, aber immer deutlicher, je mehr Zeit blieb, darüber nachzudenken. Allein, umgeben von neuen Dingen und anderen Menschen, deren Sprache er kaum verstand, hatte er schließlich begriffen, daß er Laura nicht mehr liebte und daß es ihm so leicht gefallen war, sie im ungewissen zu lassen, weil er sie schon damals nicht mehr geliebt hatte. Er hatte ihre Wünsche ignoriert, den Kummer, den er ihr machen würde. Er hatte beim Abschied keinen Schmerz empfunden, der Abschied war eine Befreiung. In ihrer Ahnungslosigkeit war Laura ihm unterlegen. Da sie nichts wußte, brauchte sie nicht zu kämpfen. Sie würde ihn noch eine Weile lieben und dann allmählich vergessen, wie er sie vergaß.

Das Begehren, das ihn in den ersten Wochen seines Aufenthalts immer wieder übermannt hatte, war auf etwas konzentriert gewesen, was vergangen war; die Erinnerung rief etwas wach, was die Gegenwart nicht bereithielt. Laura war seinem Körper nah, nur diesem.

Über all das konnte er mit seiner Lehrerin nicht sprechen. Es war nicht ihre Aufgabe, ihn in dieser Angelegenheit zu prüfen. Solange sie keine Fragen stellte, mußte er nicht antworten. Also wich er auf das häßliche Studentenheim am Rand der Stadt aus, in dem er gelebt hatte und das sich – abgesehen von den Kakerlaken, die sich in den Zimmern tummelten, und einem Stockwerkältesten, der die anderen Bewohner schikanierte, wenn er betrunken war – von Studentenheimen im Westen kaum unterschied. Er wollte Anekdoten erzählen und merkte, wie schwierig es war, in seiner neuen Sprache Pointen zu setzen. Martha erkundigte sich nicht einmal danach, ob auch Laura, seine Freundin, dort gewohnt habe. Sie hielt sich aus seiner Geschichte heraus.

Er hätte Martha von seiner Großmutter oder seinem Vater, von seiner Mutter oder seinem Bruder erzählen können, statt dessen hatte er über Laura gesprochen. Von seinem Leben zu Hause wußte Martha nur wenig. Erst nach diesem Geständnis begann er darüber zu sprechen, wie er und die anderen daheim gelebt hatten oder nicht hatten leben können – wie sein Vater und abertausend andere.

Er hatte in Marthas Augen die sanfte Aufforderung gelesen, nicht innezuhalten, weiterzugehen, sich auszusprechen, wie es in ihrer Sprache hieß, die seine neue Sprache werden sollte, die ihm an diesem Tag zum erstenmal fast so selbstverständlich wie eine eigene Sprache über die Lippen gekommen war. Er hatte gesprochen, ohne nach Worten zu suchen, ohne überlegen zu müssen, wie sich in Worte kleiden ließ, was er zu sagen hatte; wie durch ein Wunder war die Sprache für eine Weile in seinen Besitz gelangt. Was er auch sagen wollte, es hatte seinen Mund in verständlichen Sätzen verlassen. Was er selbst nicht verstand, was zu formulieren ihm auch in seiner Sprache nicht gelungen wäre, gelang ihm in Marthas Sprache ebensowenig. Am Ende der Unterrichtsstunde legte Martha ihre rechte Hand auf seine linke Hand, und Leo kamen Tränen, gegen die er nicht ankämpfen konnte. Sie flossen, und es war ihm nicht peinlich. Nachdem sie einige Augenblicke so verharrt hatten, zog Martha ihre Hand zurück, blickte auf die Armbanduhr und sagte, es sei Zeit. »In einer halben Stunde kommt meine Tochter aus der Schule, du mußt gehen.«

In der folgenden Nacht träumte Leo, er befinde sich an Bord eines Flugzeugs, das auf eine Stadt zuflog, deren Ausdehnung alles übertraf, was ihm je begegnet war, alle seine Erwartungen, alles, was er je auf Fotos in ausländischen Zeitschriften oder Filmen gesehen hatte. Trotz der außergewöhnlichen Höhe und obwohl er kein Gebäude erkannte, kein Empire State Building und kein Wrigley Building (die er aus Büchern und

Zeitungen kannte), wußte er sofort, daß es sich um eine amerikanische Stadt handelte; eine amerikanische Großstadt lag zu seinen Füßen ausgebreitet wie ein riesiges buntes Tuch, und er, der nie in einem Flugzeug gesessen hatte, flog darauf zu. Verblüfft stellte er fest, daß einige der höchsten Dächer vergoldet waren und andere kupfern leuchteten, auf einigen waren Swimmingpools zu sehen, auf anderen Hubschrauberlandeplätze. Die Stadt ohne Namen – niemand konnte ihm sagen, wie sie hieß, und er hatte sich beim Abflug offenbar nicht danach erkundigt – war ein hingestreckter Gigant, eine unüberschaubare Anlage voller Menschen, die sich hinter Glas, Metall und Beton verbargen, eine riesenhafte Ansammlung von Gebäuden voller kleiner und großer Maschinen, durch die ein allmächtiger Ingenieur mit Handkantenschlägen schnurgerade Straßen und ein Flußbett gehauen hatte, dessen Wasser aus der Entfernung wie der grüne Jordan seiner Kindheitsphantasien funkelte. Das Flugzeug, das zur Landung ansetzte, kippte langsam zur Seite, beschrieb einen weiten Bogen und begann dann allmählich zu sinken. Er hatte das Gefühl, im Bauch eines Vogels zu sitzen, dem er blindlings vertrauen konnte. Während sich die Maschine ihrem Ziel näherte, erblickte Leo die Fensterfronten von Wolkenkratzern, die im selben gleißenden Licht lagen wie der träge dahinfließende Strom. Am Flughafen erwartete ihn niemand außer den Zollbeamten. Das würde sich ändern, nicht heute, nicht morgen, aber eines Tages würde ihn jemand erwarten. Leo hatte keine Ahnung, wie er in dieses Flugzeug gelangt war und was ihn in diese fremde Stadt führte. Eines war sicher, er saß freiwillig hier, niemand hatte ihn zur Ausreise gezwungen, niemand würde ihn an der Einreise hindern. Er war nicht vorbereitet und dennoch frei. Der Traum führte ihm jede Einzelheit so überdeutlich vor Augen – bis hin zu seiner farbigen Sitznachbarin und den Stewardessen, die geschäftig hin und her eilten –, daß es ihm nach dem Erwachen schwerfiel, an der Wirklichkeit dessen zu zweifeln, was er gerade gesehen und gefühlt hatte. Es konnte sich nicht um einen Traum gehandelt haben. Er war von dem, was er erlebt hatte, durchdrungen. Das Flugzeug führte ihn weiter; daß er die Landung nicht mehr erlebt hatte, weil er aufgewacht war, beunruhigte ihn nicht, es machte ihn nur etwas traurig. Er war sicher, wieder davon zu träumen. Es würde eine Fortsetzung geben, im Traum wie in der Realität.

15

Martha las, wann immer sie konnte, auch dann, wenn andere Aufgaben erledigt werden mußten. Schon als Kind hatte sie kein größeres Vergnügen gekannt, als früh zu Bett zu gehen, um sich dort ungestört in die zumeist ausgeliehenen Bücher zu vertiefen. Oft war es ihr gelungen, ihrer Leidenschaft bis weit nach Mitternacht zu frönen, ohne von ihren Eltern erwischt zu werden. Diese sahen es nicht gern, wenn sie sich beim schwachen und immer schwächer werdenden Licht der Taschenlampe unter der Decke die Augen verdarb, wie sie behaupteten. Aber weder die angedrohte Erblindung noch andere Schreckgespenster hatten sie daran gehindert weiterzulesen, und das hatte sich auch später nicht geändert, als niemand mehr drohte. Niemand war so wichtig oder beherrschend, daß er sie von der Lektüre hätte abhalten können. Martha las mit unverminderter Begeisterung Buch um Buch, kein Tag verging ohne Lektüre. Sie las und vergaß während des Lesens alles andere.

Dabei glaubte sie keinen Augenblick, daß das, was in den Büchern stand, sich je ereignet hatte, das waren Erfindungen, die keiner Wahrheitsprüfung standzuhalten hatten. Was dort geschah, geschah in einer Welt, die das wahre Leben, dieses träge Rinnsal, das außer undeutlichen Erwartungen wenig mit sich führte, unbeachtet ließ. Das machte die andere Welt natürlich interessant, die Wirklichkeit erträglicher. Es erhöhte die Zuversicht, ohne daß sie deutlichere Konturen annehmen mußte. In den Büchern gingen die Menschen anders als auf der Straße. Sie setzten sich nie aufs Klo. Sie setzten sich auf Stühle, Sofas und in Kirchenbänke, sie litten und plauderten, träumten mit offenen Augen, schliefen kaum, erwachten manchmal nicht mehr.

Meist wurde wenig geredet, doch geschah dies, so sprachen die Menschen selbst dann in kunstvollen, treffenden Wendungen, wenn sie rasch antworten mußten, nichts klang vorschnell oder mißverständlich. Die Unterhaltungen waren nicht weniger wichtig als der Lohn, den Walter am Monatsende nach Hause brachte, und von weit größerer Bedeutung als das Essen, das Martha mittags auf den Tisch stellte. Unversöhnlich standen sich zwei Welten gegenüber, die Welt der Bücher und der Alltag, keine schien Notiz von der anderen zu nehmen, jede kam ohne die andere aus, und auch die, die diese Geschichten erfanden, waren unerreichbar wie Filmstars. Während unter ihren Händen eine leise Berührung zum Schlag, ein unbedeutendes Geräusch zum chaotischen Lärm, ein Mißgeschick zur Tragödie, ein Vergnügen zur Ekstase, der Freund zum Geliebten, der Geliebte zum Gott und ein Unglück zum Tod wurde, wie jemand geschrieben hatte, ging bei Menschen ihresgleichen alles seinen unveränderlichen Gang, ein Mißgeschick war nichts weiter als ein Mißgeschick, das wirkliche Leben bot allenfalls eine Verkürzung dessen, was in den Büchern stand, etwas Minderwertiges und Uninteressantes. Über das, was in den Büchern stand, konnte man nicht nach Belieben verfügen. Die Sätze und Überlegungen standen fertig und unverrückbar an ihrem Platz. Das wirkliche Leben hingegen war voller Kompromisse und unausgesprochener Nebensätze, die keinen Eingang in Romane fanden, wo auch das Geflüsterte gehört wurde. Es verstand sich von selbst, daß weder Martha noch irgend jemand in ihrem Bekanntenkreis je einen Schriftsteller kennengelernt hatte.

Aber es waren nicht diese Überlegungen, die sie anstellte, als sie am Abend nach Leos letzter Unterrichtsstunde vor Weihnachten im Bett lag und das Buch nach mehreren vergeblichen Versuchen, sich darauf zu konzentrieren, sinken ließ. Ihre Gedanken schweiften unruhig ab. Es war Laura, die Verlassene, Leos Freundin, die sie von der Lektüre abhielt; daneben erschien ihr das, was in dem Buch geschah, das sie zu lesen versuchte, blaß und erfunden.

Im Haus war es so still, als wäre es unbewohnt. Der Schnee bedeckte alles. Was noch warm gewesen war und der Kälte ausgesetzt, kühlte schnell ab. Martha sah die Flocken hinter der Scheibe als dichten Vorhang ununterbrochen fallen. Barbara war da, sie hatte sie zuletzt vor einer Stunde, um neun, gesehen, hatte sie zu Bett gebracht, wie diese es wünschte, und ihr einen Gutenachtkuß gegeben. Draußen auf dem Flur war nichts zu hören. Es war halb elf, Andreas würde nicht vor elf nach Hause kommen, Walter nicht vor Mitternacht. Die Heizung war bereits ausgeschaltet, die Pumpe arbeitete nicht, die Heizkörper rauschten nicht mehr.

Wo waren sie wirklich, die Kinder, ihr Mann? Waren sie dort, wo sie zu sein vorgaben, oder ganz woanders, dort, wo sie wünschten, sie wären, wo sie wünschte, sie wären? Barbara im Land ihrer zerknautschten, unansehnlichen Puppen und in Gedanken versunken, die sie ihr nicht anvertraute, Andreas bei einem Freund, den Martha nie gesehen hatte, oder im Kino, Walter nach dem Handballspiel gemeinsam mit Freunden beim Bier oder auf der Suche nach seinem Sohn, mit dem er sich zu Hause nicht unterhalten mochte, mit dem er täglich hätte sprechen können, was er aber nicht tat; sie selbst, wo war sie selbst, nachdem sie sich von ihren Büchern losgerissen hatte? Sie versuchte all diese Fragen zu ordnen, um sie zu verstehen und dann zu beantworten, aber sie blieben flüchtig. Leo tauchte auf, der junge Mann aus einer Welt, die anders war als ihre, die sie nie kennenlernen würde, und Laura, die Freundin, die er sitzengelassen hatte, wie Männer es in den Büchern taten, Männer, die denen nicht glichen, die sie kannte, mit Ausnahme vielleicht ihres Vaters, der sein eigenes Geheimnis hütete, so gut, daß es für immer ein Rätsel bleiben würde, aus welchem Grund er schwieg. Leo erschloß ihr eine Welt, die sie nur aus Büchern kannte, von der sie bislang geglaubt hatte, sie existiere allein in der Phantasie von Dichtern. Ferne, Geliebte, Verlassene, Laura. Der Unterricht lehrte sie etwas Neues, etwas, was sie selbst nie erfahren würde, und dennoch zog es sie an, als beträfe es sie selbst.

Sie zog die Knie so nahe an sich heran, daß das Buch gegen die Brust kippte und dabei ihr Kinn berührte. Sie wollte träumen, auf diese Weise träumte vielleicht ihr Vater. Sie wurde ganz durchsichtig und betastete ihre Brust. Sie fühlte sich an wie ein hauchfeines Tuch. Sie stützte ihr Kinn auf die Kante des Buchs und sah darüber hinweg in den Raum. Sie sah das Ende des Betts und den Schrank ohne Spiegel. Sie hatte auf einem Schlafzimmerschrank ohne äußeren Spiegel bestanden, Walter hatte einen Spiegel gewollt. Sie hatte ihren Willen durchgesetzt. Kein Spiegel, trotz seiner Überredungskünste. Noch im Möbelhaus hatten sie sich vor den Augen des Verkäufers gezankt, der sich so lange hinter Wohn- und Schrankwände zurückgezogen hatte, bis es aussah, als hätten sie sich geeinigt. Sie hatten sich nicht geeinigt, aber Walter hatte ausnahmsweise klein beigegeben.

Unbeweglich saß sie da und horchte. Sie hoffte, eine vertraute Stimme zu hören, die sie beruhigen würde, denn sie war aufgewühlt und ahnte den Grund, auch wenn es noch einige Sekunden dauerte, bis er ihr bewußt wurde. Walter ließ sie in Ruhe. Er berührte sie nicht mehr, weder im Bett noch im Haus, weder drinnen noch draußen, nicht vor den Kindern, nicht vor Fremden, nicht ihr Gesicht, nicht ihre Brüste, nicht ihren Bauch, wie er es früher gern getan hatte. Er ging einfach an ihr vorbei oder neben ihr her, und es machte ihr nichts aus, wenn er sie dabei nicht ansah. Jedenfalls machte es ihr jetzt, in diesem Augenblick, nichts aus. Ihre Ehe glich den Ehen der anderen, auch der ihrer Eltern. Der Schrank, auf den sie blickte, gefiel ihr selbst nicht mehr, an ihm gab es nichts Neues zu entdecken, sie kannte die Türgriffe und die Abschlüsse, die Füße und Angeln, die Schlösser und Schlüssel, er war zu dunkel, zu schwer, er war unförmig, seine Ausmaße sprengten die Dimensionen des Zimmers. Er glich ihrem Zusammenleben, insofern hatte sie damals die richtige Wahl getroffen. Er war ein Spiegel ihrer undurchsichtigen, undurchdringlichen Ehe geworden.

Und plötzlich platzte die Ahnung wie eine Blase auf, und sie wußte, wo Walter war und was es bedeutete, wenn er sagte, er habe zu tun, er treffe sich mit Freunden, er gehe zum Training, während sie schon im Bett lag und auf ihn wartete. Seine Liebe war ebenso erloschen wie sein Interesse. Sein Verlangen konnte eine Ehefrau wie sie nicht brauchen. Sein Interesse war auf andere Frauen gerichtet, junge Frauen, die ihm gaben, was sie ihm nie geboten hatte. Sie hatte es insgeheim schon lange vermutet, aber nicht begriffen. Und mit einemmal erschien ihr alles in einem anderen Licht, es war diffus und leuchtete nur in gewisse Ecken, aber es war hell genug, um ihr die Augen zu öffnen. Es tat nicht weh. Ähnlich wie Laura war auch sie unbemerkt verlassen worden. Auf Zehenspitzen, dachte sie. Mit dem Unterschied, daß Leo sich auch räumlich entfernt hatte, weiter, als Walter sich je trauen würde, Walter blieb, aus welchen Gründen auch immer, bei ihr. Sie fühlte sich erleichtert. Der Schmerz tat nicht weh, er war ganz angenehm, er fühlte sich an wie ein flüchtiger Reiz, ein Stich in die Hand. Kein Druck raubte ihr die Atemluft. Im Gegenteil, sie atmete leicht, es war befreiend zu wissen, woran sie war und was mit ihr geschah. Sie würde nicht klagen, es gab keinen Grund. Sie hörte Schritte, den Schlüssel, die Haustür, erneut Schritte, kein Zweifel, es war ihr Sohn, sie kannte seinen Schritt, die Art, wie er auftrat, wie er leise, auf Strümpfen, die Treppe heraufkommen würde, als hätte er Vorwürfe zu befürchten. Sie hörte, wie er den Mantel ausschüttelte. Schnee. Sie blickte aus dem Fenster. Schnee. Es schneite weiter. Schnee.

Sie würde ihn aufhalten, sie würde ihn zur Rede stellen. Diesmal würde sie ihn fragen, ob er wisse, wo Walter sei. Woher sollte er das wissen? Sie hatte das Gefühl, Andreas wisse mehr, als er sich zu sagen traute.

16

Sie hatte sich getäuscht, nicht Andreas war an jenem Abend die Treppe heraufgekommen, sondern Walter, dessen Schritte sie mit denen ihres Sohnes verwechselt hatte. Entweder hatte der Schnee die Motorengeräusche des Wagens erstickt, oder sie war zu sehr abgelenkt gewesen, jedenfalls hatte sie weder Walters Auto noch das Zuschnappen des Garagentors gehört. Mit Walter hatte sie nicht gerechnet, an diesem Freitag kam er früher als üblich nach Hause. Sie merkte es erst, als er in der Tür stand. Als sie ihn erblickte, fuhr sie zusammen.

Er mußte angenommen haben, daß sie schon schlief. Als er sah, daß sie erschrak, veränderte sich sein Gesichtsausdruck. Ob sie sein Anblick in Angst versetze, hatte er gefragt, und sie hatte den Kopf geschüttelt, obwohl er recht hatte, sie war erschrokken, er hatte sie erschreckt.

»Ich dachte, es ist Andreas, wo ist Andreas bloß?« sagte sie dann. Es sei ja noch nicht spät, korrigierte sie sich nach einem Blick auf den Wecker, sie wollte Andreas nicht in den Rücken fallen, indem sie ihm unterstellte, unpünktlich zu sein. Andreas kam nie zu spät.

Walter ließ seinen dunkelblauen Sportsack fallen, der sofort in sich zusammensank. Morgen würde sie die Sachen aussortieren und in die Waschküche tragen, morgen würde sie sich überlegen, ob sie sie genauer anschauen sollte als sonst, sie wußte nicht, wonach sie suchen sollte. Sie war es nicht gewohnt, die eifersüchtige Ehefrau zu spielen. War das der Augenblick, Walter zur Rede zu stellen? Er würde leugnen und sich verraten und sie zu täuschen versuchen. Besser, sie täuschte ihn.

Nichts geschah. Kein Wort wurde gewechselt. Er machte auf dem Absatz kehrt und überquerte den Flur in Richtung Badezimmer; nie zuvor war ihr aufgefallen, daß seine Schritte von denen seines Sohnes nicht zu unterscheiden waren. Er ging nicht anders als Andreas, schnell und leise, ob mit Schuhen oder barfuß. Er hatte getrunken, zwei, drei Bier, vielleicht mehr als das und anderes. Sicher hatte er zuviel getrunken, mehr, als sie in einer ganzen Woche vertragen hätte. Er stieß irgendwo an. Martha, die kaum je Alkohol trank, hatte keine Ahnung, welche Mengen nötig waren, damit die Reaktionen ihres Mannes sich veränderten. Daß es geschehen konnte, wußte sie. An diesem Abend war es geschehen. Eine unbestimmte Aggressivität ging von ihm aus. Ein Wort hätte genügt, um sie zu durchbrechen und zu besänftigen, aber Martha hatte es nicht gefunden (und nicht gesucht). Andererseits hätte ein Wort genügt, um sie zu entfesseln, aber auch dieses Wort fiel nicht. Sein Abgang hinterließ einen eindeutigen Geruch nach Alkohol und Zigaretten, der Kneipengeruch haftete an seinen Kleidern, an seinen Haaren und an seiner Haut. Wie verliefe ihr künftiges Leben, wenn sie von nun an allein lebte, wenn sie ihn verließe? Doch der

Gedanke war nicht ernst genug gemeint, um zu bestehen und weiterverfolgt zu werden. Dazu war keine Zeit. Dazu war auch nicht die richtige Zeit so kurz vor Weihnachten.

Sie legte ihr Buch auf den Nachttisch, streckte sich aus und zog die Decke bis über die Schultern. Sie war über Walters Erscheinen erschrocken, das war bestürzend genug. Sie brauchte Ruhe. Ihn brauchte sie nicht. Sie brauchte niemanden.

Sie löschte das Licht. Sie hörte ihn im Stehen pinkeln. Sie hörte den Strahl ins Becken klatschen. Wie immer benötigte er eine Menge Zeit für seine abendliche Toilette, zehn, fünfzehn Minuten mindestens. Wusch er sich die Geliebte ab? Sehnte er sich beim Anblick seiner Haut nach ihr, die diese Haut berührt hatte? Sie war raffiniert genug, kein Parfum zu benutzen, das seine Ehefrau bemerkt hätte. Sie war raffiniert, oder er war vorsichtig. Martha kannte seine Gewohnheiten (nein, nicht alle), aber nicht den genauen Ablauf seiner abendlichen Verrichtungen. Nicht genau. Gehörte es zu seinen Eigenheiten, deren Reihenfolge immer wieder zu ändern? Sie versuchte nicht hinzuhören. Die Geräusche, die über den Flur an ihr Ohr drangen, störten sie. Endlich zog er die Spülung. Sie hörte nicht mehr, wie er die Zähne putzte und gurgelte. Bevor das Geräusch der Spülung erstarb, schlief sie schon fest.

Sie wachte auf, als Walter ihre Bettdecke bereits nach unten gezogen hatte. Sie wußte nicht, wie spät es war, es gelang ihr nicht, nach der Uhrzeit zu sehen, doch sie hörte überdeutlich das Ticken des Weckers. Sie hatte schon geschlafen. Es war spät, und sie hatte kein Recht, sich zu wehren. Sie leistete keinerlei Widerstand, als er in sie eindrang. Er stöhnte. Sie blieb ganz ruhig. Er roch immer noch nach Bier und Zigaretten. Sie hatte kein Recht zu schreien, kein Recht, sich zu beschweren, also spielte sie die überraschte Ahnungslose. Sie gab einen Laut von sich, der Befriedigung ausdrücken sollte. Er dachte nicht an sie, er dachte an die andere, er war nicht bei ihr, er war bei der anderen. Sie tat, als wüßte sie das nicht. Das gab ihr für Augenblicke das Gefühl, ihm überlegen zu sein. Daß er getrunken hatte, war kein hinreichender Grund, sich ihm zu entziehen. Daß er eine Geliebte hatte? Beweise! Wenn sie schrie, würden die Kinder erschrecken, zu schreien war nicht ihre Art. Sie lernte ihn von einer neuen Seite kennen. War das nicht die beste Gelegenheit, ihn mit ihrem neuen Wissen vertraut zu machen, auch wenn sie keinen Beweis hatte? Hätte sie es ihm jetzt, als er ihr so nah war wie schon lange nicht mehr, nicht ins Ohr flüstern sollen, jetzt, wo er an die Geliebte dachte, mit der er sie betrog? Nein, sie schwieg. Sie machte sich erst von ihm los, als er schon eingeschlafen war. Im Schlaf kam die Unschuld zurück. Schlafend klammerte er sich in einer fast kindlichen Umarmung an Martha. Als ob er sie liebte oder als ob sie die Geliebte wäre.

Obwohl Walter vom Schlaf übermannt worden war, bevor er den Beischlaf hatte vollziehen können, genoß Martha im nachhinein eine Befriedigung, die ihr unbekannt war. Sie war so stark und eindrucksvoll, daß sie die Hand auf den Mund pressen mußte, um nicht zu schreien. Als es vorbei war, schämte sie sich. Sie würde nicht mehr daran denken. Auf der Zunge schmeckte sie Blut, aber sie wußte nicht, ob es ihr eigenes war.

17

Die Weihnachtseinkäufe waren erledigt, die Plätzchen gebacken, das Essen für die Feiertage war eingekauft, der Baum geschmückt, die Arztpraxis geschlossen. Man setzte sich unter den Baum und an den Tisch. Frau Giezendanner sang und begleitete sich selbst am Klavier. Herr Giezendanner war lange stumm, er wirkte in sich gekehrt, als beschäftigten ihn traurige Gedanken. Leo dachte an zu Hause. Er vermißte das Besondere, das sich hier nicht einstellen wollte; nicht nur das Klavierspiel seiner Mutter, das er im Ohr hatte, er dachte auch an seine Großmutter Olga, er erinnerte sich, wie es in ihrem Hexenhaus gerochen hatte, nach Äpfeln und Birnen, nach kaltem Brand und feuchten Wänden. Frau Giezendanners Klavierspiel brach unter ihrer zitternden Stimme ab, sie legte die Hände in den Schoß und sang noch eine Weile ohne Klavierbegleitung weiter. Niemand stimmte in ihre Lieder ein, Leo kannte die eine oder andere Melodie. Er war froh, nicht mitsingen zu müssen.

Seinen verhaltenen Widerstand ignorierend, den sie wahrscheinlich für taktvolle Zurückhaltung gehalten hatte, war Frau Giezendanner nicht davon abzubringen gewesen, Leo zu nötigen, mit ihnen zu feiern (»Sie müssen! Sie dürfen uns nicht im Stich lassen! Wir bestehen darauf!«). Da ihm keine überzeugende Ausrede eingefallen war, hatte er keine andere Wahl gehabt, als einzuwilligen. Also verbrachte er den Abend des 24. mit seinen Gastgebern, zwei Stunden, in deren Verlauf etwas Unvorhersehbares, aber vielleicht auch Unvermeidliches geschah, als nämlich zwischen den beiden, die sonst so ausgeglichen wirkten und nie ihre Ruhe und Haltung verloren, scheinbar aus dem Nichts, während des Essens – es gab Truthahnbraten mit Ananasstücken und Reis –, ein furchtbarer Streit entbrannte, der in ihren Herzen gewiß schon lange geschwelt, jedoch den Anlaß zum Ausbruch bis zu diesem Abend nicht gefunden hatte. Leo hatte das ungute Gefühl, *er* habe diesen Anlaß durch seine Gegenwart geliefert.

Da es die Streitenden nach kurzer Zeit nicht mehr für nötig hielten, hochdeutsch zu sprechen, sondern in ihren heimischen, Leo weitgehend unverständlichen Dialekt verfielen, konnte er ihrer Unterhaltung, die immer lauter wurde, nur noch teilweise folgen; verletzende Worte wurden gewechselt, daran gab es keinen Zweifel, böse, laute, angefangene, abgebrochene Wörter und Sätze. Es ging um Kinder, die sie nicht gehabt hatten, vielleicht nicht haben konnten, so viel verstand er, es ging um Schuld und Reue, viel mehr verstand er nicht. Deutlich konnte er außer dem Wort Kinder unter vielen unverständlichen Wörtern immer wieder das Wort Schuld heraushören, es ragte wie ein menschlicher Knochen aus abgeladenem Schutt hervor, und auch das Wort Bereuen wurde wiederholt. »Du bist schuld! Ich bereue das heute!« Herr Giezendanner beschuldigte seine Frau, und sie beschuldigte ihn. Wessen sie sich gegenseitig beschuldigten, begriff Leo nicht. Natürlich wurde er in das Gespräch nicht einbezogen, das bald kein Gespräch mehr war, sondern ein entsetzliches Geschrei. Sie bereute Dinge, er stand ihr nicht nach. »Kinder!« – »Ein Kind!« Leo saß dazwischen und rechnete jeden Augenblick damit, daß sie handgreiflich würden, daß Herr Giezendanner plötzlich aufstehen und mit dem Messer, mit dem seine Frau das Fleisch in dünne Scheiben geschnitten hatte, auf sie losgehen würde. Die Sauce hatte inzwischen auf dem Fleisch, das keiner anrührte, eine dünne Haut gebildet. Auch Leo hatte keinen Appetit mehr. Was hätte er darum gegeben, allein zu sein.

Sie blieben sitzen. Sie stritten sich im Sitzen, während die Kerzen am Weihnachtsbaum herunterbrannten und auf die Plastikunterlage und die Holzkrippe tropften und eine nach der anderen erlosch, manche rauchend, manche zischend, manche lautlos. Leo, der dem Baum gegenübersaß, sah sich nach einem Fluchtweg um. Den einzigen, den er entdecken konnte, war die Lautstärke der beiden, die ihm am ehesten einen unbemerkten Abgang ermöglichte. Er war längst verstummt, als sie sich immer noch stritten. Ihre Ausdauer war bemerkenswert. Sie hatten keine Nachbarn, auf die sie Rücksicht nehmen mußten, sie konnten so laut sein, wie es ihnen paßte. Frau Giezendanner kam gegen die Stimme ihres Ehemannes nicht an, Herr Giezendanner hatte mehr Kraft, seine Stimme verfügte über tiefere Frequenzen. Ihre Stimme wurde schärfer. Er schlug mit der Serviette immer wieder auf den Tisch, mal auf, mal neben den Teller, als wollte er Fliegen totschlagen. Leos Gegenwart störte sie nicht, sie verhielten sich so, als wäre er Luft oder als brauchten sie einen Zeugen, der schweigen konnte, eine Wand wie im Theater, in dem an diesem Abend nur ein einziger Zuschauer saß. Der stille Beobachter war ihnen nicht peinlich. Sie blieben sitzen, obwohl sie hätten aufstehen können. Es wäre besser gewesen, sie hätten sich von ihren Stühlen erhoben, eine solche Veränderung hätte sie vielleicht beruhigt. Aber sie blieben sitzen. Den Streit zu schlichten war unmöglich, dazu fehlte es Leo nicht nur an der nötigen Sprachkenntnis, sondern auch an Geschick. Er hatte keine Erfahrung mit streitenden Erwachsenen. Sein Zusammenleben mit Erwachsenen hatte sich bislang auf das Leben im Elternhaus beschränkt, in dem er stets ein Kind gewesen war, auch nachdem er das Haus verlassen hatte. Die Eltern hatten sich nie in seiner Gegenwart gestritten, und er fragte sich, ob sie sich überhaupt jemals gestritten hatten. Hatte nicht Traurigkeit den Streit ersetzt, im Keim erstickt? Leo wußte sich nicht zu helfen. Er wollte weg, er hatte keinen anderen Gedanken. Er wollte den Giezendanners ersparen, in seiner Gegenwart zur Besinnung zu kommen und sich dann schämen zu müssen.

In diesen sich quälend hinziehenden Minuten fühlte er sich hilflos wie ein Kind. Hätte er etwas anderes empfunden – Überheblichkeit, Verachtung, Widerwillen –, wäre es ihm allerdings kaum möglich gewesen zu tun, was ein Erwachsener in dieser Situation wahrscheinlich nicht getan hätte: Er stand plötzlich auf und durchquerte wortlos das Eßzimmer, etwas benommen zwar, vielleicht vom Wein, den er getrunken hatte und nicht gewöhnt war, zugleich aber unbekümmert um die möglichen Folgen seines Verhaltens. Er ließ das Geschenk, das er erhalten hatte, dort liegen, wo es lag, unter dem Weihnachtsbaum, neben der Krippe, ein Weltatlas, und verließ das Zimmer. Erst da bemerkte er, daß sie verstummt waren, daß jetzt nicht der Lärm, sondern dessen Abwesenheit den Raum erfüllte. Sein Weggang war also nicht unbemerkt geblieben, er hatte Wirkung gezeigt. Dennoch versuchte keiner der beiden, ihn zurückzuhalten, Frau Giezendanner folgte ihm nicht auf den Flur, Herr Giezendanner lief ihm nicht hinterher, niemand rief, er solle bleiben, es sei doch Weihnachten, wie gelähmt saßen sie nun auf ihren Stühlen, und vielleicht wurde ihnen erst jetzt bewußt, wie sehr sie sich vor ihrem jungen Gast hatten gehenlassen, was so gar nicht zu ihnen paßte, sie hatten ihr Gesicht verloren.

Leo trat ins Freie, nachdem er in den Parka geschlüpft war, den er kurz vor den Feiertagen durch Vermittlung der Flüchtlingsorganisation erhalten hatte, ein fast neuer, gefütterter Parka, der die Wärme des Hausflurs gespeichert hatte und ihn sofort damit umfing, eine Wärme, die ihn nach draußen begleitete, wo es sehr kalt war, weshalb er zu laufen begann, was sich als Wohltat erwies. Es schneite. Die vom Schnee erzeugte Helligkeit glitzerte besonders kräftig unter den Straßenlaternen, in deren Licht der Schnee wie Messerklingen blitzte. Unter der ersten Laterne blieb Leo stehen und zündete sich eine Zigarette an; er rauchte nicht oft. Er sah an sich hinunter. Der Schnee reichte ihm bis zu den Knöcheln. Er begann zu gehen, und obwohl die Halbschuhe der Jahreszeit nicht angemessen waren, schob und kickte er den zuckerigen Schnee immer wieder vor sich her und freute sich und ließ sich nicht dadurch beirren, daß seine Strümpfe feucht wurden und bald völlig durchnäßt waren. Er hatte kein Ziel, er lief drauflos, von einer Laterne zur anderen, sah hoch ins Licht, in dem die Flocken nach allen Richtungen wirbelten, und lief weiter, ohne stehenzubleiben, die weiße Decke, auf der er ging, machte ihn leicht und leise. Seitdem er die Haustür der Giezendanners hinter sich ins Schloß gezogen hatte, fühlte er sich beschwingt. Es brauchte ihnen nicht peinlich zu sein, sie mußten sich für ihr Verhalten nicht schämen, es war ihm gleichgültig, worüber sie sich gestritten hatten, es war nicht seine Angelegenheit. Er hoffte nur, sie würden sich nicht entschuldigen. Er würde nicht ewig bei ihnen bleiben, noch ein paar Monate, ein halbes Jahr, und dann würde er sich nach etwas anderem umsehen; dann wäre alles Vergangenheit. Auch der Traum, den er immer wieder träumte, von dem Flugzeug, in dem er saß, das über der großen amerikanischen Stadt kreiste, die noch immer keinen Namen hatte, deren Wolkenkratzer aber mit jedem Traum näherrückten, bis sie eines Nachts so nahe wären, daß er die ersten Menschen hinter den Scheiben der obersten Stockwerke erkennen könnte, auch dieser Traum würde vergehen. Noch aber träumte er ihn fast jede Nacht, mal länger, mal kürzer, und immer wenn er aufwachte, fühlte er sich belebt, *guter Dinge,* wie man hier sagte. Die Perspektive verschob sich jeweils nur leicht, er saß immer am Fenster, die Stadt war immer da, der Himmel immer wolkenlos blau. Um sie nicht zu enttäuschen, verschwieg er Martha, daß er inzwischen Englisch lernte, es erschien ihm einfacher als Deutsch, es fiel ihm leichter.

18

Marthas Vater und Walter saßen einander genau gegenüber, jeder an einem Ende des Tisches, weit genug voneinander entfernt, um dem Schweigen, das zwischen ihnen stand, eine räumliche Plausibilität zu verleihen; Martha saß neben Barbara an der Längsseite, den Rücken zur Küche, die sie naturgemäß immer wieder aufsuchen mußte, denn es war Heiligabend, und wie in jedem Jahr hatte sie sich in ihrer Rolle als Hausfrau einiges vorgenommen, was sich hauptsächlich in der Küche abspielte. Es war ihre Aufgabe, das Fest zu gestalten, und niemand machte sie ihr streitig. Sie tat es gern und mit Umsicht, wenngleich weniger unauffällig, als Walter es sich vielleicht wünschte. Alle sollten es gut haben, auf sich selbst nahm sie keine Rücksicht.

Es gab, wie in den Jahren zuvor, vier Gänge, das Weihnachtsmenü: eine Suppe (diesmal eine Tomatensuppe), eine Vorspeise (diesmal Königinpastete), eine Hauptspeise und ein Dessert, auf das Martha die meiste Zeit verwendet hatte. Doch die Vorbereitungen waren längst abgeschlossen, nun ging es nur noch darum, beim Auftragen nichts zu vergessen. Die Bescherung war bereits erfolgt, die Kerzen waren ausgeblasen, die leichten, bunten Kugeln bewegten sich bei jedem Luftzug, Suppe und Vorspeise waren gegessen. Das einzige Licht, das unter dem Baum noch brannte, rührte von einer Taschenlampe her, die hinter dem Stern von Bethlehem befestigt war und diesen zu durchglühen schien. Dieses Licht würde so lange brennen, bis die Batterie leer war. Es war Walters Aufgabe, sich um die praktische Seite von Weihnachten zu kümmern, um dieses Licht zum Beispiel, um den Aufbau und die Befestigung des Weihnachtsbaums, um die Kerzen, um die Aufstellung der Krippenfiguren auf dem ausgelegten künstlichen Moos, um die Reihenfolge der abgespielten Schallplatten, die richtige Lautstärke der Hi-Fi-Anlage und die Sauberkeit der Grammophonnadel und den Wein. Als er noch sprach, war ihr Vater ein Weinkenner gewesen, dem man nichts vormachen konnte, heute trank er den Wein wie Limonade. Er setzte das Glas an die Lippen und trank es in einem Zug aus. An Weihnachten trank auch Martha ein wenig von allem, einen kleinen Aperitif, ein Glas Weißwein, ein halbes Glas Rotwein (mehr hätte ihr Kopfschmerzen verursacht). Zwei Flaschen wurden geöffnet, eine Flasche Weißwein, eine Flasche Rotwein. Martha war schon nach zwei Schlucken verändert.

Andreas saß an der anderen Längsseite des Tischs und blickte, wenn er geradeaus sah, zwischen Mutter und Schwester hindurch zum Fenster, vor dem die Gardine zugezogen war. Martha war mit sich und ihrer Familie zufrieden. Der Weihnachtsabend verlief fast genauso wie in den vergangenen Jahren. Martha hatte viel zu tun, fühlte sich aber nicht überfordert, sondern beflügelt, was nicht zuletzt am Alkohol liegen mochte. Seit dem Abend, als Walter sie im Schlaf überrascht hatte, fühlte sie sich etwas freier. Genau das war nötig gewesen, um die Sache zum Abschluß zu bringen. Barbara hatte einige Blockflötenstücke dargeboten, allerdings nicht auswendig, wie sie es vorgehabt hatte. Martha bedauerte, daß sie nicht besonders musikalisch war. Andreas hielt die Gabel senkrecht in der linken Faust und wurde von seinem Vater mit einem Blick zurechtgewiesen; ohne Widerrede legte er das Besteck neben den Teller, so wie es sich gehörte. Es war, als brauchte er gar nicht zu antworten, es genügte zu tun, was man von ihm erwartete. Nur beim Blockflötenspiel seiner Schwester hatte er die Augen verdreht. Außer seiner Mutter hatte es niemand gesehen.

Martha stand immer wieder auf und verschwand in der Küche. Da die Durchreiche offenstand, entging ihr nicht, daß die Unterhaltung in ihrer Abwesenheit schnell erstarb und Walter sich darüber ebenso ärgerte wie darüber, daß sie nicht sitzen bleiben konnte. Aber ohne sie ging es nicht weiter, ohne sie würden sie im Restaurant essen oder hungern müssen. Tatsächlich wußte sie, daß sie den Eindruck erweckte, sie flöhe davor, im Kreis der Familie stillsitzen zu müssen. Daß ihr Vater stumm und ohne aufzublicken, die Hand um das Weinglas geklammert, vor seinem Teller saß, den er in geradezu beängstigender Hast leergegessen hatte, machte die Situation nicht erträglicher, da die anderen nicht wußten, ob sie ihn in ihre stockenden Gespräche einbeziehen sollten oder nicht. Martha aber konnte auf diese nur eben wahrnehmbaren Unstimmigkeiten keine Rücksicht nehmen, wenn das Essen seine Fortsetzung finden sollte. Sie mußte aufstehen, mußte in die Küche gehen, es durfte nichts anbrennen, nichts roh bleiben und nichts verkochen, sie hatte sich vorgenommen, ein untadeliges Mahl zu bereiten, eines von denen, die man sonst nur im Restaurant vorgesetzt bekam, eines, das man nicht so schnell vergaß (natürlich würden sie es schnell vergessen). Das in Blätterteig gehüllte Rinderfilet garte im Backofen. Es sollte im Kern noch rosa sein. Das Dosengemüse lag abgespült im Abtropfsieb (aus dem aufgelösten Haushalt ihrer Eltern). Der Reis köchelte leise vor sich hin. Es roch nach Butter und Jägersauce, nach Pilzen, frischer Petersilie und Marthas Parfum, das Walter ihr auch dieses Jahr geschenkt hatte.

Barbara war offensichtlich die einzige, die sich durch die angespannte Atmosphäre nicht beirren ließ, sie war zu sehr mit ihren eigenen Gedanken beschäftigt, um sich um die der anderen zu kümmern. Wenn jemand ganz unbefangen und ausführlich vor sich hinplapperte, dann sie, sie redete ausschließlich über ihre Geschenke und die der anderen, ihr ging das Essen zu langsam voran, sie wollte mit ihren Sachen spielen, traute sich aber nicht aufzustehen.

Andreas stand auf, um seiner Mutter behilflich zu sein.

Außer Atem zündete sich Leo eine weitere Zigarette an. Seine Füße waren ganz naß, und seine vollgesogenen, für die Jahreszeit völlig ungeeigneten Schuhe schienen ihr Gewicht verdoppelt zu haben. Sie hingen wie Klumpen an seinen Füßen und erschwerten das Gehen. Doch obwohl er fror, wollte er nicht umkehren. Nichts konnte ihn daran hindern weiterzugehen. Als er auf die Uhr sah, stellte er fest, daß er das Haus der Giezendanners bereits vor einer Stunde verlassen hatte; es war jetzt kurz nach zehn, und er näherte sich dem Haus der Dubachs. Ohne Absicht hatte er ein Ziel gewählt, das er kannte. Nur noch ein paar Straßen trennten ihn von diesem Ziel. Er war nur wenigen Passanten begegnet, ihre Gesichter, verhüllt und vermummt, waren kaum zu erkennen gewesen. Sie grüßten und gingen weiter, und er grüßte auch. Niemand kannte seine Geschichte, niemand machte sich Gedanken über seine Herkunft.

Wenn Olga Schokoladenmasse in die Blechförmchen goß, die sie zum Auskühlen auf dem vereisten

Boden im Hof auslegte, wurden dunkle Gestalten geboren, Hasen, Schmetterlinge, Sterne, Bärentatzen und winzige Menschlein, die später, in Silberpapier gehüllt, an den Weihnachtsbaum gehängt wurden und dort bis zum 6. Januar ein stilles, gelegentlich von Lichtblitzen erhelltes Leben führten, jedenfalls so lange, bis sie zwischen den Zähnen der Kinder verschwanden, die sich danach verzehrten, die bittersüße Mischung auf ihren Zungen zergehen zu lassen, was ihnen aber nur dann erlaubt wurde, wenn sie sich nützlich gemacht hatten. Es war ein Geschmack, den Leo nicht vergessen hatte und von dem er ahnte, daß er ihn so lange nicht mehr schmecken würde, wie die Welt zweigeteilt war.

Olga begann mit den Weihnachtsvorbereitungen schon viele Wochen vor dem Fest, spätestens aber am 11. November. Wenn an diesem Tag der heilige Martin auf einem weißen Pferd geritten kam, wenn also Schnee gefallen war, würden auch alle anderen Wünsche in Erfüllung gehen, das jedenfalls behauptete Olga und erzählte es ihren Kindern und später auch ihren Enkeln Josef und Leo. Alle waren glücklich, wenn es im November schon schneite, selbst die Hühner, das jedenfalls behauptete Olga. Nur einmal hatte sich ein junger Hahn so sehr erschreckt, daß er bei der ersten Berührung mit dem unbekannten kalten Element entsetzt auf einen Baum geflüchtet war, wo er verängstigt auf einem Ast stand und sich durch nichts dazu bewegen ließ, auf den weißen Boden zurückzukehren. Als es zu dämmern begann und man befürchten mußte, er könnte draußen erfrieren oder, was wahrscheinlicher war, vom Fuchs geholt werden, kletterte Josef kurzentschlossen auf den Baum, griff nach dem Hahn und stieß ihn hinunter. Am nächsten Tag stolzierte er im Schnee herum, als wäre er nichts anderes gewohnt.

Kurz vor Heiligabend nahm Olga die Axt von der Wand und ging damit in den Wald, um eine kleine Weißtanne für die Wohnstube zu schlagen. Auch als Leo längst nicht mehr ans Christkind glaubte, wurden die Fenster immer noch mit Wolldecken abgedichtet, damit es bei seinen Vorbereitungen nicht gestört würde. Leos Mutter stand schon Wochen vor dem Fest um Eßwaren an, die zu bekommen mit jedem sozialistischen Jahr, das ins Land ging, schwerer wurde. Besonders lang waren die Schlangen da, wo man hoffen durfte, mehr als die Wahl leerer Worte und Versprechungen zu haben, also tatsächlich Orangeat, getrocknete Feigen, Kokosmehl, Kakaopulver, Rosinen, Nüsse und Mandeln zu bekommen, jene Zutaten, die nötig waren, um dem Weihnachtsgebäck den besonderen Geschmack zu geben, den es schon gehabt hatte, als noch niemand behauptete, alle Menschen seien gleich, und als noch jeder die Möglichkeit hatte, bestimmte Jahrestage nicht nur vornehmlich daran zu erkennen, daß der Mangel noch stärker zutage trat als sonst.

Der Karpfen, der am Weihnachtsabend auch in Leos Familie gegessen wurde, stammte aus einheimischen Teichen, wo er zu diesem Zweck schon seit undenklichen Zeiten gezüchtet und geangelt wurde, eine Tradition, der selbst die Errungenschaften der neuen Ordnung nichts hatten anhaben können. Wenn es soweit war, besorgte man sich entweder auf dem Markt oder direkt beim Züchter einen lebenden Fisch, den man entweder in einem Bottich oder in der Badewanne aufbewahrte, bis er am 24. Dezember getötet und ausgenommen wurde; paniert und gebakken, gelangte er am Abend auf den Tisch, dazu gab es Kartoffelsalat, zuvor noch eine dunkle Sauce aus gedörrten Zwetschgen und zerstoßenen Walnüssen und danach Fischsuppe. Und es gab noch weitere Bräuche, an deren Einhaltung Leos Großmutter zumindest dann festhielt, wenn ihre Enkel sie besuchten.

Schon lange hatte Leo ihre Nähe nicht mehr so deutlich gespürt wie jetzt, als er ohne Eile auf Marthas Haus zuging, kaum je in den letzten Jahren hatte er sich ihr so verbunden gefühlt wie in diesem Augenblick, sie fehlte ihm wie selten zuvor, und dies um so mehr, als er davon überzeugt war, daß er sie nie wiedersehen würde. Sie würde ihr Häuschen um nichts in der Welt verlassen, und ob es ihm zu ihren Lebzeiten vergönnt sein würde, in die Heimat zurückzukehren, war äußerst unwahrscheinlich. Zum Weihnachtszopf und zum Gebäck tranken die Erwachsenen Rum und wurden lustiger oder trauriger als üblich, manche begannen Lieder zu singen, die zu Weihnachten nicht paßten, aber niemand wies sie zurecht. Aufgeknackte Nüsse dienten als Orakel. Wie die hirnförmigen Früchte in ihrem Inneren mußte man sich die Zukunft des Neugierigen vorstellen. Je nachdem, ob der Inhalt der Nüsse schimmelig, verschrumpelt oder schwarz war, deutete man die

Aussichten dessen, der sie geöffnet hatte. Wer im Kern halbierter Äpfel ein Sternchen entdeckte, würde sich auch weiterhin guter Gesundheit erfreuen, wer auf ein Kreuzchen stieß, mußte damit rechnen, das kommende Jahr nicht zu überleben. Olga haßte daß Spiel, weil sie es fürchtete, weil sie die Wahrheit fürchtete, wie sie behauptete, und dennoch hatte sie es gespielt, stets voller Furcht vor der Wirkung des Aberglaubens. Das jedenfalls machte sie den Kindern weis, das war es, was sie sie mit soviel Überzeugung glauben machen wollte. Die Kinder amüsierten sich köstlich auch beim scheinbar unverfänglichen Bleigießen, und jetzt dachte Leo an seine Mutter, die vor einem Jahr in jener Form, die sich gebildet hatte, als sie das flüssige Blei ins Wasser geworfen hatte, ein Schiff erkannte. »Ein Schiff!« hatte sie ausgerufen, und ihre Stimme hatte zwischen Zuversicht und Bangigkeit geschwankt, bis letztere sie zum Schweigen brachte. »Oh je, ein Schiff, ein Schiff ...?«, das einen ihrer Söhne übers Meer befördern würde, nichts anderes konnte sie darin erkennen, und ängstlich hatte sie ihre beiden Söhne angesehen und in deren Augen zu ergründen versucht, was sie ihr wohl verheimlichten.

Punkt Mitternacht war Olga aus dem Haus getreten und hatte der Finsternis den Anteil übergeben, der den Tieren zustand, die ihr unheimlich waren, denn in der Weihnachtsnacht besaßen sie die Fähigkeit zu sprechen; sie wollte sie nicht sprechen hören. Den wilden Tieren hatte sie Essensreste überbracht, unter die Bäume hatte sie Knochen gelegt, zu welchem

Zweck, war Leo nicht bekannt, wahrscheinlich, damit sie wuchsen und weiter üppig Früchte trugen.

Noch ein paar Schritte, und Marthas Haus tauchte vor Leo auf. Es war heller erleuchtet als die anderen Häuser der Gegend, im Erdgeschoß brannte in allen Fenstern, die zur Straße gingen, Licht, die Haustür stand offen, der Strahl der Außenbeleuchtung fiel auf den Schnee, Stimmen waren zu hören, Menschen waren zu sehen, hinter dem Schneeschleier zunächst jedoch nur schemenhaft. Es herrschte Aufbruchstimmung. Der Weg vor der Garage war freigeschaufelt, Dubachs Wagen stand mit angelassenem Motor abfahrbereit halb auf dem Weg, halb auf der Straße, Walter Dubach tauchte hinter dem Wagen auf, umrundete ihn und stieg ein, und nun konnte Leo Martha und ihren Sohn erkennen, die sich von einem älteren Mann verabschiedeten, dem Martha einen Filzhut aufdrückte. Zum Abschied umarmte sie ihn. Sowenig Leo von den daheim gebräuchlichen Sitten erzählt hatte, so wenig wußte er über die weihnächtlichen Gepflogenheiten in Marthas Haus, aber er glaubte zu wissen, wer der alte Mann war, Martha hatte ihm von ihrem stummen Vater erzählt und Leo dadurch angeregt, von seinem Vater zu erzählen, der zwei Jahre zuvor gestorben war, ob aus Kummer oder an einer Todesart, die sich durch eine Krankheit besser erklären ließ, wußte er bis heute nicht, es spielte ja auch keine Rolle mehr. Offensichtlich hatte Marthas Vater Heiligabend in Gesellschaft seiner Tochter, ihres Ehemannes und ihrer Kinder verbracht und wurde nun, trotz Glatteis und schlechter Sicht, zurück ins Heim gebracht.

Was Leo veranlaßt hatte, an diesem Abend hierherzukommen, wußte er nicht, was ihn davon abhielt, umzukehren und nach Hause zu gehen, wurde ihm in dem Moment bewußt, als Martha, seine Lehrerin, den rechten Arm hob und ihrem Vater zuwinkte, der sie nicht sehen konnte, denn er hatte ihr und dem Haus, vor dem sie stand, bereits den Rücken zugedreht. Begleitet von ihrem Sohn, ging Marthas Vater, der recht jugendlich wirkte, zielstrebig auf Walters Auto zu; er ignorierte den Schnee, aber auch den Umstand, daß der Boden darunter glatt sein konnte. Andreas folgte ihm, hielt die Beifahrertür auf und wäre ihm sicher beim Einsteigen behilflich gewesen, hätte der alte Mann auch nur andeutungsweise um Hilfe gebeten. Er tat es nicht. Er stieg ein und schloß eigenhändig die Tür, noch bevor sein Enkel es tun konnte. Dubach wartete indessen hinter dem Steuer, doch da die Scheiben beschlagen waren und die Scheibenwischer unaufhörlich, wenn auch ohne sichtbaren Erfolg darüberglitten, konnte Leo dessen Gesicht erst erkennen, als er kurz vor der Abfahrt mit dem Handrücken mehrmals ungeduldig über die Scheibe fuhr; es war das erstemal, daß Leo zumindest einen flüchtigen Eindruck von ihm erhielt, sein Gesicht hatte nichts Einprägsames, aber das lag vielleicht an den schlechten Sichtverhältnissen. Was er sah, vergaß er gleich wieder, es war nur wenig mehr als eine kurze Nase, aufgerissene Augen und fahles Haar. Vor der Nacht wich jede Farbe zurück. Die Scheinwerfer leuchteten auf, die Hinterräder drehten kurz durch, dann rollte der Wagen davon und wurde schnell leiser, der Schnee dämpfte auch dieses Geräusch, bevor er es vollständig schluckte.

In Marthas flüchtiger Bewegung, von der Leos Gedanken sich nicht lösen konnten, in diesem etwas abwesenden, zögernden Winken, lag eine versteckte Bitte, die Leo deshalb so stark berührte, weil sie an jeden gerichtet schien, der sich in diesem Augenblick in ihrer Nähe befand, egal ob er sich näherte (wie Andreas, der jetzt im Haus verschwand, ohne sich noch einmal an seine Mutter, die er fast streifte, gewandt zu haben) oder sich entfernte (wie die beiden Insassen im Auto) oder wie er, Leo, ihr Schüler, den sie nicht sehen konnte, weil er jetzt nicht ihr Schüler war.

Ihr Schüler nicht. Nicht ihr Schüler. Seine Lippen formten die Worte: Ich bin jetzt nicht ihr Schüler. Und weiter: Ich bin Leo, ein anderer, und er schüttelte den Kopf und lachte. Sie mußte ihn hören, gleich würde sie ihn hören. Niemand schien gewillt, auf Marthas stumme Bitte einzugehen; sie zu übersehen, war Mißachtung. Ihm schien ihr Winken eine Frage zu beinhalten, die außer ihm niemand beantworten konnte. Sie war an ihn gerichtet gewesen, nicht an ihren Vater. Deshalb blieb Leo stehen.

Aber nicht nur Fürsorge, sondern auch unverhohlene Bitterkeit hatte Marthas Geste ausgedrückt, dieses zarte Winken, das noch eine Weile flirrend auf Leos Netzhaut hängenblieb, um dann einer ganz anderen Ansicht Platz zu machen, die sie schließlich zum Verschwinden brachte. Was er sah: Daß Martha schön war. Sie war klein und schön. Sie war zerbrechlich und mutig. Ihr Mut drohte zu schwinden. Ihre Zerbrechlichkeit trat hinter den Mut zurück und dann wieder hervor, ein steter Wechsel wie jener der beiden Figuren, die aus dem Wetterhäuschen traten, das im Flur der Giezendanners hing, ein Mann in Lederhosen und eine Frau im Dirndl. Ihr Mut war immer da und ständig bedroht. Sie kannte das Gefühl der Bedrohung, ohne zu wissen, woher sie kam, wer sie bedrohte, warum. Niemand schützte sie, niemand war da, der sie vor dem bewahrte, was sie fürchtete, niemand konnte ihre Furcht erkennen außer ihm. Ihr Mann schon gar nicht. Ihr Sohn und ihre Tochter brauchten selbst Schutz und Geborgenheit. Martha war also allein. Er war allein. Die Hoffnung, in den Genuß ihrer Fürsorge zu gelangen, in ihre verborgenen Ängste eingeweiht zu werden, jemals in sie einzudringen, um sie gleich einer Schlupfwespe von innen heraus zu zerstören, war vermutlich aussichtslos, doch sein Verlangen danach war so ungestüm, so unbändig, daß er, kaum war das Auto verschwunden, kaum trennte ihn nichts mehr von Martha außer ein paar Schritten im Schnee, vorwärtsstürmte, auf Marthas Haus zu, auf das Licht zu, das gleich auf ihn fallen und ihn verraten würde, weg von sich, auf Martha zu. Wenn sie sich jetzt berührten, war keiner mehr allein.

Martha erschrak, als sein Schatten auf sie zutrat, sie schrie auf, aber nicht laut, und beruhigte sich wieder, als sie erkannte, daß es kein Fremder war. War es das, was Olga zugleich gefürchtet und herausgefordert hatte, wenn sie an Heiligabend in die Dunkelheit hinaustrat, einen Fremden, den man kannte, einen Unbekannten, der einem fremd war? Die Freude, die sich auf Marthas Gesicht abzeichnete, löschte ihre Überraschung aus. War es vorhin die Bewegung des Winkens gewesen, die ihn so angerührt hatte, war es jetzt die Tatsache, daß sie ihre Arme öffnete. Das war mehr als eine Begrüßung. Sie breitete die Arme für ihn aus. Was gerade noch Bitterkeit ausgedrückt hatte, bedeutete jetzt ungetrübte Freude, Wiedersehensfreude. Es schien ihm, daß ihre Augen gerötet waren. Er nahm ihre beiden Hände und hielt sie so fest, daß es beinahe weh tat.

Kurz nach seiner Schwester verschwand auch Andreas in sein Zimmer, er wollte schlafen, während Barbara vermutlich noch eine Weile aufbleiben würde, um sich ihren Geschenken zu widmen, einem Buch über Wunderkinder, einer Schallplatte von Esther und Abi Ofarim, Eintrittskarten für diverse Anlässe, einem Paar Stiefel und zwei, drei Kleinigkeiten, an die sich Andreas nicht erinnerte.

Als er aber in seinem Zimmer ans Fenster trat, um den Rolladen herunterzulassen, und die beiden Gestalten vor dem Haus erblickte, erwachte er aus seiner Lethargie. Er schlug sie weg wie ein lästiges Insekt. Noch bevor er verstand, was unten vorging, wußte er, daß es heimlich geschah und keinen Zuschauer duldete. Wieder einmal wurde er zum unfreiwilligen Zeugen.

Noch bevor geschah, was geschehen mußte, sah Andreas es kommen, gleich würde er in etwas eingeweiht werden, was niemand außer denen wissen durfte, die es betraf, seine Mutter und ihr Schüler, ein Geheimnis zwischen beiden, das die anderen natürlich ausschloß. Andreas' Erregung wuchs. Er sah es voraus, noch bevor es geschah. Was kommen würde, kündigte sich durch ihre schnellen, fahrigen Gesten und durch etwas an, wofür es keine Worte gab. Es ging auch alles zu schnell, als daß er nach Worten hätte suchen können. Seine Mutter breitete die Arme aus. Was sagte sie? Er hatte seine Tarnkappe übergestülpt, er konnte sie beinahe fühlen. Er blieb zwar unsichtbar, aber er konnte nicht hören, worüber sich die beiden unterhielten. Er trat so nah an die Fensterscheibe, daß seine Nase das Glas berührte. Das glatte, dünne Material fühlte sich kalt und abweisend an. Leise entriegelte er das Fenster und stieß es auf. Ein schneidender Strahl frostiger Luft, vermischt mit mikroskopisch feinen Eiskristallen, fuhr ihm ins Gesicht. Er hatte freie Sicht auf beide Gestalten.

Andreas war im entscheidenden Augenblick ans Fenster getreten. Er hatte sofort gewußt, wer sich da unten seiner Mutter näherte, er hatte Leo noch vor ihr erkannt, er hatte bemerkt, wie sie erschrak und sich beruhigte; sie hatte wohl nicht mit Leo gerechnet.

Nun sah Andreas, wie sie ihren Schüler nach einem kaum wahrnehmbaren Innehalten umarmte. Was der Umarmung vorausging, war kein wirkliches Zögern, eher sah es aus, als würde ein Seil in ihrem Inneren gestrafft. Zweifellos hatte Leo den richtigen Augenblick abgewartet, um sich mit der Frau zu treffen, die ihn liebte, der er mehr bedeutete als ihre

Kinder und ihr Mann. Wer außer ihr konnte ihn unterrichtet haben, um wieviel Uhr er kommen mußte, heute, an Heiligabend? Was für eine Entdeckung, was für eine sonderbare Geschichte, aber nun schien alles zusammenzupassen, gerade entdeckte Andreas neue Teile des Spiels, das die Erwachsenen hinter dem Rücken ihrer Kinder spielten, jeder für sich, denn sicher wußte keiner, was der andere tat, wie er lebte, wenn er nicht beobachtet wurde. Walter, sein Vater, hatte eine Geliebte, Martha, seine Mutter, hatte einen Geliebten. Was hieß denn das? Wie hätte Barbara reagiert? Sie ahnte nichts von dem, was hier geschah.

Was er sah, hätte er seiner Mutter nie zugetraut, aber es erschreckte ihn nicht. Was man ihm zur Beobachtung bot, erfüllte ihn mit Neid. Die nagende Versuchung, in böser Absicht zu stören, kam auf, ließ sich aber unterdrücken. Es dauerte nur einige Sekunden, bis er sich nicht mehr ausmalen mußte, was geschehen würde, wenn er jetzt laut nach unten gerufen hätte. Nun interessierte ihn nur die Fortsetzung dessen, was gerade begonnen hatte. Fürchteten sie, von den Nachbarn gesehen zu werden? Was er gesehen und gehört hatte, was er sah und hörte, würde er niemandem, nur seinem Tagebuch anvertrauen.

Doch die Worte, die zu ihm heraufdrangen, blieben durchweg unverständlich. Es gab nichts als das Gesehene, was er auf diesen Seiten festhalten konnte, seine Mutter und Leo, Lehrerin und Schüler, beide vor dem Haus, im Hintergrund Schneegestöber. Sie waren einander schon sehr nahe gekommen. Sie sahen einander in die Augen, das jedenfalls nahm Andreas an. So sah es von oben aus. Was würde er schreiben, wie würde er das beschreiben, seine Mutter, eine vierunddreißigjährige Frau mit ihrem jugendlichen Liebhaber (dessen Alter Andreas nur schätzen konnte: zweiundzwanzig, dreiundzwanzig?). Sie stehen einander gegenüber. Sie hat die Arme ausgebreitet, sie läßt sie langsam sinken, sie streckt die rechte Hand aus, jetzt ist der Bann gebrochen, sie wird ihn gleich berühren, sie kann nicht anders, sie muß. Sie streckt die rechte Hand aus und fährt ihm über die Stirn, sie streicht ihm eine nasse Haarsträhne aus dem Gesicht. Ihr Schüler ist nicht mehr ihr Schüler. Sie berührt ihn so liebevoll, wie sie es früher bei Andreas getan hat, wie Andreas es sich längst nicht mehr gefallen lassen würde. Hier hat sie jemanden, für den sie sorgen und den sie lieben kann und der zurückgibt, was ihr fehlt. Was Walter Dubach ihr nicht mehr gibt.

Leo legte seine Arme um Marthas Schultern, seine Bewegungen waren schnell, sie ließen ihr keine Zeit zur Abwehr. Leo beugte sich über Martha und legte seinen Kopf auf ihre Schulter, *cheek to cheek*. Empfand Andreas Neid oder Stolz, war er gelassen, oder versuchte er sich nur zu beherrschen? Was er in diesem Augenblick hörte, waren Laute, keine Worte, und wenn er ein Wort zu verstehen glaubte, wurde kein Satz daraus, es ergab keinerlei Sinn. Und so wirksam war seine Tarnkappe nicht, daß er sich hätte hinauslehnen dürfen, um besser zu hören.

19

Die Tage zwischen Weihnachten und Neujahr vergingen wie Wochen, die Stunden wie Tage, und in keiner der qualvoll gedehnten Minuten fühlte Martha sich frei genug, Leo und die winterliche Nacht zu vergessen, in der er sie umarmt und geküßt hatte, als wäre sie nicht sie selbst. Er hatte sie umarmt und geküßt, auf die Stirn, auf die Wangen, auf die Lippen, sogar auf die Ohren, und er hatte so eindringlich auf sie eingeredet, daß die Wörter nun wie Widerhaken an ihr hafteten, an ihrem Körper und in ihrem Kopf, eigentlich waren es nicht Wörter, sondern jene Vokale und Konsonanten, mit denen sie gebildet worden waren, denn die meisten dieser Wörter hatte sie doch gar nicht verstanden. Über seinen Zärtlichkeiten, die nicht ohne Heftigkeit gewesen waren, war ihm die neue Sprache, ihre Sprache, zum größten Teil entfallen, und so hatte er sich der alten, seiner eigenen Sprache bedient, um auszudrücken, was ihm auf dem Herzen lag, und sie hatte es nicht für angebracht gehalten, ihn zu belehren, nicht in dieser Situation.

Sie fragte sich im nachhinein, ob sie selbst überhaupt gesprochen hatte, sie erinnerte sich nicht. Sie hatte, was geschah, mit dem Wohlbehagen einer Katze über sich ergehen lassen, die nach langer Abwesenheit von ihrem Herrn gestreichelt wird, ein Gefühl, das ihr neu war, und so durchlebte sie es auch weiterhin, immer wieder, tagsüber und nachts, durchlebte es, obwohl Leo nicht da war, und spürte immer noch und immer wieder, wie er sie berührte und mit ihr sprach. Hatte sie das erwartet? Unfähig, sich auf das zu konzentrieren, was sonst Zerstreuung brachte, ein Buch – Walter und die Kinder hatten ihr auch dieses Jahr Lektüre für mehrere Wochen geschenkt (Siegfried Lenz' *Deutschstunde*, Alexander Solschenizyns *Ersten Kreis der Hölle*, Elsa Morantes *Lüge und Zauberei*) –, richtete sie ihr Augenmerk noch konsequenter als üblich und nötig auf den Haushalt. Sie suchte Arbeit, wo sie nur konnte, und fand sie selbst im Keller, sie tat sinnlose Dinge, bis in die Nacht. Es fiel niemandem auf. Sie hielt sich stundenlang in der Küche auf, sogar am Stephanstag. Das lenkte sie zwar nicht ab, unterwarf die Tage, die sie vom Wiedersehen mit Leo trennten, jedoch einer gewissen Ordnung; im übrigen mußte sie dann nicht befürchten, von ihrer Familie allzu aufmerksam beobachtet zu werden. Niemand konnte ihre Gedanken lesen, aber jeder konnte jederzeit mit einem Anliegen an sie herantreten, das sie zu einer unüberlegten Antwort hätte veranlassen können, und dieser Herausforderung wollte sie aus dem Weg gehen, denn sie fürchtete alles, was zu unnötigen Verwicklungen führen konnte.

Die Zeit trieb ein seltsames Spiel, mit ihrer Erinnerung, mit ihrem Körper, mit ihrer Umgebung. Sie verurteilte sie zum Warten und machte, daß die andere, als die sie sich seit jenem Abend mit Leo fühlte, immer stärker zum Vorschein kam. Martha beobachtete sich selbst wie eine Fremde, wie eine

Unbekannte, für die ihr die Worte fehlten, für die sie die richtigen Worte auch dann nicht gefunden hätte, wenn sie sich jemandem hätte anvertrauen können, aber wem? Mit wem reden? Daß sie mit niemandem darüber sprechen konnte, machten das Warten und das unablässig rotierende Nachdenken, die peinigende Ungewißheit und die periodisch wiederkehrenden Augenblicke seliger Erinnerung noch unerträglicher. Sie konnte nur mit sich selbst sprechen. Sträfliche Lust, unerlaubtes Verlangen, sagte sie sich und spürte wieder und wieder Leo, der sich an ihren Körper drängte und ihren Mantel aufschlug, den sie sich über die Schultern gelegt hatte, bevor sie ins Freie getreten war, Vergangenheit und Gegenwart kämpften gegeneinander an. Sie hatte am ganzen Körper gezittert, als ihr seine klammen Hände hastig über Hals und Gesicht geglitten waren, und wenn sie sich daran erinnerte, zitterte sie wieder und wieder, und sie bekam eine Gänsehaut, die nicht von der winterlichen Kälte herrührte.

Nicht zum erstenmal bedauerte sie, keine Freundin oder Schwester zu haben, mit der sie ihre Freude, ihren Kummer, ihr Wissen und jetzt ihr Geheimnis hätte teilen können, vor der sie es vielleicht auch verschwiegen hätte, je nachdem, ob sie ihr vertrauen konnte oder argwöhnen mußte, unvorsichtigerweise etwas auszuplaudern, was später, wenn es einmal gesagt war, zu ihren Ungunsten ausgelegt werden könnte, die Wahrheit oder eine Lüge, es gab stets die Möglichkeit zu beidem. Aber da sie weder Freundinnen noch Geschwister hatte, hatte sie nicht einmal die Wahl. Vielleicht war es auch besser, seine Geheimnisse niemandem offenbaren zu müssen.

Immer wieder mußte sie weinen. Erfolglos kämpfte sie gegen die Tränen und fühlte sich erleichterter, je mehr sie weinte. Am hellichten Tag traten sie ihr unvermittelt in die Augen. Dazu ein bislang unbekannter Schmerz, eine Klinge, die in ihrem Innern langsam umgedreht wurde. Da sie die Tränen weder unterdrücken noch zurückhalten konnte, bemühte sie sich nach Kräften, sie vor den anderen zu verbergen. Sie setzte sich hin oder lief davon, im Haus auf und ab. Niemand schien davon Notiz zu nehmen, um so besser.

Sie war verheiratet, eine erwachsene Frau, Mutter zweier Jugendlicher und weinte Tränen um einen Mann, der an Jahren jünger war als sie, an Erfahrungen aber reicher als alle Menschen, die sie kannte, ein Millionär im Vergleich zu ihr und ihren armseligen Einsichten, die sie vornehmlich aus Büchern bezog. Leo hingegen war widerfahren, was jenen Helden widerfuhr, denen man sonst nur in Büchern begegnete. Ihre Tränen waren Ausdruck eines Gefühls, das neu war und ihr und ihrer Umgebung gefährlich werden konnte, dessen war sie sich bewußt. Es ging darum zu prüfen, wie weit sie gehen konnte, ohne einen Schritt ins Leere zu tun und zu fallen. Wenn Walter eine Geliebte hatte, wovon Martha überzeugt war, hieß das noch lange nicht, daß auch ihr das Recht zur Untreue zugestanden wurde. Sie setzte womöglich alles aufs Spiel. Nichts war erlaubt, was Walter erniedrigte. Mit seinem Verständnis konnte sie nicht rechnen, erst recht nicht mit seinem Einverständnis. Aber war das nicht einerlei in Anbetracht der Aussicht, an Leos Leben teilzuhaben, Teil davon zu werden? Den Schritt ins Ungewisse also zu tun.

Der Gedanke, ihn wiederzusehen und ihm dann gegenüberzusitzen, als wäre nichts geschehen, als wäre sie bloß seine Lehrerin und er bloß ihr Schüler, war ihr fast so unerträglich wie die Vorstellung, ihn nicht mehr zu sehen. Aber wie sie es auch drehte und wendete, solange sie tat, was sie immer tat, solange sie das Haus nicht verließ, solange sie die ihr zugeteilte Verantwortung trug, stand sie vor keiner Entscheidung. Also mußte sie abwarten.

Sie würde Leo wiedersehen, nach den Feiertagen, im neuen Jahr, so lange mußte sie sich gedulden, so lange war sie in Gedanken mit ihm beschäftigt. Und danach? Alles weitere würde sich von selbst ergeben, Leo hatte es in der Hand, sie würde tun, was er von ihr verlangte. Die nächste Unterrichtsstunde würde wie verabredet am Donnerstagnachmittag stattfinden, am zweiten Tag des neuen Jahres, in wenigen Tagen. Und dennoch hoffte sie, er rufe vorher an. Sie wartete vergeblich, Leo blieb stumm. Sie gab die Hoffnung nicht auf. Das Telefon klingelte bloß für die Kinder. Einmal rief eine Frau an und wollte Walter sprechen. Andreas, der den Hörer abgenommen hatte, hatte kurz gezögert, als er behauptete, die Sekretärin seines Vater habe angerufen. Daß er schwindelte, war offenkundig, daß er etwas wußte, schien auf der Hand zu liegen, es entging Martha nicht, aber sie hakte nicht nach. Als Walter nach Hause kam, hatte sie vorgetäuscht, den Anruf vergessen zu haben. Sie hatte das Gespräch nicht entgegengenommen. Sie hörte weg, als Andreas mit seinem Vater sprach.

»Deine Sekretärin hat angerufen«, hatte Andreas gesagt und erneut gezögert. Seine Verlegenheit entging ihr nicht, und ebensowenig entging ihr, daß ihm das Lügen keine Mühe, sondern Vergnügen bereitete. Was wußte ihr Sohn, und was verschwieg er ihr? Warum? Weil er die andere kannte? Vermutete er, daß seine Mutter irgend etwas ahnte? Walter vertraute ihr, er vertraute Marthas vermeintlicher Blindheit und ihrer angeblichen Treue und Naivität. Das war beruhigend und erlaubte ihr einen gewissen Spielraum.

Leo, der weder seine Stimme zu verstellen noch seine Identität zu verbergen brauchte, rief auch am Neujahrstag nicht an. Er hätte sie unter jedem beliebigen Vorwand anrufen können, übrigens auch ohne Vorwand, ein *Bitte, kann ich Frau Dubach sprechen* hätte nicht den geringsten Verdacht erregt. Niemand traute ihr zu, etwas Unerlaubtes zu tun. Sie war so redlich. Leo meldete sich nicht. Es war um sie herum so still, daß sie ihn rufen hörte. Freilich war das Einbildung. Martha wartete, und während des Wartens beschlich sie mehr als einmal das Gefühl, Opfer einer Täuschung zu sein, eine lästige Ehefrau, die durch die Untreue ihres Ehemannes verletzt worden war und nun nach einem Ausweg aus dem Dilemma suchte, indem sie sich ein eigenes schuf, das sich bald als Traum- und Lügengebilde herausstellen würde. Und dabei hatte sie keinen einzigen Beweis für Walters Untreue.

Hätte Leo gewußt, was sie dachte (und wie sie litt), hätte er bestimmt die Flucht ergriffen. Mit Walter wechselte sie kaum ein Wort. Er hörte zweimal die Schallplatte, die er sich zu Weihnachten von ihr gewünscht hatte. Es war eine nostalgische Musik, die gar nicht zu ihm paßte. Sie paßte zu ihr. Sie war so düster wie ihre Stimmung. Sie hielt sie kaum aus und war froh, wenn die Platte mit dem Saxophon, der Trompete und der hellen, fast ausdruckslosen Stimme endete. Walter hörte sie so laut, daß sie dieser Musik nicht entfliehen konnte, weder in die Küche noch in den Keller. Das zweitemal war das letztemal, daß er sie zu Hause hörte. Danach verschwand die Platte.

Während einer ganzen Woche rechnete Martha Minute für Minute mit Leos Anruf und wurde enttäuscht. Am Ende glaubte sie, er rufe sie deshalb nicht an, weil er ihr nichts zu sagen habe, weil das, wozu er sich an Heiligabend hatte hinreißen lassen, Ausdruck einer plötzlichen Laune gewesen sei, eine jugendliche Gefühlsregung, eine Reminiszenz an Laura, eine verständliche Folge seiner Einsamkeit, Sex. Er war doch allein.

Immer wieder wandte sie den Kopf und blickte aus dem Küchen- oder dem Wohnzimmerfenster in den Schnee, als könnte Leo jeden Augenblick zwischen den Büschen und Bäumen erscheinen, obwohl das weitaus unwahrscheinlicher war als ein Anruf. Sie konnte nicht anders, es war stärker als sie, der Gedanke an ihn ließ sie nicht los, ein Zustand, der sie daran hinderte, klar zu denken. Sie war verliebt. Anders als je zuvor. Wenige Tage nach ihrer ersten Begegnung mit Walter hatte ihr dieser zu verstehen gegeben, was ihm vorschwebte. Er hatte eine erschreckend genaue Vorstellung davon gehabt, was er wollte; nicht daß er sie liebte, hatte er behauptet, sondern daß er Pläne habe und sie heiraten wolle, und daran hatte sie auch keine Sekunde gezweifelt. Von Liebe hatte er nichts gesagt, seine Zukunftspläne waren ihm heilig, seine Absichten eindeutig, er brauchte eine Frau wie Martha, was ihrer Schüchternheit geschmeichelt und ihre Befangenheit etwas abgeschwächt hatte. Er war zwei Jahre älter, und Martha war genügsam. Daß sie hübsch war, hatte er ihr nie gesagt, und es dauerte lange, bis sie es selbst merkte. Er hatte sein Studium bereits abgeschlossen und konnte sich auf seine berufliche Laufbahn konzentrieren, während sie sich im Hintergrund bereithielt. Er hatte gesagt, sie lächle immer, das hatte sie nicht vergessen, sie hatte sich etwas darauf eingebildet, warum hätte sie ihm nicht glauben sollen? Marthas zurückhaltende Herzlichkeit war ihrem zukünftigen Ehemann nicht entgangen. Sie heirateten, und bald kam Andreas auf die Welt. Andreas war da, und sie war vernarrt in den Knaben. So war ihr kaum Zeit geblieben, über den Fortgang ihres Lebens und den Zustand ihrer Ehe nachzudenken.

Sie war eine Gefangene ihrer unerträglichen Gefühle, und wie jeder, der in einem Gefängnis steckt, würde auch sie darin bleiben, bis jemand kam, der sie befreite. Da sie selbst keinen Schlüssel besaß, weder zu ihrem Glück noch zu ihrem Unglück, mußte der Befreier von außen kommen. Die Dinge nahmen ihren Lauf, von allein änderten sie sich nicht.

Endlich war es Dienstag. Endlich war sie allein. Draußen hatte es zu tauen begonnen. Der Schnee schmolz langsam. Walter hatte das Haus um Viertel nach sieben verlassen (mit einer prallgefüllten Aktentasche, vielleicht war darin sein Geschenk für die Geliebte?), die Kinder waren um halb acht gegangen. Danach hatte Martha den Haushalt in aller Eile, schneller als sonst, in Ordnung gebracht, die Betten gemacht, Staub gewischt und die Küche aufgeräumt. Die Zimmer im Erdgeschoß sahen jetzt geradezu unbewohnt aus, doch anders als in einem verlassenen Gebäude waren sie geheizt, und obwohl Martha ausgiebig gelüftet hatte, roch es noch schwach nach dem Grün des Weihnachtsbaums, den Walter inzwischen abgebaut und auf die Straße gestellt hatte, und kaum merklich nach dem Essen der vergangenen Tage. Am Ende dieses Vormittags würde auch Leo seinen Geruch hier hinterlassen haben.

Sie hatte alles, was an Arbeit und Alltag erinnerte, in die dafür vorgesehenen Schränke und Schubladen und in die Waschküche verbannt. Nirgends lag Staub, nichts Überflüssiges konnte die Blicke auf sich ziehen. Sie legte die Bücher zurecht, die sie zum Unterricht benötigten, und stellte wie üblich das

Tablett mit Tassen, Untertassen, Tellern und Gebäck auf den Tisch. Um zehn vor neun setzte sie Teewasser auf. Sie war etwas unruhig, nervöser als sonst. Welchen Unterrichtsstoff würden sie heute durchnehmen? Bis zu diesem Zeitpunkt hatte sie keinen Gedanken daran verschwendet, nun wurde es allmählich Zeit, sich zu entscheiden. Gewisse Möglichkeitsformen vielleicht, wenn überhaupt. *Was wäre, wenn...* Sie konnte die Uhr nach Leo richten, stets stand er pünktlich vor der Tür. Sie warf einen Blick aus dem Küchenfenster, sah ihn aber noch nicht. Kurz vor neun setzte sie sich wieder an den Eßtisch und versuchte sich zu konzentrieren, es gelang ihr nicht. Sie überlegte, wie Leos erste Worte lauten würden und was sie antworten konnte, sofern nicht sie das Wort ergriff und ihn zu einer Antwort zwang, auf deutsch natürlich, heute würde sie ihm keine fremden Vokabeln durchgehen lassen. Beides überstieg ihr Vorstellungsvermögen, das Antworten wie das Fragen. Und was dann? Was kam danach? Jäh überfiel sie eine Panik, die ihren ganzen Körper erfaßte, ihre Hände wurden naß und schwer wie Gewichte. Sie beruhigte sich etwas. Um neun klingelte es nicht.

Zehn Minuten später war Leo immer noch nicht da. Um Viertel nach neun stand sie auf und ging in die Küche, um den Wasserkessel vom Herd zu nehmen. Inzwischen war ein Teil des Wassers verdunstet, die Küche vom Dampf vernebelt, sie stieß das Fenster auf. Der Dunst zog ab wie der Umriß eines entschwindenden Gespenstes. Ein erster Sonnenstrahl drang durch den trüben Himmel und streckte sich auf dem Glasdach über ihrem Kopf aus.

Leo erschien nicht zum Unterricht. Mit allem hatte sie gerechnet, aber das kam unerwartet. Er erschien weder um neun noch um halb zehn, auch nicht um zehn, er erschien überhaupt nicht, und er rief auch nicht an. Das also war die karge Antwort auf all die Fragen, die ihr in den vergangenen Tagen durch den Kopf gegangen waren. Oder hatte ihn etwas Dringenderes abgehalten, war ihm etwas viel Wichtigeres als sie und ihr Unterricht in die Quere gekommen, hatte er sich vielleicht im Tag geirrt? Oder hatten sie sich für einen anderen Tag verabredet? Und sie wäre zu der Verabredung also nicht erschienen, und er hätte voller Ungeduld irgendwo auf sie gewartet, während in ihrem Kopf ein unsichtbares Loch klaffte? Vergeblich suchte sie in ihrer Erinnerung nach einer solchen Absprache, nach einem Indiz für eine Vereinbarung, die *sie* nicht eingehalten hatte. Sie fand nichts, da war gar nichts außer dem, worüber sie sich den Kopf für nichts, für einen Traum zerbrochen hatte, aus dem sie nun mit einem Schlag erwachte. Aus ihrem Inneren tönte kein Echo. In ihrem Inneren empfand sie nichts als Leere. Leo war einfach nicht gekommen.

Sie brach nicht in Tränen aus, obwohl sie sie jetzt vor niemandem hätte verbergen müssen, sie war ja allein, ohne Familie, ohne Leo. Sie war wie erstarrt, wie erstickt, ein mit Interesse aufgehobener und achtlos weggeworfener Stein, der aus verschiedenen Schichten bestand, die äußerste war hart und unbeweglich, der Kern vibrierte. Sie saß wieder auf dem

Stuhl, auf dem sie ihn erwartet hatte, im Eßzimmer, als das Telefon klingelte. Es war kurz nach elf. Sie wartete untätig seit zwei Stunden auf ein Ereignis; es war so still im Zimmer, daß sie sich fragte, ob sie noch atmete.

Als sie auf das Telefon zulief, stolperte sie und fiel seitwärts gegen die kleine Jardinière, auf die ihre Mutter so stolz gewesen war; sie schürfte sich an einer vorstehenden Eisenranke den Ellbogen auf. Er würde gleich ein wenig bluten.

Es war nicht Leo, sie hätte es wissen müssen. Sie war nicht darauf vorbereitet. Eine Frau redete ziemlich laut, gut verständlich.

»Ich bin's«, sagte die Fremde. »Wer ist da, bitte?« fragte Martha, denn sie erkannte weder die Stimme noch kannte sie den Namen. Sie wußte nicht, wer das war.

»Margret«, sagte die fremde Stimme, und ungewohnt unhöflich gab Martha zurück: »Ich kenne keine Margret.« Doch erstaunlicherweise klang die Stimme am anderen Hörer nicht beleidigt, als sie sagte: »Die Nachbarin, erinnern Sie sich nicht?« Sie glaubte sich jetzt zu erinnern, hatte aber keine Kraft mehr und ließ den Arm sinken, an dessen Ende ihre Hand den Hörer festhielt, und sie hörte die kleine Stimme in ihrer Hand, die wie Rauchwölkchen aus einer schwarzen Schale zu ihr aufstieg, leise und leiser werden, bis sie den Arm und den Hörer wieder hochgestemmt hatte, aus dem die fremde Stimme sie munter beschwor: »Wir haben uns doch kürzlich auf der Straße vor dem Konsum getroffen und gesagt, wir müssen uns mal länger sehen, auf einen Kaffee oder einen Tee, und reden und vielleicht –«, sie brach ab. »Vielleicht.« Jetzt erinnerte sich Martha endlich auch an das Gesicht und konnte beginnen, sich zu entschuldigen. Allmählich hatte sie sich wieder im Griff.

»Oh, das tut mir leid«, murmelte sie, und alles Unfreundliche war aus ihrer Stimme gewichen, jetzt war sie wieder die, die man kannte, die freundlich lächelnde Nachbarin, die zuvorkommende, etwas unscheinbare Frau, die man im Laden grüßte, mit der man sich gern auch ein wenig unterhielt, deren Gesicht man vermutlich ebenso schnell vergaß, wie sie das Gesicht der Anruferin vergessen hatte. »Es tut mir leid, aufrichtig leid, ich habe Sie nicht erkannt, ich habe Ihre Stimme nicht erkannt, Margret, nur die Stimme nicht, ich war in Gedanken« – da fiel ihr glücklicherweise eine plausible Erklärung für ihr schroffes Benehmen ein – »in Gedanken war ich bei meinem Vater, er lebt im Heim, und es geht ihm nicht gut, nein, nein, es geht ihm schon besser, es ist nur so, ich erwarte einen Anruf aus dem Heim« – sie hatte der Nachbarin bestimmt nicht erzählt, daß ihr Vater gepflegt werden mußte, jetzt wußte sie es – »einen Anruf aus der Klinik, in der er sich aufhält, und darum habe ich Sie nicht gleich erkannt, nur darum, weil ich mit dem Klinikdirektor gerechnet hatte, es tut mir ja so leid. Sie müssen entschuldigen.« Diesmal hatte sie *Klinik*, nicht *Heim* gesagt.

Die Stimme am Telefon, die ihr inzwischen etwas vertrauter war, hörte sich geradezu einnehmend an, als sie sagte: »Macht doch nichts, Martha, ich verstehe das, das tut mir ja so leid mit Ihrem Vater, wirklich«, und so sprachen sie noch eine Weile darüber, daß sie sich bald einmal sehen oder zumindest wieder telefonieren und dann unbedingt etwas verabreden wollten. »Aber erst mal muß die Sache mit Ihrem Vater geregelt sein, das ist ja klar, das ist das Allerwichtigste, und wenn ich Ihnen helfen kann, sagen Sie es nur, ich bin Ihnen gerne behilflich, wir können uns auch duzen, wenn Sie wollen« – das ging Martha dann doch zu schnell – »ich gebe Ihnen gern meine Nummer.«

»Nein, das ist nicht nötig«, erwiderte Martha, und erst nachdem sie sich verabschiedet und den Hörer aufgelegt hatte, wurde ihr bewußt, daß das auch wieder sehr taktlos gewesen war, aber zurückrufen und sich erneut entschuldigen konnte sie nicht, sie hatte ja die Nummer nicht und wußte nicht, welchen Namen sie im Telefonbuch hätte nachschlagen sollen, denn die Frau hatte sich nur mit ihrem Vornamen gemeldet, und auch dieser drohte ihrem Gedächtnis zu entfallen. Und schon verschwamm das Gesicht der Frau, das vorher kurz aufgeblitzt war, und verlor sich. Gut möglich, daß sie sie mit einer anderen Frau verwechselte, mit der sie sich vor einiger Zeit ebenfalls vor dem Konsum unterhalten hatte, wie es unter Frauen eben üblich ist, wenn sie Nachbarinnen sind und es wahrscheinlich noch lange bleiben werden, weil hier ohne triftigen Grund niemand wegzog.

Martha stand immer noch am Telefon und überlegte. Sie versuchte, zu einem Ergebnis zu gelangen. Das würde ihr nur gelingen, wenn ihre Gedanken nicht im Kreis herumgingen, aber genau das taten sie unablässig. Sie mußte irgend etwas tun, bevor die Kinder nach Hause kamen. Sie mußte mit Leo sprechen. Schließlich fiel ihr auch wieder ein, wo das Telefonbuch war, das sie nie benutzte, weil sie die wenigen Nummern, die sie regelmäßig wählte, auswendig kannte. Eilig blätterte sie hin und her, mehrmals. Es gab etliche Giezendanners in der Stadt, aber nur einen Doktor Giezendanner. Das waren sie, unter dieser Nummer würde sie Leo erreichen. Sie notierte sich auch die Nummer der Praxis (wo sie bestimmt nicht anrufen würde), stellte das Telefonbuch an seinen Platz zurück, nahm entschlossen den Hörer von der Gabel und wählte die Nummer, ohne zu zögern. Die Wählscheibe machte ein sanft schnurrendes Geräusch, sowohl beim Wählen als auch beim Zurückschnappen.

Sie rief Leo einfach an, sie würde gleich mit ihm sprechen, sie wartete, sie hörte den Ton am anderen Ende. Er wiederholte sich und wiederholte sich, sie ließ ihn ertönen und vergehen. Irgendwann würde er schon an den Apparat kommen.

Ihre verzweifelten Rufe gellten durch das Haus der Giezendanners, doch niemand wollte sie hören, niemand machte ihnen ein Ende. Waren die Leute denn taub? Der Apparat ließ sein Klingeln ertönen, blieb sonst aber stumm. Stumm wie ihr Vater, stumm wie alles, was sie umgab. Sie zählte, dreizehnmal ließ sie es klingeln, dann gab sie auf. Sie ließ den Hörer sinken, legte ihn doch noch nicht auf, horchte noch einmal, ein weiteres Rufzeichen, sonst nichts. Sie legte auf. Nein, sie gab sich mit dieser Antwort nicht zufrieden, vielleicht hatte sie sich bloß verwählt, also wählte sie von neuem, diesmal langsamer, diesmal mit absoluter Sicherheit, ohne sich zu verwählen, die richtige Nummer, sie starrte auf den Zettel, auf die beiden Nummern, die ganz unterschiedlich lauteten, die man nicht verwechseln konnte, Privat- und Praxisnummer, sie mußte eine dritte gewählt haben, es genügte, eine falsche Zahl zu wählen, und schon hatte man sein Ziel verpaßt. Sie mußte über ihre Ungeschicklichkeit lachen, das kam davon, wenn man so selten telefonierte und so nervös war. Sie steckte ihren Zeigefinger fünfmal in vier verschiedene Löcher, auf deren weißem Grund schwarze Zahlen schwammen, und zog ihn langsam in einem kleinen Bogen nach rechts, mal kürzer, mal länger. Sie wartete. Sie hatte zuerst den Eindruck, am anderen Ende ertöne ein anderes Freizeichen als zuvor; hatte sie sich vorhin tatsächlich verwählt? Noch einmal ließ sie es dreizehnmal klingeln. Dreizehnmal hoffte sie mit schwindender Zuversicht, er werde abnehmen, und schließlich hätte sie auch nichts dagegen gehabt, wenn einer seiner Gastgeber abgenommen hätte, Herr oder Frau Giezendanner, nur nicht diese Stille, aber es blieb dabei, die Stille wurde nicht aufgehoben, es hatte geklingelt, und Leos Stimme ertönte nicht.

Als Andreas kurz nach halb eins die Haustür öffnete, roch er sofort, daß etwas nicht stimmte, in den Zimmern hing der Geruch nach Angebranntem, wohl auch nach irgendeinem Unglück, das geschehen war und dem man nun begegnen mußte. Er warf seine Schulmappe in eine Ecke, durchquerte eilig den Flur und warf dabei einen Blick ins Eßzimmer, wo das

Unterrichtsmaterial seiner Mutter auf dem Eßtisch lag, der, anders als üblich, noch nicht gedeckt war. Andreas öffnete die Küchentür, ohne anzuklopfen, denn Martha mußte ihn gehört haben, und tatsächlich erschrak sie nicht. Sie hielt drei Teller vor ihrem Bauch und starrte ihn an. Sie öffnete den Mund und wollte offenbar etwas sagen, aber auch wenn sie es wollte, gelang es ihr nicht. Sie blieb stumm. Sie öffnete die Hände und schaute reglos zu, wie die Teller auf dem Boden zerschellten.

Am Nachmittag entdeckte Martha auf dem Küchenboden eine weitere kleine Steingutscherbe, die ihrer Aufmerksamkeit bisher entgangen war. Sie bückte sich danach und drehte sie eine Weile zwischen den Fingern, bevor sie sie in den Müll warf. Anders als bei Porzellan oder Glas war die Gefahr, sich daran zu schneiden, gering. Bei flüchtigem Hinsehen hätte man die Scherbe für ein abgebrochenes Stück Würfelzucker halten können. Hätte man sie achtlos zertreten, wäre sie zu Staub zerbröselt, zu Staub, der aussah wie Mehl und sich anfühlte wie Zucker. Drei Teller waren zu Bruch gegangen, fünf blieben im Schrank übrig.

Andreas hatte ihr geholfen, ohne sie zu fragen, ob ihr etwas fehle, ob sie etwas brauche, er spürte, daß ihr etwas fehlte, was sie brauchte, wußte sie selbst nicht – ein Anruf, der entgegengenommen wurde, war es das? Sie vermutete, daß Andreas ahnte, was sie beschäftigte. Er war erwachsener, als die Erwachsenen wahrhaben wollten, auch Martha sah darüber hinweg, das war einfacher, als sich Gedanken zu machen. Sie würde nicht darüber sprechen, so wenig wie er Fragen stellte. Das stillschweigende Einverständnis, das zwischen ihnen herrschte, umfaßte auch die Abmachung, den Mund zu halten. Glaubte ihr Sohn, daß ihre Antwort oder ihre Ausflüchte ihn in eine ähnliche Verlegenheit bringen könnten wie sie? Während sie auf den Knien die Fliesen nach Tellerscherben absuchten, sagte Andreas nur: »Es wurde Zeit, wir können neue Teller brauchen anstelle der alten Dinger.«

Das war sein einziger Kommentar, und sie hatte darauf geantwortet: »Wir haben noch fünf, wir brauchen doch keine neuen, wir sind doch nur vier.« – »Ach so, hatten wir acht?« erwiderte Andreas, und Martha nickte, doch da er ihr den Rücken zuwandte, sah er das nicht. Daß ihre Hände zitterten und sie weinte, war ihm vermutlich nicht entgangen, aber er hatte kein Wort darüber verloren. Nicht weil sie weinte, hatte sie sich erleichtert gefühlt, sondern weil die drei Teller zu Bruch gegangen waren, geräuschvoll, aber fast ohne ihr Dazutun. Als wäre ihr etwas Schweres vom Herzen gefallen.

20

Am nächsten Morgen frühstückte sie gemeinsam mit den Kindern. Nachdem sie sie an der Tür verabschiedet hatte, erledigte sie wie jeden Morgen die Haushaltsarbeit. Bevor sie nach oben ging, warf sie noch einen Blick auf das Außenthermometer am Küchenfenster. Es war neblig, aber nicht sehr kalt. Sie betrat das Badezimmer, zog sich aus und duschte. Sie trocknete sich ab, föhnte ihr Haar und betrachtete sich im Spiegel, indem sie sich vor und zurück bewegte. Später, wenn sie angezogen war, würde sie sich ein wenig schminken, Lippen und Lider nachziehen und die Wimpern tuschen, wie immer, wenn sie ausging, ein bißchen sorgfältiger als sonst vielleicht. Sie fröstelte, als sie nackt den Flur überquerte, im Schlafzimmer aber empfing sie eine wohlige Wärme. Sie hatte gelüftet und dann die Heizung aufgedreht. Sie hatte die Betten gemacht und das Fenster geschlossen. Sie zog die Vorhänge zu, machte das Deckenlicht an und öffnete den Wandschrank. Sie entschied sich schnell, weil sie diese Entscheidung für belanglos hielt. Sie warf die unerläßlichen Kleidungsstücke – Slip, Strümpfe, Büstenhalter, Unterrock – aufs Bett und legte die Bluse, die Strickweste und den Rock daneben, in der Reihenfolge, in der sie sie anziehen würde. Die Schranktür ließ sie offenstehen, so konnte sie sich im Spiegel betrachten.

Doch nachdem sie den Slip, die Strumpfhose, den Büstenhalter, den Unterrock und das Unterhemd übergestreift und ihre Arme in die glatten Ärmel der kühlen Seidenbluse gesteckt hatte, hielt sie plötzlich inne. Lag es an der Beleuchtung, oder paßte diese hellgrün auf weiß gestreifte Bluse tatsächlich nicht zu der olivgrüne Strickweste mit den auffällig geformten schwarzen Knöpfen und dem eingestrickten Muster, die auf dem Bett lag? War eine dunklere, vielleicht aber auch hellere, warum nicht unifarbene Bluse dem Anlaß nicht angemessener? Doch was war angemessen angesichts der Tatsache, daß ihr der Anlaß ihres Ausflugs, dessen Ausgang völlig offen war, selbst nicht ganz klar war? Statt länger zu überlegen, zog sie kurzentschlossen die Strickweste an und stellte fest, daß sie zur Bluse auch nicht paßte, nachdem sie die Gardine geöffnet hatte und nun bei Tageslicht abwechselnd in den Spiegel und an sich hinuntersah, nur um sich davon zu überzeugen, daß sie in diesem Aufzug nicht ausgehen konnte. Sie konnte noch so oft am Revers und an der Paspel der Weste herumzupfen, es änderte nichts daran, daß deren Farbe sich mit denen der Bluse nicht vertrug, und hätte es nicht an der Farbe gelegen, dann auf jeden Fall am Schnitt der beiden Kleidungsstücke, die zu unterschiedlich waren, um auch nur annähernd zu harmonieren; die Bluse war offenkundig zu leger, zu kühl, die Weste zu abweisend, zu förmlich. Sie fand keinen Gefallen daran, wie sollte jemand anders daran Gefallen finden? Was sie da hastig und unüberlegt zusammengestellt hatte, ließ sie unnahbar erscheinen, und das war nicht die Wirkung, die sie erzielen wollte. Statt die Bluse zu wechseln, würde sie erst einmal die Weste gegen die leichte Tunika tauschen, die hoffentlich zum Rock paßte, zu dem wohl alles paßte, wie sie hoffte, denn der war schwarz. War er tatsächlich schwarz, nicht dunkelblau? Es dauerte eine Weile, bis sie die Tunika auf einem Bügel zwischen diversen Jacken, Blusen und Steppwesten entdeckte, Dinge, die sie seit Jahren nicht mehr getragen hatte und die eigentlich weggegeben gehörten. Sie war türkisblau mit einer etwas folkloristisch anmutenden hellen Rankenborte, lag nicht allzu eng an und hatte einen tief ausgeschnittenen runden Kragen, so daß die Bluse darunter noch zur Geltung kommen konnte. Nachdem sie sie angezogen und glattgestrichen hatte, hielt sie wieder inne, nein, das vertrug sich mit der Bluse nicht besser als die Weste. Auf der Stelle entledigte sie sich der Tunika und fragte sich, ob ihr jeder Sinn für stoffliche und farbliche Abstimmungen, den sie früher doch in ausreichendem Maß besessen hatte, mit einem Schlag abhanden gekommen sei. Da sie ihn so selten einsetzen mußte, hatte sie ihn außerhalb ihrer gelegentlichen Kleiderkäufe zweifellos nicht sonderlich gepflegt; die Sorglosigkeit bei der Zusammenstellung ihrer Kleidung rächte sich nun, als es darauf ankam. Ein einziger Blick in den Spiegel genügte, und sie fand die Rankenbordüre zu auffällig; ein zweiter sagte ihr, daß deren mädchenhafte Verspieltheit zum strengen Rock nicht paßte. Was also mußte sie wechseln, Rock oder Bluse? Sie zog sich aus und fing von vorne an.

Etwa eine Dreiviertelstunde später, kurz nach zehn, verließ Martha eilig das Haus. Sie schlug den Kragen ihres Wintermantels hoch, nachdem ihr ein Windstoß ins Gesicht gefahren war. Es war nicht weit bis zur Bushaltestelle, aber da der Boden an manchen Stellen noch vereist war, verlangsamte sie ihren Schritt. Kaum war sie bei der Haltestelle angelangt, bog der Autobus schon um die Ecke. Außer ihr stieg niemand ein. Der Bus benötigte nicht mehr als fünfzehn Minuten bis zu ihrem Ziel. Sie kannte sich in der Gegend, in der die Giezendanners wohnten, nicht besonders gut aus; für gewöhnlich fuhr sie mit dieser Linie in die entgegengesetzte Richtung.

Jetzt erwies es sich als hilfreich, daß sie Leo im Lauf des Unterrichts hin und wieder aufgefordert hatte, die Lage des Hauses, das Haus selbst, sein Zimmer und seinen Heimweg in Worte zu fassen, um das Beschreiben von Alltäglichkeiten zu üben. So kannte Martha nicht nur den Namen der Haltestelle, sie hatte auch eine, wenngleich undeutliche Vorstellung davon, wie es dort, wo Leo aus dem Bus stieg, aussehen mußte. Ähnlich wie bei einem *Déja-vu* glaubte sie, aufgrund dieser Übungen gewisse Häuser, die er ihr so detailliert wie nur möglich geschildert hatte, wiederzuerkennen, zum Beispiel das *Haltestellenhäuschen* (ein besonders schwer auszusprechendes Wort) mit den mutwillig zerrissenen Plakaten, den *Kiosk* daneben (ein Wort, das es wohl auch in Leos Sprache gab), der von einem älteren Herrn mit hoch nach hinten geföhntem grauem Haar geführt wurde, sowie die Shell-Tankstelle, eine Buchhandlung, die, wie sie nach einem flüchtigen Blick ins

Innere feststellte, vorwiegend Papeterieartikel führte und – genau an der Ecke, wo sie in die nächste Straße einbiegen mußte – eine Konditorei mit angrenzendem Tea-Room, der um diese Zeit gut besucht war. Martha fiel auf, daß in der noch immer weihnachtlich dekorierten Auslage die Farben Weiß und Rosa überwogen, Schlagsahne und Konditorcrème, Blätter- und Brandteig, wenig Schokolade, eine sternförmig angelegte Pyramide *éclairs* neben einem Rechteck glasierter *millefeuilles,* kreisförmig ausgelegte *japonais,* zu Fächern angelegte *bricelets* und andere Süßigkeiten. Sie war einen Augenblick unschlüssig, ob sie eintreten und ein paar Stückchen kaufen sollte, ließ es aber bleiben. Was würde sie damit anfangen, wenn Leo nicht zu Hause war, wollte sie sie den Giezendanners vor die Tür legen und Nachbarskatzen und Ameisen dazu verlokken, sich darüber herzumachen?

Den Gedanken, daß ihre Hoffnung, ihn anzutreffen, sie trügen könnte, unterdrückte sie nicht zum erstenmal an diesem Morgen und nicht zum letztenmal, bevor sie vor dem Haus der Giezendanners in der Platanenstraße Nr. 16 stand. Seit dem Vortag hatte sie keinen Versuch mehr unternommen, Leo zu erreichen, sie hatte die Nummer, die sie nun auswendig kannte, nicht mehr gewählt. Weit und breit war keine Telefonzelle zu sehen. Jetzt war es ohnehin zu spät, ihn darauf vorzubereiten, daß sie gleich kommen würde. Der Name der Konditorei Fink prägte sich ihrem Gedächtnis ein. Konditorei Fink, daran erinnerte sie sich noch Jahre später. Eine Kundin verließ den Laden, Martha wandte sich ab.

Als sie vor dem Haus stand und ihre Hand auf die kalte, mit einer feinen Eisschicht bedeckte Klinke des Gartentors legte, stellte sie fest, daß es nicht abgeschlossen war. Die Klinke ließ sich mühelos bewegen. Das Tor der Garage, die sich linkerhand befand, stand halb offen, sie war leer. Martha betätigte die Klingel der Gegensprechanlage und wartete; niemand meldete sich, niemand erschien an der Haustür. Sie stieß das Gartentor auf und durchquerte den sorgfältig aufgeräumten Vorgarten; auf dem Gehweg lag kein Schnee mehr. Beidseits standen kleinwüchsige Kiefern; während auf den oberen Ästen noch schwerer, pappiger Schnee lag, der die Zweige nach unten drückte, waren die unteren davon befreit. Jemand mußte den Schnee abgeschüttelt haben.

Martha klingelte an der Haustür, aber außer der Glocke, die sich offenbar in der Diele befand und deren Ton wohl nicht weit trug, hörte sie nichts. Nichts, woraus sie hätte schließen können, daß sich außer ihr jemand im Haus oder auf dem Grundstück befand. Was konnte sie tun, außer um das Haus herumzugehen und nach dem Fenster Ausschau zu halten, hinter dem Leo wohnte? Aber wie hätte sie es unter all den anderen Fenstern in den beiden oberen Stockwerken ausmachen können? Sie fühlte eine Verzagtheit, die sie kaum zu überwinden vermochte. Doch bevor sie den Mut vollends verlor, wollte sie das Äußerste wagen. Dazu brauchte sie sich bloß umzusehen und sich zu vergewissern, daß sie nicht beobachtet wurde. Das tat sie und stellte fest, daß niemand zu sehen war, zumal die Ziertannen sie vor den

Blicken von Nachbarn und Passanten schützten. Sie streckte die Hand aus und legte sie auf die Klinke der Haustür. Zu ihrem Schrecken und nicht weniger zu ihrer Erleichterung gab die Klinke nach, und die Tür öffnete sich wie von selbst.

Als erstes fiel ihr Blick im Inneren des Hauses auf Leos grünen Parka, und unwillkürlich strichen ihre Finger über den feinen, dichtgewebten Wollstoff, dessen Textur sie auch im Dunkeln wiedererkannt hätte. Leo trug diesen Mantel, seitdem es kalt geworden war. Sie kannte ihn so gut, als hätte sie ihn selbst getragen, denn an Heiligabend hatte sie die Arme im Inneren des Mantels um Leo geschlungen. Er war für Augenblicke zu einer Haut geworden, Fittiche, die sie umfingen. Verstohlen fuhr sie mit beiden Händen über das kühle Futter und steckte sie in die Ärmelöffnungen, dann wandte sie sich der Glastür zu, hinter der sie die Umrisse des Flurs erkannte, an dessen Ende wohl die Küche lag. Sie öffnete die Tür. An den Wänden hingen Stiche: Reiter und Pferde, Musikinstrumente, ländliche Szenen. Ein flüchtiger Blick genügte. Ähnliche Bilder hatten in ihrem Elternhaus gehangen. Zur Rechten gingen drei Türen ab, die alle offen standen, geradeaus befand sich, wie sie vermutet hatte, die Küche, von der aus man über eine Terrasse in den hinteren Garten gelangte, links eine Tür, die in den Keller führte, sowie die breite Treppe nach oben. Sie warf einen Blick in die hellen, geräumigen unteren Zimmer. In der Mitte des größten Zimmers stand noch immer der geschmückte Weihnachtsbaum.

Wenn Leos Mantel im Flur hing, hieß das, daß er im Haus war. Oder besaß er eine warme Jacke und war mit dieser warmen Jacke ausgegangen? Während sie sich wie eine Einbrecherin hätte fühlen müssen, war sie fast sicher, daß man sich höchstens wundern würde, wenn man sie jetzt überraschte. Sie war zu harmlos, sie war die Frau eines Rechtsanwalts und obendrein Leos Lehrerin. Man würde ihr die triftigen Gründe zubilligen, die sie zu ihrer Rechtfertigung vorbrächte, zwar nicht gewaltsam, aber doch ohne Wissen und Erlaubnis der Eigentümer in ein fremdes Haus eingedrungen zu sein. War das Hausfriedensbruch? Ich war um Leo besorgt, das lag ihr auf der Zunge, das würde sie sagen, wenn man sie fragen sollte, wer sie sei. Er ist nicht mehr bei mir erschienen, er ist nicht zum Unterricht gekommen, ich habe mir Sorgen gemacht. Sie versuchte, ihr Zittern zu unterdrücken.

Sie wußte, daß Leos Zimmer ganz oben, fast unter dem Dach lag, er hatte ihr davon erzählt, er hatte im Unterricht die spärliche Möblierung erwähnt, ohne sich darüber zu beklagen, wertlose Erbstücke, für die man anderswo keine Verwendung hatte und die man aus Pietät nicht wegwarf, Schrank, Tisch, Bett, Regal, Stuhl und Sessel. Martha wußte, daß es auf demselben Stockwerk eine Toilette mit einem Waschbecken gab. (»Was noch?« – »Spiegel.« – »Der oder das Spiegel?« – »Der Spiegel, ein Spiegel, männlich.« – »Und sonst?« – »Ein Kalender.« – »Ein Kalender mit vielen Zetteln?« – »Ja.« – »Also ist es ein Abreißkalender.« Auch das hatten sie im Unterricht durchgenommen. *Abreißkalender* war ebenfalls ein schwieriges Wort, es wimmelte in Marthas Sprache von schwierigen Wörtern.) Sie konnte sich dennoch nicht vorstellen, wie es da oben, direkt über ihrem Kopf, tatsächlich aussah. Sie trat mit dem rechten Fuß auf die erste Treppenstufe, entschlossen, keinen Schritt zu weichen, keinen Schritt zurückzugehen, sich ihrem Vorhaben nicht selbst in den Weg zu stellen. Sie nahm, nicht sehr schnell, aber unbeirrt Stufe um Stufe.

Ihre Hand umklammerte den Brief in ihrer Manteltasche, der am Vortag im Briefkasten gelegen hatte, worin sich Leo für sein unverzeihliches Verhalten an Heiligabend entschuldigte. Wann er ihn abgeschickt hatte, war nicht zu erkennen. Er wartete ihre Antwort ab. Er konnte sie erahnen, aber nicht kennen. Sie mußte zu ihm. Mit allem möglichen hatte sie gerechnet, nicht mit einem Brief, in dem er sich entschuldigte. Er bestand aus drei Sätzen, jeder grammatikalisch tadellos gebildet und ohne orthographische Fehler. Er hatte es sich beim Schreiben nicht leichtgemacht, sicher hatte er das Wörterbuch zu Hilfe genommen; den Brief kannte sie inzwischen auswendig.

Im Gegensatz zum Erdgeschoß, das den Anschein zwangloser Großzügigkeit machte, wirkte die erste Etage unzugänglich, fast abweisend. Hier gewährten die Türen keinen Einblick in die Zimmer, sie waren geschlossen, und Martha hatte selbstverständlich nicht die Absicht, sie zu öffnen. Sie registrierte diesen Atmosphärenwechsel lediglich am Rande ihres Bewußtseins, in Gedanken war sie woanders. Kurz blieb sie stehen und wandte den Kopf nach oben. Dort mußte es sein.

Die Treppe, die weiter hinauf ins zweite Geschoß führte, war schmaler. Die Stufen waren sauber, das Holz war von minderer Qualität und stumpf, offenkundig hatte man sie schon seit Jahren nicht mehr gebohnert. Das Geländer war so dicht an der Wand befestigt, daß es beinahe unmöglich war, sich daran festzuhalten, ohne sich die Fingerknöchel am groben Verputz zu verletzen. Sie machte die ersten Schritte. Auf halber Treppe sah sie eine Tür, und sie hörte ein starkes Husten, sie täuschte sich nicht. Je näher sie Leos Zimmer kam, desto stärker spürte sie seine Gegenwart, Leo war da, nicht nur sein Mantel.

21

Die Kerze auf ihrem Nachttisch war noch nicht heruntergebrannt, als Olga plötzlich aufschrak. Tief hatte sie nicht geschlafen, aber sie war doch eingenickt. Sie horchte, hörte aber nichts Ungewöhnliches. Und doch hallte ein aufreizend fremdes Geräusch in ihr nach, ein Geräusch, ungewohnt genug, sie aus dem Schlaf zu reißen. Doch außer dem Wind, der in heftigen, unregelmäßigen Stößen geräuschvoll an den Läden rüttelte, war nichts zu hören, jedenfalls nichts, was darauf hindeutete, daß Mazko zurückgekommen war. Wäre er zurückgekommen, hätte er ins Haus gelangen können, die Tür stand für ihn offen. Er war nicht da. Ihre linke Hand, die unter der Bettdecke hervorschaute, war trocken, keine Nase hatte sie beschnuppert, keine Zunge abgeleckt.

Und doch hätte sie schwören können, etwas gehört zu haben, was von den üblichen nächtlichen Geräuschen abwich, nicht Wind und nicht Regen, irgend etwas, was aus einer Richtung kam, die sie nicht bestimmen konnte, etwas, wovon sie aber sicher war, daß es mit ihrem Hund zu tun hatte. Oder hatten ihre Sinne – wach, während sie schlief – etwas wahrgenommen, was nicht war, was aber hätte sein können; hatten sie sie einfach getäuscht?

Mazko war da! Er war auf irgendeine entrückte Weise zurückgekehrt, als Geist oder als anderes Wesen, sagte sie sich. Sie wußte nur nicht, wie und wo sie nach ihm suchen sollte. Ihr blieb nichts anderes übrig, als aufzustehen und ihn zu suchen, sofort. Sofort, sagte Olga laut und sah zu, wie ihr Atem vor ihren Augen dampfte. Da die Haustür offen stand, war es auch hier frostig, der Frost, der einsame Schlittschuhläufer der Bruegelschen Seen, zog kufenschleifend seine Bahnen durch alle Zimmer. Olga richtete sich auf. Ihr wurde augenblicklich schwindlig, ihr wurde immer schwindlig, wenn sie sich schnell aufsetzte, nun fiel sie aufs Bett zurück, stützte sich aber, bevor ihr Kopf aufs Kissen fallen konnte, auf dem Ellbogen auf. Es dauerte nur einige Sekunden, bis ihre Augen den Punkt über dem Schrank fixierten, den sie zu diesem Zweck immer wählte und der seinen Zweck auch diesmal erfüllte. Er pendelte sich aus und kam zum Stillstand. Sie horchte, nichts war zu hören, was aus dem Rahmen fiel, weder Hecheln noch Winseln, kein Bellen.

Der Heißhunger überfiel sie wie etwas Fremdes, über das sie keine Macht hatte. Sie brauchte ein Stück Brot, ein hartgekochtes Ei, etwas, worauf ihre Zähne beißen konnten. Langsam erhob sie sich wieder. Das Kissen war warm, ihr Körper, ihr Kopf ebenfalls. Kein Wunder, daß sie hungrig war, sie hatte seit dem Mittag nichts gegessen. Mit dem Erwachen und der Sorge um Mazko war der Appetit zurückgekehrt, der hier nichts zu suchen hatte und sich doch nicht unterdrücken ließ. Verrat. Mazko hatte sich in die Abgründe ihres Schlafs verirrt und war von ihm abgelenkt und verschluckt worden. Sie hatte ihn vergessen. Schlaf war Verrat an Mazko. Nicht anders hatte sie in vielen Jahren allmählich auch ihren Mann betrogen, indem sie ihn im Schlaf vergaß; tagsüber war er da, im Schlaf verschwand er. Um so schlimmer das Gefühl, ihm etwas schuldig geblieben zu sein, wenn sie erwachte, wenn er zurückkam, manchmal fast greifbar, mitunter nur noch weiße Materie. Wohin mit ihrer Liebe, wohin mit ihren Fragen? Sie mußte aufstehen und nachsehen – und etwas essen.

Sie spürte, daß Mazko ganz nah war. Noch war sie dazu verurteilt, ihn zu vermissen. Ihn wiederzusehen, sein Fell zu berühren hätte sie gestärkt und belebt. Bald aber würde ihr alles gleichgültig sein, ohne Mazko, ohne Franz, ohne ihre Enkel, die alle zweifellos das Leben führen durften, das sie verdienten, ein besseres Leben weit weg von hier. Wie konnte sie sich ihnen anschließen?

Mitternacht war schon lange vorbei. Was ihr diese Gewißheit gab, wußte sie nicht, sie war sich aber sicher. Sie hatte nicht lange geschlafen, aber sie hatte geschlafen. Ihre Erschöpfung war stärker gewesen als das Übel, nicht lange schlafen zu können. Entweder war der Regen in Schnee übergegangen, oder es regnete nicht mehr, jedenfalls waren außer den Windböen keine Geräusche zu hören; nichts deutete auf eine unmittelbar bevorstehende Veränderung oder auf eine drohende Gefahr hin. Dennoch war sie sicher, daß durch diese Stille ein Ton in ihr schlafendes Bewußtsein gedrungen war, der sie aufgeweckt hatte, entweder weil er ihr unbekannt war oder nicht in die Nacht paßte oder weil er sie an etwas erinnerte, woran sie nicht erinnert werden wollte.

Der Schwindel hatte sich beruhigt, und so konnte sich Olga auf die Bettkante setzen. Ihre Füße tasteten nach den Filzschuhen und fanden sie, sie standen dicht nebeneinander unter dem Bett. Sie waren alt und löcherig und boten kaum Schutz; bald würden ihre Füße vor Kälte schmerzen. Das war jetzt ohne Bedeutung.

Sie legte sich den dicken Wollschal, der über einem der Bettpfosten hing, um die Schultern und zog ihn über der Brust zusammen. Sie stand auf und durchquerte etwas schleppend das Schlafzimmer. Sie stieß die Tür auf und trat in die kleine Diele. Dort war es noch kälter als im Schlafzimmer. Sie schloß die Tür hinter sich. Sie fror nicht, der Vorrat an Bettwärme, die sie soeben umfangen hatte, war noch nicht erschöpft. Sie stieß die Küchentür auf und betrat die

Küche. Die Haustür stand unverändert einen Spaltbreit offen, so daß Mazko hätte hereinkommen können. Sie ging zum Herd. Die Herdplatte war kalt. Sie hob den Deckel des Wasserkessels und tauchte die Hand hinein. Das Wasser war kalt. Die Kälte hatte sich in allen Ecken eingenistet. Das Holzscheit, mit dem sie die Haustür fixiert hatte, war noch an seinem Platz. Sie rief Mazko und erschrak über ihre eigene Stimme. Die Glühbirne über dem Tisch flackerte wie eine Kerze, beruhigte sich aber wieder. Es war zu früh, um ein Feuer zu machen.

Alles war unverändert, alles an seinem Platz, aufgeräumt und sauber, so wie es ihre schwächer werdenden Augen erlaubten. Tropf – tropf – tropf. Nichts hatte sich geändert. Der Wasserhahn war undicht. Ein starker Luftzug von draußen traf sie an den Knöcheln. Als kleines Mädchen wäre sie darüber hinweggehüpft. Jetzt stand sie da wie angewurzelt. Als könnte Mazko dort liegen, warf sie einen Blick unter den Küchentisch. Er war nicht da. Sie war müde. Sie wollte schlafen. Warum lag sie nicht im Bett, warum machte sie sich Gedanken wegen Mazko? Hunde sterben, manchmal ganz nah, manchmal ganz fern. Er lag weder unter dem Tisch noch auf der Schwelle. Die nächsten Schritte kosteten sie mehr Überwindung als Kraft, aber sie schaffte es.

Sie näherte sich der Haustür und stieß das Scheit mit dem Fuß beiseite. Der Wind stieß die Tür krachend gegen die Wand. Olga zuckte zurück, als wäre der Feind in ihr Haus eingedrungen. Aber da war niemand. Mazkos Napf, den sie gefüllt hatte, bevor sie zu

Bett gegangen war, war leer. Eine streunende Katze, ein wildernder Hund, ein hungriger Fuchs, irgendein fremdes Tier hatte sich darüber hergemacht. Jäh legte sich der Wind. Sie rechnete jeden Augenblick mit einer neu Bö.

Mazko, rief sie, rief sie immer wieder. Sie trat auf die Schwelle, sie blieb darauf stehen, sie spürte das breite, unebene Holzstück unter den abgelaufenen Sohlen ihrer Hausschuhe, und wußte, daß sie die Schwelle überschreiten mußte und danach wissen würde, was geschehen war, denn daß etwas geschehen war, stand fest. Die Schwelle überschreiten hieß hinausgehen ins Landesinnere, dorthin, wohin sie niemals ging, wohin sie jedenfalls seit Jahren nicht mehr gegangen war, seit dem Tag, an dem sie Franz in die Erde gelegt hatten, zu den anderen, denen er sich zugesellt hatte, die stur und geduldig auf ihn warteten.

Sie trat ins Freie, es war, als hätte sich der Wind in den Wald zurückgezogen, um neue Kräfte für den nächsten Angriff zu sammeln. Keine Bö kam auf, es herrschte eine geradezu beängstigende Stille. Sie spürte die kalte Luft auf den Wangen, auf den Händen und wandte sich nach links zur Bank, wo Franz so gern gesessen hatte, wo sie so selten saß. Hier lag der Hund in der Kälte. Die Totenstarre hatte sich bereits über ihn gelegt. *Rigor mortis,* das hatte sie ihren Vater zu ihrer Mutter sagen hören.

Seine Schnauze war aufgerissen, der Kopf war blutig. Er lag auf der Bank. Sie wollte nicht hinsehen, und sie wollte nicht schreien. Sie konnte nicht anders.

Sie sah hin, aber sie schrie nicht. Aus eigener Kraft war er unmöglich dort hinaufgelangt. Man hatte ihn auf die Bank gelegt, als er schon tot war. Sie verstand nicht, weshalb man ihn ihr gebracht hatte. Während sie schlief, war jemand dagewesen, um ihr zu zeigen, was geschehen war, sein Mörder oder – wahrscheinlicher – derjenige, der den Hund zufällig entdeckt und wiedererkannt hatte. Der eine wie der andere fügten ihr Schmerzen zu. Sie war starr vor Entsetzen. Sie sah auf Mazko hinab, sprach dessen Namen aus und legte ihm schließlich die Hände aufs Fell. Er war kalt, naß und fremd.

Sie hob ihn auf und trug ihn ins Haus. Er war schwer, viel schwerer, als er lebendig gewesen war, wie ein Sack feucht gewordenen Zements. Nie hatte sie ihn bislang auf diese Art getragen. Der Tod hatte dem Hund ein Gewicht gegeben, das er zu Lebzeiten nicht gehabt hatte. Sie ließ die Tür offen und stemmte Mazko mühsam auf den Tisch. Sie nahm ihn in Augenschein. Der Zorn über seinen Mörder machte sie fast blind. Allmählich begriff sie, was geschehen war, man hatte ihn erschossen, um sie zu treffen. Jemand hatte absichtlich eine Waffe auf ihn gerichtet und ihn getötet, das war kein Zufall, nichts hier war Zufall. Kein Versehen. Aus irgendeinem Grund. Jetzt erst bemerkte sie, daß Mazkos rechtes Auge fehlte. Man hatte es ihm weggeschossen. Die Kugel, die ihn getötet hatte, war in die Augenhöhle gedrungen und im Schädel steckengeblieben. Sie versuchte seine Schnauze zu schließen, doch die Totenstarre ließ es nicht zu. Er roch nach fremder Erde. Wasser tropfte auf den Boden. Sein Fell troff vor Nässe, er hatte sicher lange im Regen gelegen. Durch das Fell schimmerte bläuliche Haut, Rippen und Knochen zeichneten sich ab. Ich muß ihn begraben. Ein Erdloch für ihn. Die fremde Erde. Die feuchte Erde.

Sie holte Tücher, um Mazko trockenzureiben. Sie fand auch ein schmales Band, mit dem sie ihm die Schnauze hochbinden wollte, was ihr, trotz aller Anstrengung, nicht gelang. Die Kinnlade ließ sich nicht bewegen, ohne daß der Kiefer brach. Nein, sagte sie laut, ich werde dich nicht zu jenen schicken, die auf dich warten, wie sie auf Franz gewartet haben. Kein Grab in der unwirtlichen Erde. Keine Ruhestätte in der unwirklichen Welt der Geduldigen. Selten hatte sie sich so schnell entschlossen, einen Schritt zu tun, den niemand rückgängig macht. Sie zog einen Stuhl zu sich und setzte sich vor den Hund. Sie fuhr ihm mit beiden Händen über den Kopf, zupfte an den Ohren, vermied es aber, ihm in die Augen zu sehen, vor allem nicht in jenes Auge, das nicht mehr da war. Sie strich ihm so lange über den Kopf, bis das Fell fast trocken war, dann spuckte sie in beide Hände und teilte das Fell auf seinem Kopf zu einem Scheitel und fuhr so lange behutsam darüber, bis das Fell glatt war, so wie sie es mit den Haaren ihrer Tochter und ihrer beiden Enkel gemacht hatte, als sie noch klein waren.

22

Leo schrieb Ende Februar an seinen Bruder Josef, der kurz vor Weihnachten überraschend nach Kanada ausgewandert war, er habe in den ersten Wochen des neuen Jahres Dinge erlebt, die er nicht einzuordnen wisse und über deren Folgen er sich noch nicht im klaren sei. Diese Dinge stünden, so schrieb er etwas umständlich, im Zusammenhang mit seiner Privatlehrerin; er suchte nach den richtigen Worten. Im Zusammenhang mit seiner Privatlehrerin Martha Dubach, fuhr er fort. Er habe, er tue, er sei, er sei glücklich und, er überlegte lange, bevor er es hinschrieb, er sei zugleich ratlos. Nicht daß er glaube, etwas Falsches zu tun, aber richtig sei es wohl auch nicht. Er wisse. Er wisse nicht. Er fürchte, nun, egal was er fürchte, er fürchte nichts wirklich. Wie er sich fühle, könne Josef ja schon der Art entnehmen, wie er schreibe, ziemlich durcheinander und wirr, das werde sich legen.

Erst im nächsten Satz gelang es ihm endlich, zur Sache zu kommen, er schrieb, Grund seiner Ratlosigkeit sei die Tatsache, daß seine Lehrerin Martha verheiratet sei und Kinder habe – an dieser Stelle unterbrach er den Brief und machte einen Strich. Eine notwendige Unterbrechung. Wie weiter? Verheiratet, Kinder, und was noch? Glücklich mit ihm. Unglücklich verheiratet? Er hatte nie mit ihr darüber gesprochen. Er sprach mit Martha nicht über ihren Mann. Er wisse so gut wie nichts über ihre Ehe, nicht, ob sie jemals glücklich gewesen sei. Er wisse mehr über Marthas Vater als über ihren Mann. Er versuchte sich zu erinnern, ob er Martha am Telefon je erwähnt hatte. Er erinnerte sich nicht. Wenn er mit Josef über sie gesprochen hatte, dann nur beiläufig. Er kaute auf dem Kugelschreiber herum und starrte aus dem Fenster in die Dunkelheit.

Was noch? Grund seines Glücks sei die Tatsache, daß sie einander liebten. Das klinge simpel und sei es auch. Daß das heimlich geschehe, sei eine andere Sache. Es geschehe heimlich, aber es geschehe, weil es geschehen müsse. Er habe ein Verhältnis mit Martha. Er schlafe mit ihr, wann immer sich eine Gelegenheit biete, was oft der Fall sei. In diesen Stunden sei sie ganz anders, als sie nach außen wirke. So sei es wohl bei den meisten Frauen. Was hier hinter dem Rücken ihres Mannes und ihrer Kinder, hinter dem Rücken der ganzen Welt geschehe, sei Betrug, aber nicht Verrat, damit könne er leben, Martha müsse das mit sich selbst ausmachen, und das tue sie auch. Er habe nicht den Eindruck, daß sie sich schuldig fühle. Auch sie scheine damit leben zu können. Er wolle nicht ausschließen, daß ihr Betrug die Folge eines anderen Betruges sei.

Nur Josef solle es erfahren, nur er dürfe es wissen. Und deshalb müsse er ihm schreiben. Von unten klang Musik herauf, Griegs Klavierkonzert, das seine Mutter manchmal gespielt hatte, wenn sie allein im Zimmer war und der Vater seinen Privatschülern im

Nebenzimmer Nachhilfeunterricht in jenen Sprachen erteilte, in denen ihn keiner behelligen konnte, Griechisch und Latein. Sie spielte nie, wenn er im Zimmer war. Es war schon Nacht. Die Giezendanners saßen im Wohnzimmer, hörten Platten; nach Grieg kam Dvořák, nach Dvořák etwas Unbekanntes, sie tranken sicher Wein und gingen früh zu Bett.

Leo überlegte, wie er Josef erklären könne, was er sich selbst nicht erklären konnte; gab es eine Erklärung, wenn man nur lange genug überlegte, und bedurfte es überhaupt einer Erklärung? Hätte er ein Foto von Martha besessen, hätte er es seinem Schreiben beigefügt, aber er besaß keines und legte auch keinen Wert darauf. Wäre es einfacher für Josef, ihn zu verstehen, wenn er ein Bild vor sich hätte? Würde Marthas Porträt Josefs Vorstellungskraft in jene Richtung lenken, in die er sie gelenkt haben wollte? Kannte er selbst denn die Richtung? Welche Schlüsse würde Josef ziehen, wenn er las, sein jüngerer Bruder habe ein Verhältnis mit einer Frau, die älter war als er, nicht zwei, drei Jahre älter, sondern bedeutend älter, elf, zwölf Jahre älter, so genau wollte er es weder wissen noch weitererzählen.

Hätte er so schnell schreiben können, wie ihm die Gedanken zuflogen, er hätte sie so überstürzt notiert, wie sie kamen, ohne Hemmung und ohne Bescheidenheit. Er hatte nie Geheimnisse vor Josef gehabt, er würde sie auch jetzt nicht haben. Irgend jemandem mußte er erzählen, daß mit Martha alles anders war als mit Laura und doch alles in Ordnung. Es mußte jemand sein, der Laura gekannt hatte. Hätte er Martha nicht von Laura erzählt, hätte er vielleicht nie den Mut gehabt, sie zu küssen. Laura gehörte dazu, das wolle er ihm später erklären, nicht jetzt.

Noch immer fühlte er die Verpflichtung, seinen Bruder über alles Wichtige, was ihm widerfuhr, zu informieren, dazu gehörten auch die Veränderungen, die sich ergeben hatten, seit er Martha zum erstenmal geküßt hatte, ohne es vorgehabt zu haben, einfach so, ganz plötzlich.

Er machte dort weiter, wo sein letzter Gedanke sich in einen halbwegs nachvollziehbaren Satz verwandelt hatte, dort, wo er seine Gedankengänge mit einem Strich auf dem Papier unterbrochen hatte. Daß der Brief am Ende den Anblick eines unübersichtlichen Gesudels bot, kümmerte ihn nicht. Es würde auch Josef nicht stören. Es fiel ihm nicht ein, die Wahrheit durch Beschönigungen zu verfälschen.

Er beschrieb, wie er sein unbeherrschtes Verhalten an Heiligabend zunächst bedauert hatte. Später habe er zwischen Reue und Zuversicht geschwankt. Er hatte sie verführt. Sie hatte keinen Widerstand geleistet. Er hatte sie geküßt. Sie ihn. Im Schneetreiben, vor ihrem eigenen Haus, jeder hätte sehen können, wie sie sich an ihn schmiegte, aber niemand hatte sie gesehen, als sie einander umarmten.

Und dann schilderte er Josef Marthas unerwarteten Besuch im Haus der Giezendanners, nachdem er die erste Unterrichtsstunde im neuen Jahr versäumt hatte. Bevor er krank geworden war (eine Grippe), hatte er ihr geschrieben und sich entschuldigt. Danach hatte er geschwiegen. Woher hätte sie wissen sollen, daß er krank war? Sie wollte ihn sehen. Sein Brief gab ihr Anlaß zu glauben, er bedauere sein Verhalten an Heiligabend, seine Küsse und sein fast animalisches Verlangen nach ihrer Nähe und Wärme. Sie aber liebte ihn gerade dafür, daß er sie überrumpelte. Er liebte sie dafür, daß sie ihn gewähren ließ. Sie hatte sich Sorgen gemacht. Sie hatte ihren ganzen Mut zusammengenommen und war in ein fremdes Haus eingedrungen, ohne zu wissen, was sie dort erwartete. Die Haustür hatte offen gestanden, ein glücklicher Zufall. All das hatte sie ihm später eher beiläufig erzählt. Viele Worte waren nicht nötig. Mit ihrem unverhofften Erscheinen begannen sich die Ereignisse zu überstürzen, ohne daß es außer ihnen beiden irgend jemandem aufgefallen wäre. Sie seien diskret wie Schweizer, schrieb Leo.

Er schilderte Josef lediglich, was vorgefallen war, er bat ihn nicht um Rat. Er erklärte ihm, daß er sich im Verlauf der Privatstunden in seine Lehrerin verliebt habe. Wann ihm bewußt geworden sei, daß er sie begehrte, konnte er nicht angeben. Je öfter sie sich sahen, desto geringer wurde die Distanz zwischen ihnen, als wüchsen sie allmählich zusammen, als zögen sie sich unaufhaltsam an wie Eisen und Magnet, als verschmölzen sie zu einem Material. Das sei unter diesen außergewöhnlichen Umständen wohl nur natürlich. Um Marthas Sprache zu erlernen, habe er seine eigene Sprache verlassen, habe sich der neuen angedient und ausgeliefert wie einer unbestreitbaren Autorität und habe nicht bemerkt, wie sich dadurch die alte Sprache allmählich entfernte, während die neue von ihm Besitz ergriff, mitsamt der Lehrerin, fügte er hinzu.

Mit der neuen Sprache seien das Verlangen und die Sehnsucht nach ihr über ihn gekommen, *out of the blue*, wie es auf englisch heiße. Wie ein Blitz aus heiterem Himmel, sage man hier. Sein Englisch könne Josef in Toronto jetzt sicher brauchen. Auch er habe angefangen, Englisch zu lernen, es falle ihm leichter als Deutsch, und er brauche dazu keinen Lehrer. Davon wisse Martha nichts. Vielleicht wäre sie gekränkt, wenn sie es wüßte. Josef möge von ihm denken, was er wolle, er habe sicher in allem recht, er dürfe ihn auch auslachen und von ihm sagen, er sei bloß ein Handlanger der Liebe. Der Nutznießer einer fremden Niederlage. Was sei das aber für ein angenehmer Zustand! »Meinetwegen«, schrieb er, »kann dieser Zustand noch lange anhalten. Hätte mir jemand vor drei Monaten gesagt, ich würde mich eines Tages auf ein Verhältnis mit einer verheirateten Frau einlassen, hätte ich ihn für verrückt erklärt. Aber jetzt ...« Martha sei mehr als zehn Jahre älter als er, schrieb er, nun stand es schwarz auf weiß auf dem Papier, und er strich es nicht durch, Josef hätte das ohnehin durch die schwärzeste Tinte entziffert.

Er habe in seinem Zimmer gelegen. Durch eine Grippe ans Bett gefesselt, hatte er noch etwas Fieber gehabt, als sie unverhofft bei ihm auftauchte. Er habe nicht einmal ihre Schritte auf der Treppe gehört. Ohne anzuklopfen, habe sie plötzlich in seinem dürftig ausgestatteten Zimmer gestanden, den Brief in der Hand, den er ihr geschrieben hatte. Da, wo ihn noch niemand besucht hatte, kam sie herein wie ein heimlich gerufener Geist, wie hätte er sie auch hören können, war sie nicht leicht wie eine Feder? Möglich, daß er geschlafen hatte, als sie eintrat, er sei vor Schreck fast hochgesprungen in seinem Bett, denn an jenem Freitagvormittag glaubte er sich wie an jedem anderen Wochentag allein im Haus der Giezendanners, die schon seit Stunden in der Praxis waren; ein Umstand, der sich bald als Vorteil erweisen sollte, denn hier, wo sie sich künftig treffen würden, waren sie tagsüber ungestört; unangenehme Überraschungen seien demnach nicht zu erwarten.

Warum die Giezendanners die Haustür nicht abgeschlossen hatten, blieb ihm allerdings ein Rätsel. Martha hatte sich getraut und leichtes Spiel gehabt. Sollte sie beabsichtigt haben, ihm Vorwürfe zu machen, weil er nicht zum Unterricht erschienen war, so unterdrückte sie diese, als sie ihn erblickte. »Du bist ja krank«, sagte sie und trat auf das Bett zu. Tatsächlich waren seine Augen gerötet, die Stimme war belegt und die Nase verstopft; er fiel aufs Bett zurück. Leo war froh, sich an diesem Morgen notdürftig gewaschen und die Zähne geputzt zu haben. Er habe sie angestarrt wie eine Erscheinung.

Ohne zu überlegen, habe sie sich zu ihm gesetzt, nicht etwa auf den einzigen Stuhl in seinem Zimmer, sondern aufs Bett, und nicht auf die äußerste Kante, sondern auf die Matratze, die unter ihrem Gewicht kaum nachgab, eine Bewegung, die er in der Leistengegend spürte. Ihre Nähe habe ihn sofort erregt, er sei ja ohnehin leicht zu erregen. Als er sie darauf hingewiesen habe, daß die Ansteckungsgefahr sicher noch nicht gebannt sei, habe sie sich kurzentschlossen über ihn gebeugt und ihre Lippen auf die seinen gedrückt. Sofort umfing ihn ihre Wärme, die sich aus dem Inneren des kamelhaarfarbenen Mantels, den sie nun aufschlug – es war derselbe, den sie sich an Heiligabend über die Schulter geworfen hatte –, auf ihn herabsenkte. Eine Wärme ganz anderer Art als das Fieber, das ihm immer noch zusetzte. Marthas Leidenschaft war leicht, im Grunde nicht sehr ausgeprägt, und dennoch überdeutlich spürbar; sofern Josef das schon selbst erlebt habe, woran er, Leo, nicht zweifle, könne er sich ja vorstellen, wie wunderbar und heilsam das für ihn gewesen sei.

Kein Wort war zwischen ihnen gefallen, seit sie sich zu ihm gesetzt hatte. So hatte ihn noch nie jemand geküßt. Süß und anhaltend. Ihre Kraft habe ihn mitgerissen. »Ich lag in der fließenden Bewegung eines Stroms, das klingt komisch, ich weiß ...« Sie selbst habe sich mit diesem Kuß in eine andere verwandelt, die er wiedersehen und immer wiedersehen und anfassen und immer wieder besitzen müsse. Was hatte sich bloß in ihr aufgestaut, was sich nun lösen mußte? War *er* im Fieberwahn oder sie? Oder beide? Ob im Delirium oder bei vollem Bewußtsein, so sei er nie zuvor mit einer Frau zusammengewesen, und viele Male danach, immer wieder, bis auf den heutigen Tag, und wie gesagt immer in seinem Zimmer, wo nichts an ihre Herkunft und ihre Lebensweise erinnerte. Kein Vergleich mit Laura. Seither, schrieb er, seither sei alles verändert, dort, wo er jetzt lebe.

Er wolle nicht in die Details gehen. Er müsse aber überlegen. Er werde sich demnächst für das Sommersemester an der medizinischen Fakultät immatrikulieren, das Ende April beginne. Bis dahin müßte sein Deutsch gut genug sein, um mit dem Studium beginnen zu können. Am Ende seines Briefs gab er der Hoffnung Ausdruck, seinen Bruder bald wiederzusehen.

23

Wäre Marthas Vater fähig gewesen, sich mit jemandem darüber zu unterhalten, und hätte er es tatsächlich getan (was angesichts des Sachverhalts eher unwahrscheinlich war), hätte er sicher seiner Verwunderung darüber Ausdruck verliehen, daß ihn unabhängig voneinander innerhalb einer Zeitspanne von nur zwei Tagen sowohl sein Enkel Andreas (dieser zuerst) als auch seine Tochter Martha in genau derselben Angelegenheit aufsuchten. Da sein Zustand aber unverändert war, da er also auch weiterhin schwieg, kam es nicht dazu. Wenn er sich wunderte, so erfuhr niemand davon, wenn er schockiert war, so behielt er das für sich wie alles andere. Sowenig er Martha durch Ratschläge helfen konnte, so wenig geriet er in Bedrängnis, in dieser Sache Andreas gegenüber Stellung beziehen zu müssen, der sich allerdings nicht mehr Illusionen über den Gesundheitszustand seines Großvaters machte als seine Mutter. Wäre der Großvater der Sprache mächtig gewesen, hätte Andreas ihn gar nicht aufgesucht, er wollte ja gerade deshalb mit ihm sprechen, weil er schwieg. Sein Großvater, dachte Andreas, war so etwas wie ein anonymer Leser, ein Partikel jenes imaginären Publikums, an das er sich gewandt hatte, wenn er in seinem Zimmer den Ansager mimte (eine Angewohnheit, die er vor nicht allzu langer Zeit aufgegeben hatte). Wie dieses Publikum würde der Großvater nie preisgeben, was er dachte und fühlte.

»Das ist doch wie in einem Buch, wie in einem Roman«, sagte Andreas an jenem Nachmittag zu seinem Großvater, als er mit ihm spazierenging und nachdem er seine Vermutungen über Marthas Beziehung zu ihrem Schüler Leo geäußert hatte (es handelte sich dabei ja vorwiegend um Spekulationen). Weit kamen sie nicht, weil es schon bald zu regnen begann, doch gelang es Andreas in dieser kurzen Zeit zu erzählen, was zu erzählen er sich vorgenommen hatte. »Und wenn ich erwachsen bin und wenn ich es kann«, fuhr er fort, »schreibe ich ein Buch darüber, wie meine Mutter ein Verhältnis mit ihrem Schüler hatte, eine ältere Frau mit ihrem jüngeren Privatschüler, wie sie sich küßten und wie sie sich liebten. Wir werden ja sehen, was daraus wird. Und wenn du magst, kannst du es lesen. Wenn du auch nie Bücher liest, das wirst du vielleicht doch lesen, und wenn es sein muß, heimlich. Ich schwöre dir, kein Mensch wird merken, daß es eine wahre Geschichte ist, und keiner wird je erfahren, daß es sich dabei um meine Mutter handelt. Mal sehen, wie die Geschichte ausgeht.« Er hatte Zeit, er konnte warten. Er würde die Geschichte in einer anderen Zeit, in einem anderen Land ansiedeln. Er würde die Spuren, die zu seiner Mutter führten, verwischen, wie es ein richtiger Schriftsteller tut. Wie sehr wünschte er sich in diesem Augenblick, sein Großvater klopfte ihm ermutigend auf die Schulter. Aber auch diesmal blieb jede Reaktion aus. Wenn es soweit ist, wirst du gar nicht mehr leben, dachte Andreas, brachte es aber nicht über sich, so etwas auszusprechen, obwohl er versucht war, den Alten durch irgendeine kleine Gemeinheit für sein Schweigen zu bestrafen. Aber Andreas war nicht gemein.

Sowohl Martha als auch ihr Sohn konnten darauf vertrauen, daß er nichts sagen, nichts raten und nichts verraten würde. Sein Schweigen war der Garant für Marthas Unanfechtbarkeit und für Andreas' Freiheit, mit seinem Wissen nach Belieben umzugehen. Ohne sein Schweigen hätte keiner von beiden in seiner Gegenwart über Leo gesprochen. Nun wußte also Marthas Vater aus dem Mund seines Enkels nicht nur über die Seitensprünge seines Schwiegersohns Bescheid, sondern auch über die seiner Tochter, und dies aus unterschiedlichen Quellen.

Zwei Wochen nachdem sie überraschend im Haus der Giezendanners aufgetaucht war, zwei Wochen nachdem sie sich auf eine außereheliche Beziehung eingelassen hatte (sie wußte ganz genau, was es bedeutete, wenn diese bekannt werden würde) und achtundvierzig Stunden nachdem Andreas seinen Großvater besucht hatte, verspürte Martha das dringende Bedürfnis, mit jemandem darüber zu sprechen, von dem sie wußte, daß er sie anhören, aber nicht verurteilen würde. Wer war besser dafür geeignet als ihr Vater? So kam es, daß ihm Martha eines Nachmittags im Januar erzählte, daß sie sich verliebt habe und in wen (flüchtig dachte sie sogar daran, ihren Geliebten Leo eines Tages ihrem Vater vorzustellen).

Sie mußte ihn nicht lange suchen, er saß bereits im Besucherzimmer. Außer ihm war niemand dort, obwohl es bereits drei Uhr war. An welchen entfernten Orten sich die anderen Patienten aufhalten mochten, ihr schwerer Geruch hing immer noch im Raum, insofern war ihre Gegenwart auch jetzt zu spüren. Da sie des schlechten Wetters wegen nicht ausgehen konnten, erzählte sie ihm hier, wo sie sonst nie allein waren, was in den Tagen seit Weihnachten geschehen war. Sie senkte ihre Stimme und sprach dicht an seinem Ohr ziemlich schnell, eher ein junges Mädchen als eine erwachsene Frau. Sie erzählte ihm alles, nicht ahnend, daß er über gewisse Aspekte bereits informiert worden war.

Als sich nach etwa zehn Minuten die Tür öffnete und eine schlanke Frau mittleren Alters – sie hielt eine Tasse in der Hand – das Besucherzimmer betrat, verstummte Martha. Anders als andere Patientinnen machte diese keinen besonders verwirrten oder abstoßenden Eindruck, sie wirkte gepflegt, ihr Haar war gewaschen, und sie trug ein hübsches Kleid. Sie grüßte und setzte sich ans Fenster. Ihre Augen waren grau und melancholisch, sie sah jedoch nicht krank aus; sicher aber war sie keine Angehörige, die zu Besuch war und auf jemanden wartete. In ihrem Gang war eine gewisse Abwehr zu erkennen, die sie verriet.

Sie blickte aus dem Fenster und hielt die Tasse mit beiden Händen fest, vielleicht um sich daran zu wärmen, vielleicht um sich daran zu halten. »Sind Sie seine Tochter?« fragte sie, ohne Martha anzusehen. Martha bejahte und sagte: »Ich habe Sie hier noch nie gesehen.« Die Fremde nickte und sagte zögernd: »Ich bin halt neu.« – »Wie heißen Sie?« Sie antwortete nicht. Sie schnippte mit den Fingern und machte eine wegwerfende Handbewegung. Martha verstand deren Bedeutung nicht.

Ich bin halt neu, diese vier Worte gingen Martha nicht aus dem Sinn, auch nicht, als sie schon auf dem Weg zur Bushaltestelle war. Die Neue wollte ihren Namen nicht preisgeben. Martha war klargeworden, daß sie doch krank war, wie alle anderen dort. Sie hätte ihr gegenüber gern die Hoffnung geäußert, wie beruhigend es für sie wäre, wenn sie wüßte, daß hin und wieder jemand wie sie mit ihrem Vater spräche. Jemand wie sie, jemand, der neu war. Aber dann hatte sie doch nichts dergleichen zu ihr gesagt.

Um wie vieles einfacher wäre der Umgang mit den Menschen in der Klinik, wenn sie Krankheiten hätten, für die man sich nicht schämen mußte, Krankheiten mit Namen wie Schlaganfall oder Infarkt, dachte Martha. Doch die Kranken hier interessierten sich weder dafür, wie ihre Krankheiten hießen, noch dafür welche Symptome sie auslösten.

Martha hatte ihrem Vater beim Abschied Weihnachtsgebäck und Schokolade in die Hand gedrückt. Nachdem sie ihm alles erzählt hatte, war es ihr ein wenig peinlich, ihn mit dieser Geschichte konfrontiert zu haben. Wie sehr hätte sie sich darüber gefreut, wenn er gelächelt hätte. Doch hatte sie keinen Augenblick damit gerechnet, daß sich sein Zustand gebessert haben könnte.

Morgen sehe ich Leo, dachte Martha, und damit rückte ihr Vater augenblicklich weit weg. Näher rückte allerdings Walter, dessen Gegenwart ihr noch unerträglicher gewesen wäre, hätte sich Andreas ihr gegenüber nicht so rücksichtsvoll verhalten. Hätte sie sich nicht in ihm wiedererkannt, wäre ihr dessen Ruhe wohl unheimlich gewesen. Manchmal hatte sie den Verdacht, er wisse Bescheid, doch war es natürlich unmöglich, mit ihm darüber zu sprechen.

Der Bus hielt an, und sie stieg ein. Sie wußte, daß ihre Liebe zu Leo keine Zukunft hatte. Sie würde ihm helfen, sich darüber klarzuwerden. Sie setzte sich auf einen der wenigen freien Plätze, die die lärmenden Schulkinder nicht besetzt hatten, und fragte sich, ob sie wohl für immer in dieser Gegend bleiben würde.

24

Wie viele Kilo wiege ich? Nun hatte sie keinen Hunger mehr, ihr war auch nicht übel. Olga suchte in den beiden Schubladen ihres Küchenschranks nach einem Bindfaden, fand aber nichts, was ihr zuverlässig genug erschien. Wie schwer war sie? Wie viele Kilo? Olga hatte seit ihrer Kindheit, als sie einmal jährlich mit der Mutter den Arzt aufsuchte, der später mit den anderen Juden verschwand, nie mehr auf einer Waage gestanden. Dr. Teilhabers Waage war von beeindruckendem Umfang gewesen, mehr als doppelt so groß wie sie selbst, halb verborgen hinter einem weißen Vorhang, wo sich die Patienten ausziehen mußten und wo auch ein ungerahmter Spiegel hing, in dem sich vermutlich nie jemand betrachtete, denn wenn man den Arzt aufsucht, dachte Olga, hat man andere Sorgen, als in den Spiegel zu sehen. Sie erinnerte sich deutlich daran, wie sich die Gummioberfläche unter ihren nackten Füßen angefühlt hatte, und an das Geräusch des Metallgewichts, das über den Balken geschoben wurde, von dem der Doktor mit einem einzigen Blick ablas, wieviel sie wog. Nicht viel. Ein kleines Mädchen.

Und heute, als alte Frau? Sie hatte keine Ahnung, wieviel sie wog, fünfzig, fünfundfünfzig, vielleicht doch sechzig Kilo? Olga, die nicht einmal eine Küchenwaage besaß, wußte nicht, wie schwer ein Huhn war, ein Kilo, anderthalb? Das wenige, was sie einkaufte, war schon gewogen und verpackt, man konnte sie im Laden unten leicht betrügen. Was sie im Haus hatte, brauchte sie nicht abzuwiegen, ein Ei wog das andere fast immer auf, die Menge des Mehls für das Brot, das sie buk, entsprach dem, was sechs Schöpflöffel faßten. Hatte sie auch kein Gefühl für ihr eigenes Gewicht, so wußte sie doch ganz genau, wann die Zeit gekommen war, ein Huhn zu töten; es genügte, das Tier, das ihr am schwersten erschien, hochzuhalten und sich dann zu entscheiden. Nur selten hatte sie ihre einmal gefaßte Entscheidung rückgängig gemacht. Sie hatte ein untrügliches Auge dafür, ob genügend Fleisch und Fett für den Kochtopf zusammengekommen waren, und es dauerte nicht lange, nur ein paar Minuten, bis sie dem Tier, für das sie sich entschieden hatte – in einiger Entfernung von denen, die dem Schicksal noch einmal entronnen waren und das Gezeter nicht hören sollten –, den Kopf abschlug.

Schließlich fand sie ein Stück Seil, etwa anderthalb Meter lang und von guter Qualität. Sie nahm es in beide Hände und zog mehrmals an beiden Enden gleichzeitig. Die Spannung erzeugte ein leises Schwingen. Dann wandte sie sich wieder Mazko zu. Sein Fell war stumpf. Obwohl sie es trockengerieben und glattgestrichen hatte, war der seidene Glanz nicht zurückgekehrt. Sie hob ihn hoch. Er wog nicht mehr viel, kaum mehr als ein Huhn, dachte sie, aber vielleicht hatte sie einfach jedes Gefühl dafür verloren, wie schwer er gewesen war, als er noch lebte, denn wann hatte sie ihn damals schon hochgehoben?

Es war nicht praktisch, ihn auf dem Arm zu tragen. Deshalb legte sie ihn über die rechte Schulter. Er berührte ihre Wange, ihr Haar. Sie sperrte die Haustür ab. Sie verließ die Küche, ohne einen Blick zurückzuwerfen. Wovon sie sich trennte, würde sie nicht mehr vermissen. Ein Wechsel, nichts weiter. Sie betrat die Diele und schloß die Küchentür. Einen Schlüssel gab es nicht, hatte es nie gegeben.

Sie zog den Wollschal fest. Ich wechsle die Welt, dachte Olga. Vor der Leiter, die in der Mitte der Diele auf den Dachboden führte, blieb sie stehen; würde sie halten? Alles hing von ihrem Gewicht ab, von etwas, an das sie sonst nicht dachte. Sie hatte den Dachboden und damit auch die Leiter seit Jahren nicht mehr betreten. Ob die Sprossen noch hielten, wußte sie nicht. Sie würde es einfach versuchen. Als Mazko von ihrer Schulter zu rutschen drohte, hielt sie ihn mit beiden Händen fest und drückte ihn in die weichen Falten ihres Schals. Sie setzte den rechten Fuß auf die unterste Sprosse und trat vorsichtig auf, dann etwas fester, die Sprosse brach nicht; auch die nächste war stabil. Als sie auf der dritten Sprosse stand, stieß ihr Kopf bereits gegen die Decke, in die die Falltür eingelassen war, die auf den Dachboden führte. Die Tür ließ sich leicht nach oben klappen und kippen. Olga nahm die letzten drei Sprossen mit Leichtigkeit.

Feucht und zugig war es dort oben, und es dauerte einige Sekunden, bis ihre Augen sich so weit an die Dunkelheit gewöhnt hatten, daß sie die Umgebung erkennen oder zumindest erahnen konnte. Sie erinnerte sich an den Schrank. Sie betastete ihn. Den hatten sie früher unten benutzt und dann hier oben verschwinden lassen. Da war noch was drin. Sie erinnerte sich nicht an den Stuhl, über den sie beinahe gestolpert wäre, der gehörte zum Haus, daneben stand eine Holzkiste. Sie blickte nach oben. Unter dem First, wo die Dachflächen zusammentrafen, war der Dachboden am höchsten. Das war die geeignete Stelle. Sie konnte den Haken sehen, der aus dem Längsbalken ragte, an den sie früher, als sie noch Schweine besaßen, den Schinken gehängt hatten. Wenn sie auf den Stuhl oder die Holzkiste stieg, ließ sich das Seil ohne größere Anstrengung daran befestigen. Der Haken war sicher rostig. Er würde ihr Gewicht aber tragen.

Sie breitete den Wollschal aus, legte Mazko darauf und schlug den Schal über ihm ein. Bei diesem Licht sah er aus wie ein schlafendes Kind, nur sein Kopf war undeutlich zu sehen, die Wunde nicht zu erkennen, mehr Rotkäppchen als Wolf. Sie stand im Nachthemd da und spürte die Kälte nicht. Der Wind pfiff durch die Ritzen und Löcher, sie hörte ihn nicht, er erreichte sie kaum.

Sie stieg auf die Holzkiste, weil sie dem Stuhl nicht traute. Es knackte leise unter ihren Füßen, und Olga dachte an Dr. Teilhabers große Waage und an die Mutter, die neben ihr stand und ihre Hand hielt und sich mehr fürchtete als sie. Ich muß dich trösten, ich muß dich halten. Die Kiste brach nicht durch. Olga streckte beide Hände aus, schlang das Seil, das sie in der Küche gefunden hatte, um den Haken und verknotete es. Sie zog daran. Sie machte eine Schlaufe. Das Seil war wie die Hand ihrer Mutter, es war tröstlich und begleitete sie bis zum Ende. Es legte sich ihr um den Hals wie die Hand ihrer Mutter. Nur die Hühner taten ihr leid. Was nun, dachte sie und gab der Kiste einen Stoß.

Epilog

Nun, da mein Bruder tot ist, weiß ich nicht, wem die Aufzeichnungen, die ich damals bei meinen Treffen mit Leo Heger in Seattle machte, noch dienen könnten. Meiner Mutter? Ich bin mir sicher, daß sie die Notizen, meinen Versuch, ihre Vergangenheit in Worte zu kleiden, nicht zur Kenntnis nehmen würde. Ich könnte sie bitten, einen Blick darauf zu werfen, sie würde es nicht tun. Sie will nicht, und sie wird nicht, basta. Ich brauche sie also gar nicht zu fragen. Jedesmal, wenn ich sie darum gebeten habe, noch einmal darüber zu sprechen, hat sie mich abblitzen lassen.

Es gab Zeiten, in denen Martha mir gegenüber nicht so zurückhaltend war. Heute hütet sie ihre Erinnerungen (und Geheimnisse) eifersüchtig, wer wollte ihr das verdenken? Sie braucht gewiß niemanden, der ihr auf die Sprünge hilft. Sie kennt die Details. Sie darf, was sie weiß, auch vergessen, wenn ihr der Sinn danach steht. Nachdem sie jeder Auseinandersetzung mit diesem Abschnitt ihrer Vergangenheit seit langem geschickt und selbstbewußt aus dem Weg gegangen ist (im Grunde seit ihrer Trennung von Walter, als Bruno zwölf war und wir uns nur noch gelegentlich sahen), lehnt sie heute jede weitere Beschäftigung damit rundweg ab. Selbst die Fotos, die ich in der Lounge des Roosevelt von Heger gemacht hatte, wollte Martha nicht sehen. Als ich ihr den Umschlag mit den Abzügen geben wollte, schob sie meine Hand fast gewaltsam beiseite. Hatte ich etwas anderes erwartet? Wahrscheinlich hatte ich gehofft, die Neugier sei stärker als die Selbstbeherrschung, die ich – so hatte es meine Generation gelernt – als ein ebenso verklemmtes wie hilfloses Zeichen für unterdrückte Gefühle deutete. Was war es, was sie so stark machte, daß sie mit ihrer Vergangenheit nicht hadern mußte? Oder hatte sie einfach Angst, von ihr überrollt und erdrückt zu werden?

Ich fragte sie, ob sie wirklich nicht wissen wolle, wie Leo heute aussehe. Sie schüttelte den Kopf, und unwillkürlich tauchte das fast vergessene Bild meines mit Stummheit geschlagenen Großvaters vor mir auf. In diesem Augenblick dachte ich, Martha könnte eines Tages den gleichen Weg gehen und verstummen. Erst in den letzten Monaten seines Lebens hatte ihr Vater wieder zu sprechen begonnen, nur wirres Zeug, er hatte den Verstand wohl endgültig verloren, und da stellte sich einem natürlich die Frage, ob es sich bei seinem Schweigen tatsächlich um eine geistige Störung und nicht vielmehr um einen Akt freiwilliger Verweigerung gehandelt hatte, die erst ein Ende fand, als sein Verstand ihn verließ und er willenlos wurde.

Eine gewisse Überheblichkeit kennzeichnet Marthas Verhalten schon seit langem, und es nützt wenig, wenn ich mir einrede, diese trotzige Arroganz sei möglicherweise ein Zeichen beginnender Altersdemenz. Das ist sie keinesfalls. Ich mache mir nichts vor. Ich weiß genau, daß Martha nichts vergessen hat und nicht senil ist, ich vermute sogar, daß sie sich in Gedanken (nur in Gedanken) weit öfter in der Vergangenheit aufhält (und sehr gut auskennt), als ich es mir überhaupt vorstellen kann. Sie hätte mit Bruno darüber sprechen sollen. Es ist mir bis heute unverständlich, warum sie es nicht getan hat. Jetzt ist es endgültig zu spät. Dennoch scheint sie mit sich und dem, was war, im reinen zu sein. Ob auch mit Bruno, weiß ich nicht. Ich kann mir nicht vorstellen, daß sie ihr Schweigen nicht bedauert. Ich hüte mich aber davor, sie danach zu fragen, ich weiß, sie würde entweder ausweichen oder meine Frage überhören (eine einfache, aber erfolgreiche Taktik, die sie schon lange anwendet), und ich habe nicht die Absicht, ihren Schmerz zu vergrößern.

Die Vergangenheit, um die es hier geht, ist zu ihrem alleinigen Besitz geworden, seit Leo im Juni 1969 für immer aus ihrem Leben verschwunden ist, obwohl sie weiß, daß ich dieser Vergangenheit ebenfalls sehr nahe stehe, seitdem wir damals in der Küche gemeinsam die Scherben der Teller aufsammelten, die sie in einem unerwarteten Gefühlsausbruch hatte fallen lassen (eine alte Geschichte, die mir, und sicher auch ihr, noch völlig präsent ist, obwohl sie weiter zurückliegt als Brunos Geburt). Dennoch hat seither niemand außer ihr das Recht, darüber zu verfügen (und zu sprechen), nicht einmal Leo Heger hätte es, wenn sie ihn wiedersähe (was sie kategorisch ablehnte, als ich es ihr vorschlug).

Die Details präsentieren sich in Marthas Wahrnehmung sicher anders als aus Leos Sicht (die nicht die meine ist, auch wenn ich es bin, der sie ermittelt hat); seine Sicht der Dinge ist eine andere als die, die Martha mir vor Jahren flüchtig selbst vermittelte, und wieder eine andere als die, zu der ich kam, als alles frisch und gegenwärtig war, als es sich gewissermaßen vor meinen Augen abspielte, obwohl ich natürlich nur einen winzigen Ausschnitt dessen zu sehen bekam, was tatsächlich vor sich ging. Je länger ich darüber nachdenke und Licht in dieses Dunkel zu bringen versuche, desto größer scheint meine Ahnungslosigkeit zu werden. Das ist wohl ganz normal. Meine Wahrnehmung war und ist paradox und unvollständig. Ich bin wie ein Verliebter, der nicht zu beurteilen vermag, ob seine Liebe zurückgewiesen oder möglicherweise doch erwidert wird. Auf der Fährte von Marthas Gefühlen bin ich hin und her gerissen und weiß, daß ich ständig vom Weg abkomme, weil sich ihre Spuren immer wieder verlieren.

Marthas Empfindungen werden von ihren Erinnerungen genährt. Sie lassen sich nicht durch objektive Beobachtungen ersetzen, ergänzen oder verändern, auch nicht durch jene, die ich gemacht habe. Wie Leo es sieht, ist ihr egal. Er gehört inzwischen wohl zu denen, die ihr gleichgültig geworden sind, und manchmal habe ich den Eindruck, auch dazuzugehören, seit Bruno nicht mehr lebt (von dem sie übrigens seltener spricht als von ihren Enkelkindern und seiner Witwe; ein Hinweis darauf, daß ihr die Gegenwart wichtiger ist als die Vergangenheit?). Ich bin nicht enttäuscht, und wenn ich es wäre, würde ich es wahrscheinlich nicht zugeben. (Dieser Satz gehört später gestrichen, vorerst lasse ich ihn stehen, wer weiß, wozu er taugt und wohin er mich führt.) Ich habe mir oft gewünscht, sie würde sich danach sehnen, Leo wiederzusehen. Ein Treffen zu organisieren wäre denkbar einfach, seitdem ich weiß, wo er lebt; Martha hat mich zweimal in L.A. besucht, ein Flug nach Seattle ist, jedenfalls für amerikanische Begriffe, ein Katzensprung, und ich bin ziemlich sicher, daß Heger auch gekommen wäre, um sie wiederzusehen, wenn ich ihn darum gebeten hätte. Ich hätte das alles arrangiert und das Gefühl gehabt, etwas wiedergutzumachen (mein unbedarftes Wissen von damals, meine jugendliche Neugier), obwohl es nichts gibt, was ich wiedergutzumachen hätte, da ich mit meinem Wissen ja niemandem geschadet habe, weder Martha noch Walter, noch Leo, am ehesten mir selbst (das wiederum ist eine ganz andere Geschichte). Meine Verschwiegenheit war mir heilig. Vielleicht ist das der Grund, weshalb ich heute – statt Geschichten zu erfinden, die ich nicht zu beglaubigen brauche – offene Geheimnisse aus der Welt derer ausplaudere, die darauf angewiesen sind, einen stark gefilterten Teil ihres Privatlebens publik zu machen.

Es ist Marthas Geschichte, es sind ihre Gefühle. Warum sollte sie ihre Aufmerksamkeit also dem zuwenden, was *ich* in Erfahrung gebracht und aufgeschrieben habe (was ich zum einen schon kannte und zum anderen in Seattle von Leo erfuhr), da sie doch selbst alles in sich trägt und hütet, was ihr wertvoll ist? Darüber hinaus braucht sie nichts. Nichts Mündliches und nichts Schriftliches. Martha ist weder glücklich noch abgeklärt, aber immerhin ist sie – davon bin ich überzeugt – nicht verbittert, auch wird sie nicht von Zweifeln geplagt.

Ihr größtes Unglück war Brunos Tod. Daran ist niemand schuld als der Tod selbst. Den Tod konnte keiner aufhalten. Er kam unbemerkt in Gestalt einer Krankheit, deren Tücke zunächst unerkannt blieb, er faßte ihn an, brachte sein Innerstes in Unordnung – und nahm ihn mit. Dafür ist keiner von uns verantwortlich. Selbst fähigere oder erfahrenere Ärzte hätten dieses abrupte Ende nicht aufhalten können (die akute lymphatische Leukämie ist auch dann unheilbar, wenn sie früh erkannt wird). Es wird schwer sein, je darüber hinwegzukommen, aber genau das wird schließlich doch geschehen. Seine Witwe, seine Kinder und ich werden darüber hinwegkommen. Martha allerdings müßte schon sehr alt werden, um das gleiche von sich sagen zu können. Sie spricht aber nicht darüber, sie läßt mich reden oder beendet die Telefongespräche mit der Begründung, sie seien zu teuer; eine von vielen Möglichkeiten, meinen Fragen auszuweichen.

Ich hatte das, was ich zu finden hoffte, das, worüber ich mir Klarheit verschaffen wollte, nicht für sie, sondern für mich, vor allem aber für meinen Halbbruder gesucht, der von alledem unbegreiflicherweise nichts wußte und offenbar auch nichts ahnte (es läßt sich *erklären*, aber nicht *begreifen*, wie man ihm die Wahrheit sein Leben lang verschweigen konnte, das zwar kurz war, aber doch fünfunddreißig Jahre währte). Martha ließ ihn stets im ungewissen, oder, anders gesagt, sie hat ihn nie aus dem Glauben entlassen, er sei tatsächlich Walters Sohn; und dies, obwohl es mich, einen Zeugen ihres »Fehltritts«, gab. Meine Schwester Barbara lebte damals in ihrer Mädchenwelt (später ging sie in ihrer Familie auf, bis auch sie vor kurzem von ihrem Mann verlassen wurde) und war, wie mir scheint, blind und taub für alles, was nicht überdeutlich, offensichtlich und laut war. Weder damals noch später sah ich mich dazu veranlaßt, sie in Geheimnisse einzuweihen, die sie nicht betrafen.

Da Neugierde außerhalb seines Labors – er war Naturwissenschaftler – nicht zu Brunos Lastern gehörte, zweifelte er nicht an seiner Herkunft, jedenfalls ließ er uns alle in diesem Glauben, und ich habe keinen Grund, seiner Arglosigkeit zu mißtrauen. Aber er muß doch hin und wieder mit jener – meinetwegen objektiven – Eitelkeit in den Spiegel geschaut haben, die gelegentlich auch den bescheidensten Menschen befällt (der er zweifellos war). Was erblickte er dann darin, was sah er in seinem Gesicht? Allenfalls eine leichte Familienähnlichkeit mit Martha und mir (ich schlage meiner Mutter nach), nie und nimmer aber mit meinem Vater (von dem ich einige Züge auch an mir erkenne).

Daß Bruno Leo wie aus dem Gesicht geschnitten war, je älter er wurde, mußte jedem klar sein, der Leo gekannt hatte, aber eben: Das waren nur wenige. Soviel ich weiß, waren sich Walter und Leo in all den Monaten, in denen Martha ihm Privatstunden erteilt hatte, kein einziges Mal über den Weg gelaufen. Die Giezendanners, bei denen Leo während seines Aufenthalts in der Schweiz untergekommen war, gehörten nicht zum Bekanntenkreis meiner Eltern; weder damals noch später bestanden Kontakte zwischen ihnen. Wer also außer mir und Martha hätte erkennen können, was offensichtlich war?

Mag sein, daß wir dem Aussehen jener, die in unserer unmittelbaren Umgebung aufwachsen, nicht die gleiche Aufmerksamkeit schenken wie denjenigen, die wir nur alle paar Monate sehen, wie es in meinem Fall zutraf. Ich verließ das elterliche Haus, als Bruno drei oder vier Jahre alt war (ich war gerade zwanzig). Die Ähnlichkeit frappierte mich stets von neuem. Ob Martha bewußt war, wie sehr ihr Jüngster ihrem einstigen Liebhaber glich, weiß ich nicht; auch darüber wurde geschwiegen, allerdings hatte ich manchmal den Eindruck, ein Blick, der zwischen Martha und mir gewechselt wurde, sei genauso aussagekräftig wie ein gesprochener Satz, und dieser Blick konnte vieles bedeuten. Manchmal denke ich, daß sie fürchtete, jedes Wort, das zwischen uns über Leo fiel, könne sie eines Stücks seiner Präsenz in ihrem Inneren berauben. Sie mußte Leo mit niemandem teilen, solange sie selbst Bruno in Unkenntnis über seinen wirklichen Vater ließ.

Ich wollte Bruno nicht überrumpeln, hatte allerdings auch keinen konkreten Plan, wie die Alternative aussehen sollte (ich hatte nur die vage und wahrscheinlich abwegige Vorstellung, die Konfrontation mit der Wahrheit sei in Form eines langen Briefs oder einer Erzählung leichter zu ertragen als mündlich). Brunos schwache Konstitution (derentwegen man immer glaubte, er habe auch schwache Nerven), die möglicherweise seinen Tod beschleunigte, war, wie wir uns sagten, für Überraschungen nicht gemacht; vielleicht hatte Martha aus diesem Grund mit der Wahrheit gewartet, bis es irgendwann zu spät war, sie auszusprechen. Sicher dachte sie, eine Überraschung sei nicht nur eine Zumutung, sondern auch eine Gefahr für seine körperliche Gesundheit (eine Auffassung, der Psychologen wahrscheinlich widersprechen würden, aber was interessieren mich Psychologen?).

Wie auch immer, es war zu spät. Es kam gar nicht dazu. Martha hat es nie versucht. Ich habe es auch nicht versucht. Kein sanfter Hinweis, keine brutale Überraschung. Unverantwortliche Vorsicht? Darf man jemanden im Unglauben über etwas lassen, was ihn am meisten betrifft? Hätte er mir gegenüber jemals auch nur die geringste Vermutung geäußert, hätte ich ihm auf der Stelle alles erzählt, was ich wußte, und es ihm überlassen, mit Martha darüber zu sprechen oder auch nicht. Als ich zum erstenmal nach Seattle flog, um Heger ausfindig zu machen (und ihn in seiner beeindruckenden Praxis an der Boren Avenue besuchte, ohne mich zunächst als der Andreas zu erkennen zu geben, mit dessen Mutter er als junger Mann ein Verhältnis gehabt hatte), stellte ich mir vor, Bruno eines Tages mit einer Sache unter die Augen zu treten, die *ich* irgendwie abgeschlossen hätte und in die er sich dann hätte versenken können. Eine fertige Sache, die nicht weh tut. Eine Geschichte mit einem Anfang und einem Ende – und einem neuen Anfang in Gestalt des kleinen Bruno. Ich glaubte, mit meiner Arbeit Marthas »Unrecht« tilgen zu können, wobei ich mehr und mehr zu der Überzeugung gelangte, es handle sich bei diesem »Unrecht« weit weniger um ihre längst »verjährte« Beziehung zu Leo als darum, daß sie diese Bruno beharrlich verschwiegen hatte. Ihr Schweigen. Im Grunde reduzierte sich alles darauf, sowohl ihr Verhalten wie mein Unverständnis gegenüber diesem Verhalten.

Vielleicht wollte ich mir darüber hinaus auch beweisen, daß ich nebst meiner Begabung zum Journalisten, die ich ja oft genug unter Beweis gestellt hatte, auch eine zum Schriftsteller besaß, eine Begabung, die nur darauf gewartet hatte, ihr Thema zu finden. Gab es nicht genügend Beispiele anderer Autoren, die als Journalisten angefangen und später als ernstzunehmende Schriftsteller reüssiert hatten? (Um einiges seltener ist der umgekehrte Fall; wenn einer es als Autor nicht schafft, geht er gewöhnlich eher im Alltag oder im Alkohol unter, als sich dem anstrengenderen Geschäft des Journalismus zuzuwenden.)

Natürlich gab (und gibt) es immer wieder Zeiten, in denen ich mich ernsthaft fragte (und frage), ob ich mir all das, was ich zu wissen glaubte, nicht einfach eingebildet hatte. Waren das nicht Ausgeburten meiner pubertären Phantasie gewesen, die sich irgendwie bis ins Erwachsenenalter gehalten hatten? Dagegen sprachen die Unterhaltungen, die ich – vor langer Zeit – mit meiner Mutter geführt hatte; dagegen sprach vor allem Brunos bereits erwähntes Aussehen.

Je älter er wurde, desto ähnlicher sah er seinem leiblichen Vater Leo Heger, wie ich ihn in Erinnerung hatte. (Dieser war wirklich ein hübscher Junge gewesen, und es gab Augenblicke, in denen es mir schwerfiel, mich nicht in den Doppelgänger dessen zu verlieben, in den ich viele Jahre früher schon einmal verliebt gewesen war, aber solche Anfechtungen weist man als inzestuöse Verirrung natürlich von sich.)

Und nie sah er ihm – in meinen Augen – ähnlicher als an jenem Tag, da ich ihn zum letztenmal in der Aufbahrungshalle des Friedhofs sah und die Hand nach ihm ausstreckte, um ihn in dem engen Gehäuse, in das man ihn gelegt hatte, zu berühren. Wir waren allein, niemand sonst war in diesem Augenblick in dem nicht sehr großen, nicht sehr hellen Raum, und ich erinnere mich, wie sich zwischen mir und dem Toten eine Art Gleichgewicht herstellte, mit dem ich nicht gerechnet hatte und das ich einem Dritten gegenüber weder damals noch heute hätte verständlich machen können. Ich wollte ihn auf die Wange oder Stirn küssen, aber irgend etwas hielt mich davon ab, irgend etwas, was Bruno mir durch seine Abwesenheit zu sagen versuchte und was ich nicht wirklich verstand. Wie jeder plötzliche Tod eines Menschen, von dem man erwarten könnte, daß er noch lange lebt, war auch dieser, der aufgrund des mir vorher unbekannten, im höchsten Maße aggressiven Blutkrebses innerhalb weniger Tage erfolgt war, fürchterlich, dem Unfalltod eines Fußgängers vergleichbar, der ahnungslos und selbstsicher über die Straße geht und von einem ebenso ahnungslosen und selbstsicheren Autofahrer getötet wird; wie anders aber sollte man über die Straße gehen?

Als ich mich, trotz Marthas Einwänden, dazu entschloß, Leo Hegers Aufenthaltsort ausfindig zu machen, wußte ich natürlich, daß es nicht ganz einfach sein würde, den Wohnsitz einer Person zu ermitteln, die im Juli 1969 die Schweiz verlassen hatte, nach Kanada ausgewandert war und dort vermutlich Medizin studiert hatte (ob im Osten oder Westen, ob im französischen oder englischen Teil des Landes, wußte ich nicht). Es lag nahe, daß ich meine Nachforschungen zunächst auf Kanada konzentrierte, wohin er – wie ich von Martha wußte (ein Wissen, das ich mir fast erzwingen mußte) – dem Ruf seines Bruders gefolgt war, der bereits seit einigen Monaten dort lebte. Inzwischen waren aber dreißig Jahre vergangen. Meine Entdeckung, daß die geschiedene Frau seines Bruders in Québec lebte, verdanke ich dem glücklichen Umstand, daß sie den Namen ihres ehemaligen Mannes beibehalten hatte. Nach mehreren Versuchen erreichte ich sie telefonisch im Hotel Château Frontenac, wo sie in gehobener Position tätig war. Von ihr erfuhr ich, wo ihr ehemaliger Mann – er war Archäologe und reiste viel in der Welt herum – zuletzt gewohnt hatte. Tatsächlich gelang es mir nicht herauszufinden, wo er jetzt lebte. Viel wichtiger war ihr Hinweis, daß Leo in Montreal Zahnmedizin studiert hatte; wo er zum jetzigen Zeitpunkt lebte, war ihr nicht bekannt, sie glaubte aber nicht, daß er sich in Montreal niedergelassen hatte.

Daß er vorübergehend in der Schweiz gelebt hatte, nachdem er aus seiner Heimat geflohen war, wußte sie natürlich, aber Marthas Name war ihr nicht geläufig.

Nun hatte ich einige Anhaltspunkte, die es mir ermöglichten, meine Suche nach Leo fortzusetzen. Es vergingen allerdings noch ein paar Monate, in denen ich mich erst in L.A. und in meine neue Arbeit einleben mußte, bevor ich sie fortsetzen konnte.

Marthas Privatstunden waren erfolgreich gewesen, Leo sprach fließend deutsch. Daß er künftig nur selten Gelegenheit haben würde, diese Sprache zu sprechen, konnte Martha damals nicht wissen.

Wie lange er sich schon mit dem Gedanken getragen hatte, die Schweiz zu verlassen, wußte sie nicht. Als es soweit war, war es zu spät für sie, sich darüber Gedanken zu machen. Seinen Entschluß konnte sie ohnehin nicht beeinflussen. Vielleicht hatte er ihn spontan getroffen, gewiß aber hatte er nicht lange überlegt, ob er richtig oder falsch sei; in seinem Alter *konnte* er nur richtig sein, wie sich bestätigen sollte. Martha wußte, daß sein älterer Bruder ihm fehlte, und dieser lebte in Kanada. Was lag also näher, als ihn wiederzusehen und dort ein neues Leben zu beginnen? Ob Leo seine Entscheidung, ebenfalls nach Kanada auszuwandern, nach einem Telefongespräch oder im Verlauf ihres regen Briefwechsels getroffen hatte, wußte sie nicht, es spielte für sie keine Rolle. Leo redete viel, aber wie sie ihm nicht alles erzählte, erzählte auch er ihr nicht alles. Zwischen ihnen herrschte nicht nur Vertrautheit, im Gegenteil, vieles wußte sie nicht, vieles wußte er nicht. Darüber konnte so manches, worüber sie sprachen, nicht hinwegtäuschen. Je länger sie einander kannten, desto häufiger blieb ihm unverständlich, was sie sagte, und umgekehrt. Es tat Marthas Zuneigung keinen Abbruch, es erfüllte sie lediglich mit Wehmut. Sie spürte, daß es nicht mehr lange dauern würde.

Sie erinnerte sich genau an den Tag, an dem er ihr eröffnet hatte, er werde nicht bleiben. Er hatte nie gesagt, er werde sie verlassen. Daß sie bei seiner Entscheidung eine wichtige Rolle spielte, wußte sie. Sie lagen in Leos Zimmer auf seinem Bett, es war Nachmittag, das Fenster stand offen, die von der Frühlingssonne erwärmte Luft trug den betäubenden Duft blühender Linden zu ihnen, und Martha rauchte eine Zigarette, was sie außerhalb dieses Zimmers nie tat. Sie waren entspannt, und vielleicht verstand sie ihn deshalb so gut.

Sie hörte, was er ihr sagte, und schwieg. Sie schwieg, und was er eben gesagt hatte, klang nach wie eine Glocke, die den letzten Schlag empfangen hat und erst allmählich zum Stillstand kommt. Was er gesagt hatte, war unmißverständlich. Es war in ihren Kopf gepreßt worden, und nun hatte sie den Eindruck, nicht mehr im Zimmer zu sein, sondern weit weg. Was sollte sie tun, was mußte sie tun? Die Stille im Zimmer war beunruhigend, Leo schwieg, sie konnte nichts sagen, was sollte sie sagen, nach und nach füllte sich ihr Kopf wieder mit Dingen, kleinen und großen, wichtigen und unwichtigen. Ich lasse ihn ziehen, sagte sie sich, ich muß ihn lassen, das muß so sein, es darf nicht anders sein.

Leo griff sofort nach der brennenden Zigarette, die auf ihren nackten Bauch gefallen war; sie hatte sie kaum gespürt. Sie rauchten sie abwechselnd zu Ende. War es nicht merkwürdig, daß sie sich jetzt entschuldigte? Sie sagte: »Entschuldigung« und dachte: Es wird viel länger dauern als diese Zigarette. Was war geschehen, während sie neben Leo, ihrem Liebhaber, gelegen hatte, als ob es immer so weitergehen könnte? Was hatte sich in ihr gelöst oder gebunden? Das Rad, das sie aus der Zeit getragen hatte, mußte stillstehen. Als sie zu ihm hinüberblickte, sah sie, daß er sich Sorgen machte, jetzt und in den nächsten Stunden würde er sich Sorgen um sie machen, aber dann, in den folgenden Tagen, würden diese allmählich schwinden und das Feld anderen Dingen überlassen, und wieder könnte ein Tag wie der andere sein, und vielleicht würde schließlich auch die Abneigung, die sie Walter gegenüber empfand, nachlassen.

»Ja, du mußt gehen, du darfst nicht bleiben«, hatte sie gesagt, schon gar nicht meinetwegen, hätte sie sagen wollen, sie unterließ es aber, sicher war das die Wahrheit, die eigenen Worte überzeugten sie am meisten. Wer war sie, sich anders aufzuführen, sich festzuklammern, ihn anzuklagen, zu schreien, ihm eine Szene zu machen, das tat sie nicht, das konnte sie nicht tun. Sie stand auf und zog sich an. Leo wollte sie zurückhalten, aber er hob nur die Hand, er hielt sie nicht fest, er zog an der feuchten Zigarette, und als sie das sah, ließ ein Frösteln ihren Körper erschauern. Sie spürte seine Lippen überall. Er dürfe keine Gewissensbisse haben, wollte sie sagen, auch das sagte sie nicht. Ihn zu verlieren, war schwer, es würde noch viel schwerer werden, aber eher würde sie ihn zum Weggehen drängen, als ihn zum Bleiben aufzufordern. Das durfte sie nicht, sie war zu alt, er war zu jung, und das war nicht alles, mehr als das trennte sie.

Bevor sie das Zimmer verließ, musterte sie ihn lange, und sie sah ihm an, daß er erwartete oder befürchtete, sie könnte irgend etwas Unvernünftiges sagen oder zu weinen beginnen oder beides oder ihm Vorwürfe machen. Und dann sah sie natürlich auch die Erleichterung auf seinem Gesicht, als nichts davon eintraf. Nickte sie, oder sagte sie etwas, oder ging eines ins andere über? Bevor sie das Zimmer endgültig verließ, trat sie noch einmal auf das Bett zu und fuhr ihm übers Haar. Sie ließ ihn ziehen. Sie wollte sagen, er solle sie in guter Erinnerung behalten, sie sagte auch das nicht. Leo schloß die Augen und atmete tief aus. »Es dauert ja noch ein paar Wochen«, stammelte er, und sie fiel ihm beinahe ins Wort: »Morgen ist Donnerstag, morgen kommst du zum Unterricht wie immer, und wir haben noch ein paar Wochen, in denen wir nicht mehr darüber sprechen, daß du gehst, aber du gehst.« Sie drehte sich um und verließ das Zimmer und dachte: Es ist ein Kinderzimmer.

Später wußte sie nicht mehr, wie sie nach Hause gekommen war, zu Fuß oder mit dem Bus, sie erinnerte sich nicht. Es erging ihr wie einer Betrunkenen, die das Ziel kennt, sich aber nicht an den Weg erinnert. Als sie die Haustür öffnete, stand Andreas da, mit einem Buch in der linken Hand, die Rechte auf dem Handlauf, gerade im Begriff, nach oben zu gehen.

Seit Brunos Tod (Martha hatte auf diesem Namen bestanden, obwohl Walter dagegen war, aber schließlich hatte sie nach vielen Diskussionen den Sieg davongetragen) weigert sich Martha endgültig, über ihre Zeit mit Leo zu sprechen, die ja zu einem – allerdings nur geringen – Teil auch eine Zeit gewesen war, in der sie sich mit der Tatsache hatte auseinandersetzen müssen, daß sie ein Kind erwartete, von dem Leo nichts wissen sollte, obwohl sie sicher war, daß er der Vater war. Sie verschwieg ihm ihre Schwangerschaft, und so kam es, daß er erst von mir erfuhr, daß er einen unehelichen Sohn hatte, von mir, Marthas erstgeborenem Sohn Andreas, an den er sich kaum erinnerte (wir waren uns ja buchstäblich nur einmal zwischen Tür und Angel begegnet).

Als ich Leo eröffnete, daß sein Sohn Bruno von seiner Existenz nichts wußte, war nicht zu erkennen, ob er Marthas jahrzehntelanges Schweigen billigte oder nicht. Vielleicht gelang es ihm, sich innerhalb dieser weniger Sekunden einigermaßen anschaulich vorzustellen, wie sein Leben verlaufen wäre, hätte sie ihn damals über ihre Schwangerschaft aufgeklärt. Auf meine Bitte hin willigte er ein, sich erst dann mit Bruno in Verbindung zu setzen, wenn dieser Bescheid wußte, was, wie ich ihm sagte, von Martha abhing, die man kaum beeinflussen konnte. Er nickte, erwiderte aber nichts. Mir war, als erinnerte er sich plötzlich an Situationen, die meine Einschätzung bestätigten. Ich übergab ihm einen Umschlag mit einem halben Dutzend Fotos seines Sohnes, den er in meiner Gegenwart nicht öffnete.

Als wir während unseres letzten Zusammentreffens im Roosevelt auf die Gemälde zu sprechen kamen, die in seiner Praxis hingen, weil ich ihn nach dem Namen jener Künstlerin fragte, deren Werke mir besonders gut gefallen hatten, erzählte er mir, daß er Bilder, sobald er sie besitze, nur noch widerstrebend betrachte, ja daß er einen geradezu körperlichen Widerstand verspüre, sich weiter mit ihnen abzugeben, als ob er erwarte, etwas zu entdecken, was ihm bisher nicht aufgefallen sei. Vielleicht fürchte er nur, daß sie ihm, sobald er sich von neuem damit beschäftige, nicht mehr gefallen könnten. Nun, wenn dem so sei, antwortete ich, spreche das ja weder gegen das Bild noch gegen seinen Betrachter, eher für dessen kritische Distanz oder erhöhte Aufmerksamkeit. Daraufhin sah er mich lange an. Es sei ihm so sehr zur Gewohnheit geworden, sie zu ignorieren, daß er oft nicht mehr wisse, wo welches hänge. Wochen später fragte ich mich, ob seine sonderbare Abneigung sich wohl auch auf die Fotografien seines Sohnes erstreckte.

Kurz nach Brunos Beerdigung schrieb ich Heger einen langen Brief, in dem ich ihm ausführlich die Umstände schilderte, die zu Brunos Tod geführt hatten. Ich legte die Todesanzeige bei, die Brunos Frau, gemeinsam mit Martha, aufgesetzt hatte. Seither habe ich von Leo nichts mehr gehört.

Zu großem Dank verpflichtet bin ich Anna Ragaz und Olga Zimmelova. Anna wurde in Bratislava geboren und lebt heute als Ärztin in den USA; Olga wurde in Prag geboren und lebt heute als Künstlerin in Italien und in der Schweiz. Ihr Lachen hat mich begleitet.